O ENIGMA D'O
GRITO

Editora Appris Ltda.
1.ª Edição - Copyright© 2022 do autor
Direitos de Edição Reservados à Editora Appris Ltda.

Nenhuma parte desta obra poderá ser utilizada indevidamente, sem estar de acordo com a Lei nº 9.610/98. Se incorreções forem encontradas, serão de exclusiva responsabilidade de seus organizadores. Foi realizado o Depósito Legal na Fundação Biblioteca Nacional, de acordo com as Leis nºs 10.994, de 14/12/2004, e 12.192, de 14/01/2010.

E-mail do autor: fernando@rbs.adv.br
Instagram @fernandohenriquebs

Contribua para a divulgação da obra, interaja com o autor e com outros leitores postando foto do livro nas redes sociais e utilizando a hashtag #oenigmadogrito

Catalogação na Fonte
Elaborado por: Josefina A. S. Guedes
Bibliotecária CRB 9/870

S586e
2022
	Silva, Fernando Henrique Becker
	   O enigma d'o grito / Fernando Henrique Becker Silva.
	1. ed. –Curitiba : Appris, 2022.
	    234 p. ; 23 cm.
	
	   ISBN 978-65-250-3685-4
	
	   1. Ficção brasileira. 2. Maçonaria. I. Título.
	
	                                           CDD – 869.3

Appris
editora

Editora e Livraria Appris Ltda.
Av. Manoel Ribas, 2265 – Mercês
Curitiba/PR – CEP: 80810-002
Tel. (41) 3156 - 4731
www.editoraappris.com.br

Printed in Brazil
Impresso no Brasil

F. H. Becker

O ENIGMA D'O GRITO

Appris
editora

FICHA TÉCNICA

EDITORIAL	Augusto Vidal de Andrade Coelho
	Sara C. de Andrade Coelho
COMITÊ EDITORIAL	Marli Caetano
	Andréa Barbosa Gouveia (UFPR)
	Jacques de Lima Ferreira (UP)
	Marilda Aparecida Behrens (PUCPR)
	Ana El Achkar (UNIVERSO/RJ)
	Conrado Moreira Mendes (PUC-MG)
	Eliete Correia dos Santos (UEPB)
	Fabiano Santos (UERJ/IESP)
	Francinete Fernandes de Sousa (UEPB)
	Francisco Carlos Duarte (PUCPR)
	Francisco de Assis (Fiam-Faam, SP, Brasil)
	Juliana Reichert Assunção Tonelli (UEL)
	Maria Aparecida Barbosa (USP)
	Maria Helena Zamora (PUC-Rio)
	Maria Margarida de Andrade (Umack)
	Roque Ismael da Costa Güllich (UFFS)
	Toni Reis (UFPR)
	Valdomiro de Oliveira (UFPR)
	Valério Brusamolin (IFPR)
SUPERVISOR DA PRODUÇÃO	Renata Cristina Lopes Miccelli
ASSESSORIA EDITORIAL	Tarik de Almeida
REVISÃO	Ana Carolina de Carvalho Lacerda
PRODUÇÃO EDITORIAL	William Rodrigues
DIAGRAMAÇÃO	Yaidiris Torres
CAPA	Mateus Torres
ARTE DA CAPA	"José Bonifácio entregando a carta aos emissários de Lisboa". Pintura de Aldo Locatelli, 1952
REVISÃO DE PROVA	Bruna Holmen

O último vídeo fora um verdadeiro sucesso de crítica:

> "vc eh um merda!"

> "concerteza está mancomunado com os comunistas"

> ver resposta: "mancomunista hauhauhau"

> "vc vai morrer, mlk, mexendo com os gringo"

Eram os primeiros comentários lançados sobre o vídeo postado no canal do YouTube, "TEORIAS DA CONSTIPAÇÃO", já com o seus surpreendentes 18,4 mil inscritos, dedicado a teorias conspiratórias exclusivamente tupiniquins, que iam desde Joaquim José da Silva Tiradentes Xavier não ter morrido na forca no fatídico 21 de abril até a morte do ex-presidente Juscelino Kubistchek ter sido um assassinato, e não um acidente automobilístico.

Havia, contudo, que se convir que os vídeos do canal eram muito bem feitos e caprichosamente editados, principalmente se se considerar o orçamento miserável que Leo dispunha para o projeto. Sempre montadas sobre bastante pesquisa de campo e bibliográfica (ainda que algumas fontes fossem propositalmente questionáveis, para dar algum tempero), as teorias eram expostas em textos bem escritos, engraçados e muito bem ilustrados. O jovem apresentador, é verdade, ainda se contorcia para demonstrar algum carisma. Formado em Jornalismo e atuando desde sempre como *freela* para pequenos portais de notícia, definitivamente Leo não tinha medo de dar a cara à tapa. E, desde que o canal começou a fazer algum sucesso, ter a cara estapeada era o que mais acontecia.

> "Canal de bosta! Jornalista de merda! Deve estar morrendo de fome"

> "E as queimadas na Amazônia? Não vai falar nada? Vendido chapa-branca!"

Esse último vídeo tratava do terrível incidente na cidade de Alcântara, Maranhão, ocorrido em agosto de 2003, quando um foguete brasileiro lançador de satélite (VLS) explodiu junto com a plataforma no Centro de

Lançamento, causando a morte de duas dezenas de cientistas e literalmente reduzindo a cinzas o projeto aeroespacial brasileiro.

"Ignição espontânea de um dos motores por uma onda eletromagnética... conta outra"

"Adeus visto americano pra ti, jornalista! Bye bye, Disney!"

Segundo a teoria apresentada pelo rapaz de 32 anos, tudo levava a crer que o "acidente" teria sido uma sabotagem do governo americano para forçar o Brasil a cedê-lo a Base de Alcântara, considerada um dos melhores cosmoportos do mundo, dada sua localização geográfica próxima à linha do Equador (Latitude 2°18' Sul), o que representa uma baita economia de combustível para quem, como os Estados Unidos, é obrigado a lançar foguetes de latitudes maiores.

"Make America Great Again!!!"

"O Brasil tem mais é que se conformar em vender matéria-prima para os países de primeiro mundo"

"E vcs achando que iríamos competir com os caras..."

A "prova real" dessa teoria seria que, anos mais tarde, o Brasil e os Estados Unidos firmariam um Acordo de Salvaguardas Tecnológicas (AST) para a utilização comercial da Base de Alcântara pelo governo norte-americano e por empresas estadunidenses, o que, para alguns, representaria um atentado à soberania nacional brasileira.

"A solução é alugar o Brasil, já diria Raul"

"kkkk nós não vamos pagar nadaaaaa. É tudo free"

"Boa noite. Como posso entrar em contato direto com vocês do canal? Conheço fatos que, se revelados, podem abalar as estruturas do Brasil. Melhor dizendo, da História do Brasil. Iluminista."

"O bom e velho comunismo disfarçado de teoria da conspiração..."

•

A organização da pauta dos próximos assuntos do canal era uma tarefa que Leo vinha protelando havia algumas semanas. A cobertura das eleições estava tomando bastante tempo. Ele havia sido contratado para coordenar a campanha à reeleição de um deputado federal, mas mandara "vossa excelência" à merda já na segunda reunião de planejamento, pelo que foi despedido e obrigado a se desdobrar para dar conta de trazer dinheiro para casa e não deixar o canal morrer na casca. Foi por isso que convidara o amigo de adolescência, Otávio, para dar uma mão nos trabalhos como *freelancer*, mas mais no canal do YouTube.

Na verdade, esse convite foi mais uma ajuda a Otávio do que o inverso. Professor de História na rede pública estadual e em duas escolas particulares, depois do divórcio a vida de Otávio, Tavinho ou simplesmente Tato para os mais chegados, degringolou. A pensão para os dois filhos lhe comia um terço do salário, que já não era lá essas coisas. E como não estava dando conta de bancar o aluguel, aceitou a proposta de dividir o apartamento de sala e quarto no centro da São Paulo das oportunidades com o amigo em troca das pesquisas, em livros e na internet, o que fazia durante as madrugadas, quando não estava corrigindo provas ou navegando a esmo para combater a maldita insônia.

— Cara, você viu isso? – disse Leo, apontando para o comentário dissonante que aparecia na tela do computador.

— Pois é. Eu até estranhei a utilização correta de pontuação e acentuação!

— E o climão de mistério? "Conheço fatos que, se revelados, podem abalar as estruturas do Brasil" — leu, com voz de locutor de rádio.

— E o nome do figura?! "Iluminista"! — emendou, com o mesmo tom, Otávio — Que *nickname* mais piegas!

— Piegas é você falar "nickname", seu tiozão do mIRC — brincou o amigo, impulsionando com os pés a cadeira *gamer* de segunda mão e deslizando para o centro da sala.

No início se sentiam ofendidos, mas agora os dois até se divertiam lendo os comentários aos vídeos postados. Volta e meia aparecia um maluco, mais do que eles dois, querendo vender um segredo que daria um episódio explosivo, uma série no Netflix ou serviria para pôr um figurão na cadeia.

— Leo, estou terminando o roteiro sobre o sumiço do Ulysses Guimarães e estava querendo começar a escrever um episódio sobre a troca da final da Copa do Mundo de 1998 pelo Brasil poder sediar a Copa de 2014 — disse Otávio, voltando pra mesa da sala.

9

— A da famosa frase "se as pessoas descobrissem o que aconteceu de verdade ficariam enojadas"? Demorou! Vamos pôr fogo na CBF!

— Pois é. Acho que podemos começar a gravar amanhã. O que acha? O do Ulysses, é claro.

— Por que a pressa? Acharam o corpo? — ironizou o jornalista-barra-*youtuber*. — Você acha que vale dar trela para esse louco... *Illuminati*, Iluminado, Iluminista, sei lá? Talvez passar um número do celular?

— Pra quê? Para o cara ficar enchendo o nosso saco? Passa o telefone fixo daqui de casa pra ele.

Leo achou boa a ideia.

•

POLÍCIA APREENDE SEMENTES DE MACONHA NA DIVISA COM A BOLÍVIA

A suspeita é de que traficantes bolivianos estejam financiando o plantio de cânhamo, uma das espécies de maconha, em território brasileiro.

A Polícia Federal apreendeu, na tarde desta quinta-feira (2), 280kg de semente de cânhamo na cidade de Corumbá (MS), lado brasileiro da divisa com a Bolívia. O motorista que transportava a carga, Juan Valdez, contou à polícia que as sementes seriam utilizadas no plantio da droga em fazendas localizadas em regiões recentemente desmatadas.

O delegado responsável pela investigação, Dr. Ermírio Freire, disse à reportagem que existe um movimento de expansão das fazendas de plantio de maconha para o lado brasileiro da fronteira, e que há indícios de que traficantes do país vizinho estejam adquirindo grandes glebas de terra em Mato Grosso de Sul e fazendo queimadas para cultivo da cannabis.

"Estamos bastante apreensivos com o crescimento da cultura da maconha da região. Além dos graves danos ambientais, a violência aumentou na região", afirmou o delegado.

Depois de ouvido em audiência de custódia, Valdez voltou às ruas por determinação da Justiça.

•

Desde que se mudara definitivamente para São Paulo, havia 10 anos, Leo cultivara o hábito de ir em uma barbearia-gourmet perto do seu prédio.

São Paulo era *duca*. São Paulo das tribos, dos abismos sociais, das artes de rua e de galerias, dos mendigos, dos carros blindados, do Corinthians, do metrô, dos arranha-céus, dos ciclistas, dos botecos, dos shoppings, da garoa, da alta-gastronomia, dos *pastel*, do Brás. Sampa da Paulista, dos engarrafamentos, dos museus, dos otakus, dos corredores de rua, dos LGBTQIA+, da Faria Lima. São Paulo era uma personagem à parte. A São Paulo das hordas, das oportunidades, das bocas de lixo e do luxo, das putas, das manifestações. São Paulo das multidões, das filas, das padarias, de todes. São Paulo metrópole. São Paulo dos imigrantes. Em São Paulo nada era simples. Nada era óbvio. São Paulo era *ducaralho*.

Naquela barbearia, Leo podia cortar o cabelo, fazer a barba, tomar uma cerveja artesanal, receber uma massagem, ajeitar as unhas e assistir a uma partida da Bundesliga, gastando o suado dinheiro e um exíguo tempo consigo mesmo. Era seu ritual semanal. Fazia-o sempre antes de filmar para o seu canal.

Desta vez, no entanto, a correria da cobertura das campanhas eleitorais não deixou tempo para se produzir adequadamente e, por isso, tinha que dar um jeito em si, por si, para começar as gravações do próximo episódio.

Assim, acordou cedo e saiu para dar uma corrida, o que fazia nos dias em que não ia malhar. O café da manhã teve ovos, batata doce e pasta de amendoim. Já deixara pronto o ovo cozido ou o peito de frango para o lanche do meio da manhã. Depois do banho gelado, olhou-se no espelho e se assustou com como envelhecera nos últimos meses.

O que o homem do lado de lá do espelho viu foi alguém ainda em recomposição: por fora, ele começava a envelhecer bem (graças aos cremes, academia e à boa genética dos Seemann); por dentro, a alma ainda dava escorregadas na depressão, mesmo após tantos anos.

Tem coisas que só aconteciam em cidades do interior no início dos anos 2000. Coisas estúpidas, como encher a cara em postos de gasolina e sair pelas ruas fazendo rachas. Ele tinha 17 anos, pegara o carro do pai emprestado e estava com a namorada, Daniela, quando parou na única sinaleira da cidade, às 02h00 da madrugada. Um carro parou no lado. Leo aumentou o som, AC/DC, puxou o freio de mão e brincou com o acelerador e a embreagem. O carro do seu velho pulsava, como um touro respirando. Ao lado, o outro playboy entrou no jogo, aceitando o desafio. A sinaleira estava vermelha e diante dos dois carros-do-papai estava, literalmente, a *Highway to Hell*.

A Dani nunca se sentia confortável em estar no banco do carona durante as corridas de Leo e se segurava na alça de teto (nome científico do "puta-merda") do carro. Mas a enxurrada de adrenalina que vinha em seguida fazia tudo valer a pena: as pernas ficavam moles e os beijos mais quentes.

A luz verde surgiu e os dois carros arrancaram, primeiro patinando no paralelepípedo escorregadio pela garoa que caíra no início da noite, e depois ganhando velocidade.

Depois daquela fatídica madrugada, ninguém mais na pacata cidade conseguia ouvir *Last Kiss*, do Pearl Jam, sem se lembrar do casal Leo e Dani. Até hoje os pais da menina não deixam o túmulo dela sem azaleias amarelas, sua cor favorita. A música acabou sendo banida das rádios da região.

Os pais de Leo tiveram que mandá-lo embora da cidade com a desculpa de terminar o colégio numa cidade maior, mas a verdade era para que ele pudesse tentar lidar apenas com as autoimpostas acusações e condenações. Elas já eram mais do que suficientes para o rapaz.

Demorou vários anos até que ele tivesse coragem para voltar para visitar os pais, os amigos, o túmulo da Dani e o próprio reflexo.

Em frente ao espelho, o cabelo castanho pendendo para o ruivo já começava a desbotar, aparecendo os primeiros fios brancos. Por isso caprichou passando pomada e o penteando para trás, não deixando nem um fio fora do lugar. A barba, como sempre, era tratada e cuidada meticulosamente todo o santo dia justamente para dar uma sensação de desleixo, e isso para não ofuscar o seu característico bigode *handlebar*, fino, longo e com as suas pontas arredondadas.

Vestiu as calças, a camisa *slim-fit* branca com a característica flor-de-lis da Dudalina, atou o nó na borboleta e estalou o suspensório contra o peito: estava pronto para brilhar em frente à câmera do seu canal.

Lera e relera o texto várias vezes desde a noite anterior, para dar o maior ar de naturalidade possível.

Filmando em 3... 2... 1... abriu um largo sorriso:

— Daê, galera! O episódio de hoje do nosso Teoria da Constipação vai falar sobre o misterioso desaparecimento de um dos políticos brasileiros mais importantes da segunda metade do século XX.

[breve pausa para, na edição, colocar a vinheta do programa]

— Vocês já devem ter assistido o famoso vídeo do Congresso Nacional de um velhinho empunhando uma pasta verde com o brasão da República e dizendo emocionado [mudou a voz] *"declaro promulgado o documento da liberdade, da dignidade, da democracia, da justiça social do Brasil! Que Deus nos ajude! Que isso se cumpra"*. [voltou à voz original] Essa pasta verde era nada mais nada menos que a Constituição Federal de 1988, que acabava de ser promulgada, e o homem que a segurava era Ulysses Silveira Guimarães...

Do lado de cá da câmera, Otávio era o oposto de Leo: barba autenticamente desleixada, camiseta amarrotada, cabelo preto totalmente fora do corte, olheiras profundas, sempre de bermuda e de chinelo de dedos. Só colocava uma calça jeans e um tênis quando tinha que dar aula ou visitar os filhos. Depois do divórcio chegara a perder 15 quilos, mas já os recuperara, junto com outros 15. Vivia de pizza e cerveja. No café da manhã, tomava um copão de achocolatado. Parecia um adolescente de 35 anos de idade.

Mudara-se para São Paulo havia 12 anos, vindo acompanhar a esposa para a residência médica dela. Largou o emprego em uma ONG. Acabaram ficando. Ela fazendo plantões e progredindo na carreira e ele se acomodando no primeiro concurso público em que passou. Largou o mestrado no meio da dissertação sobre "Retratos Históricos da República Velha e a Transformação da Identidade Brasileira na Primeira Metade do Século XX", quando teve uma estafa mental da qual nunca se recuperou totalmente. Logo começou a se sentir mal em acompanhar Marília aos lugares: ela, o retrato do sucesso, ele, o do fracasso. Depois vieram o ciúme, as brigas e as cobranças. Sabia que a culpa pelo divórcio era dele.

Desde que saiu de casa e passou a dividir o apartamento com Leo, porém, a vida evoluíra um pouco, voltando aos poucos a ser o velho Tato de sempre, que tocava baixo, pedalava, gostava de ler de tudo e sobre tudo, e sempre de bem com a vida. Justamente aquele por quem Marília se apaixonara.

— Ulysses Guimarães nasceu em 6 de outubro de 1916, na cidade de Itirapina, no Estado de São Paulo... — o Leo daria um bom professor, pensou Otávio ao ver o amigo em frente à câmera.

O porteiro tocou a campainha três vezes. Do lado de fora dava para ouvir o som abafado de Tygers of Pan Tang, banda inglesa de heavy metal que o funcionário do prédio jamais ouvira falar, nem tocar, e cuja batida fazia com que os vidros das janelas de até três andares acima e três abaixo trepidassem.

Daqui a pouco, pensou, alguém certamente interfonaria para a recepção reclamando.

E como ninguém atendera à porta do 406, deixou o pacote ali mesmo, sobre o tapete, e tomou o elevador de volta.

•

Durante o final de semana, a dupla investira as horas livres na continuação das gravações do episódio sobre o deputado federal morto(?) num acidente de helicóptero em outubro de 1992, em Angra dos Reis, sendo o dele estranhamente o único corpo que jamais fora encontrado.

Otávio, que dormia na sala iluminada por um painel de publicidade que brilhava dia e noite em frente à janela, aproveitou a insônia para começar a rascunhar o roteiro sobre a derrota da seleção brasileira de futebol na Copa do Mundo da França, em 1998, justamente para os donos da casa por três a zero.

O professor decidira começar o texto a partir de uma declaração de Michel Platini, Presidente do Comitê Organizador da competição, feita numa entrevista à rádio France Bleu, de que os franceses fizeram uma "petite magouille" durante a organização das chaves de grupos para evitar o cruzamento entre as duas seleções antes da final no Parc de Princes.

— 'Dia, Tato. — o apresentador do canal cumprimentou o amigo quando saía do quarto apenas com a calça do pijama e tirando ramelas dos olhos — Eu estava pensando ontem, antes de dormir: e se aprofundarmos a tentativa de relacionar o acidente do Ulysses com o *Impeachment* de 1992?

— Bom dia — respondeu o amigo, guardando o material da pesquisa impresso — Mas o nosso roteiro já está praticamente finalizado. Tem certeza de que você ainda quer mexer nele? Velho, já estamos com o prazo estourado. Só valeria a pena se conseguíssemos uma entrevista com uma testemunha ocular que confirmasse que, de fato, pessoas próximas ao presidente teriam mesmo dito, no início do processo, que o Doutor Ulysses já devia estar morto. Sem isso, é mera especulação.

— E do que mais nós precisamos pra montar uma teoria da conspiração?

— Não sei. Um processo judicial?

Riram. Enquanto Leo era impulsivo, arrojado e não pensava duas vezes em apostar todas as fichas (as que tinha e as que não tinha) em algum negócio que prometesse um bom retorno, Otávio sempre fora o mais conservador (ou covarde, na opinião de Marília) dos dois.

O apresentador-CEO-fundador do canal preparava o *shake* de café da manhã, enquanto o redator-produtor-cameraman ia ligando o computador de mesa.

— A ironia dessa nova tese — disse o último — é ele próprio ter recebido a Medalha Ulysses Guimarães em 2013. Tá certo que a Câmara dos Deputados deu a mesma medalha para todos os ex-presidentes vivos...

Enquanto isso, Leo foi até a porta, resmungando da demora na entrega da biografia de primeira fotógrafa da revista Life, Margaret Bourke-White, que comprara pela internet, para conferir se a encomenda finalmente chegara. Sobre o capacho, porém, estava apenas um envelope pardo com uma etiqueta colada, onde estava cuidadosamente datilografado apenas o nome do destinatário, L. F. SEEMANN.

Ali mesmo na porta ele abriu o envelope, encontrando dentro dele um segundo envelope, este menor, e um bilhete datilografado com a mesma máquina de escrever(!) da etiqueta:

> Prezado Sr. Seemann,
>
> De início, gostaria de agradecer o pronto retorno à mensagem enviada através do seu canal do YouTube.
>
> Tomei a liberdade de fazer este segundo contato de forma física, e não através do telefone (graças a ele, consegui seu endereço) ou pela internet, porque o assunto que iremos tratar requer bastante discrição, dados os interesses envolvidos.
>
> Dentro do segundo envelope tem algumas pistas iniciais que o senhor deverá seguir para começar a chegar, por seus próprios pés, às graves conclusões.
>
> Ass: Iluminista.
>
> P.S.1 Mandei-lhe um pequeno presente através do seu canal.

P.S. 2 Seu contrato de locação veda expressamente a possibilidade de sublocação. Que o senhorio não descubra sobre seu amigo!

Enquanto o destinatário ainda tentava entender como o misterioso remetente tivera acesso ao seu contrato de locação, lá de dentro Tato gritou:

— Leo! Você não vai acreditar!

•

A placa na porta indicava que se tratava de um escritório de assessoria previdenciária. Ficava num prédio de médio para baixo padrão no Centro Cívico de Curitiba, cercado de consultórios médicos, odontológicos, escritórios de advocacia, psicólogos, tarólogos e, havia quem suspeitasse, duas ou três *garçonnières* onde garotas de programa atendiam clientes em horário comercial.

Era um entra e sai ininterrupto na portaria do prédio das 6h00 às 21h00, quando a porta principal era fechada e só era possível acessar ou deixar o interior por meio da garagem.

Estranhamente, ninguém nunca se dera conta de que a sala 406 não tinha o esperado vai e vem de idosos atrás de revisão de suas aposentadorias ou de pessoas em busca de ajuda para se encostar.

Do lado de fora da porta de madeira ordinária, igual a todas as demais do mesmo andar, ninguém podia imaginar que do lado de dentro haveria um arsenal de computadores de última geração, *storages*, roteadores, *switch*, *firewalls* etc.

Ninguém do lado de fora da porta de madeira ordinária podia imaginar que estava diante de um dos mais atuantes escritórios de violação e de manipulação de dados do Brasil.

•

— Quase 15 mil novos seguidores no canal em menos de 24 horas?! Como isso é possível? — Otávio tremia de euforia — Será que são seguidores reais ou são *bots*?

Leo ainda estava atordoado com o fato de sua intimidade ter sido acessada (e violada). *Como o miserável conseguiu meu endereço? Como ele sabe que o Tato mora comigo?*, pensou.

— Será que temos como descobrir se esses perfis são verdadeiros? — perguntava-se o professor, clicando sobre os perfis dos seguidores mais recentes.

— Não mexe nisso não, cara — disse finalmente Leo — Isso é coisa daquele *Iluminado*. Pode ter rolo.

Tato estranhou a preocupação do sempre tão destemido amigo, que muitas vezes beirava a insolência. Quando Leo finalmente explicou o motivo de seus receios, com a carta na mão e já com ambos um pouco mais calmos, concluíram que não tinha nada de ilícito no fato de o canal ter recebido, de uma hora para outra, tantos seguidores novos, mesmo que eventualmente falsos.

Com o que efetivamente se preocuparam, porém, foi como o Iluminista chegou tão perto deles, e tão facilmente.

— Agora eu me sinto refém desse maluco. Se não fizermos o que ele nos mandar, ele pode plantar uma bomba dentro da nossa sala.

— Calma! Também não é para tanto... — como poucas vezes acontecera na parceria, desta vez era Otávio quem tentava tranquilizar o amigo — E o que tem dentro do segundo envelope?

Com o susto, o jornalista havia se esquecido de abrir o envelope menor que viera dentro do primeiro. E enquanto Otávio se voluntariava para descobrir, na recepção do prédio, como aquela correspondência não selada chegou até eles, Leo buscara uma luva, estilete e uma pinça para abrir o invólucro sem destruir eventuais vestígios do remetente, acaso houvesse a necessidade de chamar a polícia.

Quando o professor voltou trazendo a notícia de que um motoboy teria trazido o envelope e pedido para que o porteiro o deixasse no apartamento deles, sem mencionar quem o mandara, nem dar qualquer outro tipo de informação, sobre a mesa da sala estavam uma fotografia e um tipo de papel publicitário dobrado.

— O que é isso? — perguntou Otávio, pegando a fotografia em preto e branco.

— Parece ser a foto de uma sepultura, uma lápide, sei lá — respondeu Leo, que já estava pesquisando na internet sobre como identificar a existência de seguidores robôs.

— E quem é o morto?

— Não diz. Pelo menos não aparece o nome de ninguém. Parece um... um tipo de criptograma...

— Que troço mais esquisito. E o que é aquele outro papel? — perguntou apontando para uma folha de cor azul escura sobre a mesa.

— É um folder. Veio junto com a fotografia. Ainda nem vi do que se trata — respondeu, sem tirar os olhos do computador.

Otávio pegou o papel.

MUSEU E RELICÁRIO MAÇÔNICO PAULISTA

Curador: Salomar Castelo Forte

O MRMP inclui coleções de bibliotecas, museus e arquivos relacionados à Maçonaria no Brasil e na América Latina, bem como materiais sobre a Maçonaria em outras partes do mundo e sobre assuntos associados à Maçonaria ou às tradições místicas e esotéricas. O MRMP também é o repositório para os arquivos do Grande Oriente do Brasil, do Grande Oriente do Brasil de São Paulo e seus órgãos predecessores.

Visitas

O MRMP oferece visitas guiadas para o público. O serviço, que está incluído no valor do ingresso, estará disponível de terça-feira a sábado, das 11h00 às 16h00, de hora em hora.

Você é pesquisador?

Você não precisa de um tíquete de entrada cronometrada se planeja apenas pesquisar. Você precisará agendar uma visita de pesquisa para a Biblioteca e Arquivos separadamente, por telefone ou e-mail diretamente para o MRMP. Consulte as páginas de pesquisa em nosso site para obter detalhes.

— Mais alguma informação? Alguma instrução? — perguntou Otávio depois de ler o folheto.

— Nada.

— O que vamos fazer agora? Ir até esse museu? Aguardar um novo contato do Iluminista? Procurar a tal lápide?

Leo entrou no seu canal do YouTube e procurou o comentário do misterioso correspondente.

"Boa noite. Como posso entrar em contato direto com vocês do canal? Conheço fatos que, se revelados, podem abalar as estruturas do Brasil. Melhor dizendo, da História do Brasil"

Responder:

"Como entro em contato com você?"

Dez minutos depois, o telefone celular do jornalista vibrou sobre a mesa. Era uma mensagem recebida pelo SMS:

PODE SER ATRAVÉS DE SEU TWITTER. BOM PASSEIO!

— O desgraçado também sabe o número do meu celular!

•

O carro da Uber parou defronte ao prédio de três andares de fachada clássica, no Pinheiros, e dele saltou Leo (que, depois do acidente com Dani, jurara nunca mais dirigir um carro na vida), começando a correr para não tomar um banho da chuva que caía naquele início de tarde. Entrando no hall do Museu e Relicário Maçônico Paulista - MRMP, dirigiu-se à atendente perguntando pelo Dr. Salomar Castelo Forte, com quem tinha uma reunião.

Percorreram juntos o imenso salão onde havia várias peças expostas – aventais, bustos, quadros, medalhas, balaústres, cartas, enfim, uma infinidade de artefatos do século XIX e primeira metade do século XX – distribuídas em diversos balcões de madeira e vidro, destacadas por jatos de luz que brotavam de luminárias do teto. O jovem *youtuber* ignorou a coleção e foi direto à saleta ao fundo indicada pela moça, onde ficava o gabinete do Dr. Salomar.

Após a licença concedida, entrou na sala e se apresentou com um sorriso maroto:

— Meu nome é Leo Seemann, o jornalista que ligou esta manhã. Parafraseando George Orwell, sou o tipo de gente que é paga para publicar o que alguém não quer que seja publicado... — estendendo a mão e usando do expediente que sempre se valia para quebrar o gelo e conquistar a simpatia dos desconhecidos, e concluiu dando uma piscadela — ... todo o resto é publicidade.

O outro, porém, não sorriu nem piscou de volta, apenas estendendo a mão num aperto frouxo.

Dr. Salomar Castelo Forte, desembargador aposentado do Tribunal de Justiça do Estado de São Paulo, parecia perdido no tempo das paredes e no ranger do assoalho da Faculdade de Direito da Universidade do Rio Grande do Sul, onde estudara no final dos anos 1960. Era reconhecido em todos os grupos que já compusera (embora ninguém fizesse muito gosto em estar perto dele) não pelo famoso mau humor, mas pela ignorância a que o interlocutor certamente seria exposto na segunda ou terceira pergunta. Gastava as horas de vida que lhe restavam entre os livros deixados de lado ao longo de toda uma carreira exclusivamente dedicada ao Direito e à Maçonaria (embora, sempre fizera questão de afirmar, jamais misturou um com o outro, ou deixou de aplicar a lei a quem quer que fosse). Agora, finalmente, tinha tempo para estudar e ler sobre assuntos abandonados antes do ingresso na magistratura, como ocultismo, cabala, astrologia e outras ciências herméticas, sua verdadeira paixão. Viúvo, tomou para si uma saleta minúscula no próprio prédio do museu como quarto e só saía para almoçar com os filhos e os netos aos domingos.

Ao constrangido visitante, que não esperava tamanha ranzinzice, restou arriscar uma primeira pergunta (pessimamente formulada, como se penitenciaria mais tarde):

— O senhor é maçom, certo?

Sem dizer nada, o velho então lhe deu as costas e voltou a folhear um livro amarelecido aberto sobre a escrivaninha, como que ignorando a pergunta e a própria presença do jovem jornalista, que repetiu a pergunta, agora mais alto e pausadamente, julgando que Dr. Salomar não a tivesse ouvido.

Este, irritado, finalmente respondeu:

— Primeiro: não sou surdo. Segundo: recuso-me a responder perguntas estúpidas. Terceiro e muito embora: quem contrataria um profano para ser curador de um museu maçônico?

— Talvez preferissem um museólogo... sei lá...

Dr. Salomar ficou olhando o rapaz.

Era melhor Leo ir direto ao assunto, ou corria o risco de ser enxotado do museu. Sacou então a foto que trazia no bolso e estendeu-a sobre a escrivaninha do interlocutor. Nela se via a misteriosa lápide, que tinha um esquadro e um compasso talhados na pedra, acompanhados, embaixo, de vários desenhos de ângulos e pontos.

O velho curador tomou a fotografia nas mãos, refletiu por alguns segundos e depois se levantou lentamente, com alguma dificuldade, resmungando um pedido de licença. Depois foi até a estante ao fundo da sala, arrumou um rascunho e um lápis e passou a rabiscá-lo longe da vista do jornalista.

Leo levou um susto, após alguns demorados minutos, com o grito de satisfação do ex-desembargador.

— Onde achastes isso, rapaz? — ele parecia agora muito mais simpático.

— Por quê? Antes o senhor tem que me dizer o que tem na mensagem. — ousou Leo.

— Se eu disser, prometes responder-me todas as perguntas?

— As que eu souber responder, sim — concordou.

Dr. Salomar Castelo Forte finalmente convidou o visitante a se sentar.

•

Otávio sempre gostou de Indiana Jones. Aliás, ele lia tudo que caía em suas mãos sobre o Coronel Percy Harrison Fawcett, o arqueólogo-explorador que serviu de inspiração para o personagem Indiana e que desapareceu no interior do Brasil, em 1925, durante uma expedição em busca da cidade perdida de "Z". Por sinal, estava nos planos do "TEORIAS..." um episódio sobre o Cel. Fawcett.

O professor, inclusive, costumava dizer aos filhos que decidiu pela carreira acadêmica quando leu, ainda pré-adolescente, *O ídolo roubado*, uma das aventuras de Tintim inspirada na famosa expedição de Fawcett. Lera o HQ em francês, fazia questão de destacar aos filhos pré-adolescentes, vangloriando-se de nunca ter reclamado de estudar idiomas, o que era mentira. "'L'oreille cassée', que na verdade quer dizer 'A Orelha Quebrada'. Vocês deviam largar o videogame e ler mais. Tintim, Jonny Quest, Asterix... existem vários quadrinhos divertidíssimos que nos instigam a estudar sobre História e Geografia etc.", argumentava.

Uma cena, em especial, de *Os Caçadores da Arca Perdida* lhe chamara a atenção desde a primeira vez que assistira ao filme quando criança: quando uma aluna de Henry "Indiana" Jones Jr. pisca demoradamente os olhos para o professor durante a aula, e tem um "love" e um "you" pintados nas pálpebras, desconcertando-o.

Era o que Otávio sempre se lembrava quando alguma aluna ultrapassava o muro platônico e exagerava nos suspiros dirigidos a ele em sala de aula. No seu tempo de adolescente, na cidade natal, costumavam usar a expressão de Maria-isso, Maria-aquilo... Tinham as Marias-gasolina, Marias-chuteira, Marias-joelheira (o time de vôlei da escola fazia sucesso), etc. Existia até música que tocava na rádio, tratando as meninas assim. Hoje em dia, sabia, não teria mais clima nem desculpa para tamanho disparate: tratar mulheres desta forma infame seria motivo para cancelamento sumário, prisão perpétua, fogueira em praça pública. Já os meninos eram sempre os Joões-rabo-de-saia. Na época da faculdade, tinham as Marias-estetoscópio (que gamavam nos professores de Medicina), as Marias-gravata e as Marias-prancheta, do Direito e Arquitetura, respectivamente (ele, inclusive, foi durante três semestres apaixonado por uma garota que, por sua vez, não queria saber dele e só tinha olhos para um professor de Sociologia). Já os rapazes da faculdade, estes continuavam sendo os mesmos Joões-bobões.

Será que existiriam as Marias-guarda-pó?, pensou enquanto dobrava um bilhete deixado anonimamente sobre sua mesa. *"Foda é ter que dizer 'boa tarde, professor', quando a vontade é dizer 'te amo'"*. Sempre discreto, mais tarde Tato jogaria fora o bilhete e tocaria a aula e a vida com o olhar de paisagem.

•

— Aqui está escrito "INVISIBILIA FABER", algo como "artífice invisível", ou "artesão", ou "construtor invisível", apesar de mais parecerem signi...

Nesse momento Leo já não mais ouvia o Dr. Salomar. Em sua mente latejava a expressão "artífice invisível", enquanto perdia seu pensamento, inutilmente, em busca de alguma hipótese.

— Agora me responda — interrompeu o Curador — Onde achastes isso? De quem é esse túmulo?

O jornalista então contou sobre como recebera a fotografia da lápide, deixando o velho desembargador curioso não apenas sobre a identidade do Iluminista, mas perplexo por seus métodos e do porquê a indicação do MRMP (ou seria dele próprio?) como ponto de partida para as investigações.

•

Dentre os vários serviços oferecidos no portfólio daquele escritório de assessoria previdenciária de fachada, cuja única forma de contato era por meio de determinados fóruns clandestinos na *deep web*, estava a produção e a difusão de *fake news*, com finalidades política e/ou econômica, conforme o gosto e a intenção do cliente.

Era o carro-chefe do escritório, chamado carinhosamente de "Bureau" pelos três sócios e pelas duas dúzias de colaboradores literalmente espalhados pelo mundo. Depois que alguém descobriu que "Bureau" era a forma como era conhecido o FBI, a polícia americana, os sócios gostaram ainda mais da autodenominação.

Diziam-se capazes de destruir a reputação de uma pessoa, empresa ou uma instituição, privada ou estatal, num breve estalar de clicks do mouse.

O Bureau também oferecia campanhas de indução da opinião pública, por meio da criação, promoção e manipulação de histórias, fotos, eventos e notícias, de modo a alcançar os propósitos pretendidos pelo contratante, cuja verdadeira identidade jamais sabiam, nem tinham interesse em saber. Bastava a transferência da metade do preço em criptomoedas e, pronto, começavam o trabalho sujo.

O conteúdo da notícia manipulada, diziam, também pouco importava. Como o tempo médio de atenção de um leitor de hoje em dia é muito curto, a solução era uma manchete sensacionalista que se encaixasse dentro do espectro político ou no campo de interesse do internauta identificado pela IA (fornecido, obviamente, por uma grande empresa de *big data*) e... click! Mais um *like* para a conta.

Manchetes *clickbait* são iscas que nunca falham! O suicídio de um artista, um *revenge porn* contra uma subcelebridade, a convocação de greve geral de caminhoneiros ou uma movimentação estranha de tropas do exército na fronteira e... click! Compartilhando!

Mas e se os leitores se demorarem um pouco mais sobre determinada notícia? Daí basta colocar um "segundo estudo...", "cientistas da universidade norte-americana...", "um integrante do primeiro escalão que não quis se identificar...". Pronto. Agora a notícia já seria verossímil. *Click*.

Agora era lançar o *link* num *blog*, numas dezenas de perfis fakes no Twitter, depois sustentar seu impulso com comentários positivos ou negativos em sites populares. *Click*. *Click*.

— Na bem da verdade — continuou o Dr. Salomar. — Esse alfabeto não é exatamente uma invenção maçônica.

— Não?

— Esse é um processo chamado cifra *pig pen*, que significa algo como "porco no chiqueiro". Foi inventado por um alemão chamado von Nettesheim...

— O senhor está falando sério!? Cornelius Agrippa von Nettesheim!? — surpreendeu-se Leo.

— Conhece-o? — foi a vez de o Curador se surpreender.

— Sim! Alguns meses atrás eu comecei a preparar um material sobre feitiçarias, bruxarias e coisa e tal, para o meu canal no YouTube. Eu queria arrebentar no Haloween! A ideia inicial era falar das famosas lendas de Florianópolis, mas durante as minhas pesquisas eu acabei me deparando com algumas outras histórias, de outros lugares, de mulheres acusadas de bruxaria durante o Período Colonial.

De fato, Leo chegou a gravar alguns trechos do episódio, a decorar (como acabava acontecendo) várias passagens, mas à medida que o trabalho evoluía, foram nascendo aftas, herpes e furúnculos por todo o corpo, o que acabou demovendo-o do projeto.

— As mulheres eram processadas e julgadas conforme o, como é mesmo o nome?, Malleus Maleficarum...

"Martelo das Bruxas", traduziu mentalmente Dr. Salomar.

— ... uma espécie de código de processo penal para feiticeiras, escrito por dois monges dominicanos em mil quatrocentos e guaraná de rosca, e que continha os métodos para identificação, julgamento e condenação de mulheres tidas como hereges — o texto para o episódio abortado foi simplesmente surgindo na cabeça do youtuber — E uma dessas maneiras de se reconhecer uma bruxa era ser apontada como uma por determinado número de testemunhas.

— E onde entra von Nettesheim nisso?

— Na minha pesquisa, cheguei na história de uma certa camponesa francesa que foi acusada de ser bruxa. Agrippa von Nettesheim, que já era famoso por defender um dos precursores da Reforma Protestante, Jacques Lefèvre d'Etaples, da perseguição do temido Prior de Celestine, peticionou junto ao Bispo de Metz e conseguiu inocentá-la e livrá-la da fogueira — Leo até mudara a entonação, falando como se estivesse diante das câmeras. Por pouco não pediu que o Dr. Salomar deixasse um like e se inscrevesse no canal.

— Ele, literalmente, queixou-se ao bispo.

O já desinibido Leo conquistara o respeito do Curador.

— É verdade — concordou, rindo — Eu sabia que Agrippa von Nettesheim, além de advogado, era diplomata, historiador, filósofo e até mesmo médico! Agora, criptógrafo para mim é uma surpresa.

— Mais que criptógrafo, Agrippa era um ocultista. E dos grandes! - quem conhecia o Dr. Salomar sabia que ele jamais deixaria um interlocutor brilhar sozinho — É dele a obra De Occulta Philosophia, um verdadeiro clássico do ocultismo. O método de cifra criado por ele foi mencionado num livro intitulado Traicté des chiffres, ou secretes manieres d'escrire, "Tratado das cifras, ou maneiras secretas de escrever," de um tal de Blaise de Vigenère, um francês... quem, por sinal, dá nome à famosa Cifra de Vigenère, embora todos saibam que seu inventor foi Giovan Batista Belaso, um italiano.

O irrequieto Leo, por seu turno, também começava a gostar do velho desembargador. Por sinal, ele seria uma boa fonte de pesquisas futuras e um sujeito interessantíssimo para se entrevistar.

— Bem... — disse, tentando voltar ao assunto que o levara até ali — de qualquer forma, parece uma ciência bastante antiga.

Dr. Salomar, por sua vez, já não o ouvia porque pegara um livro na estante e o folheava até encontrar, satisfeito, o que procurava para mostrar ao novo amigo.

— Ei-lo! — exclamou.

Leo se debruçou sobre o volume que Dr. Castelo estendera sobre sua escrivaninha.

— Este é o alfabeto criado por Agrippa von Nettesheim — disse, mostrando a página do livro que continha o desenho de uma tabela com o alfabeto latino com os signos correspondentes a cada letra.

Leo se espantou com a semelhança entre esses caracteres e aqueles que apareciam na lápide. Após saborear cada possibilidade que surgiu diante de sua mente, perguntou ao Curador do Museu:

— Mas como surgiu, se é que o senhor pode me dizer, o alfabeto maçônico?

•

Chegando da escola no meio da tarde, o professor Otávio estava checando os e-mails antes de começar a corrigir as provas que tinha aplicado na semana anterior. Passou um café fresco e já ia organizando as pastas quando foi interrompido por uma ligação de Marília, lembrando que no dia seguinte o filho mais velho teria um jogo do campeonato de handebol e contava com a presença do pai.

— E vê se não vai dar um bolo de novo!

No início, até que se irritava mais com as cobranças e acusações da ex-mulher, mas ainda doía a pecha de pai relapso que ela insistia em lhe dar.

A ligação fez esvair toda e qualquer vontade (que já não era grandes coisas) de corrigir as pilhas de prova manuscrita. Por isso, decidiu velejar um pouco pela internet, a fim de espairecer ou recuperar alguma inspiração.

Deu uma olhadela nos principais sites de notícia e viu dois ou três vídeos no YouTube, quando se lembrou que Leo ainda deveria estar no Museu Maçônico, conforme indicação do Iluminista. Não custava nada tentar descobrir alguma informação sobre o remetente do envelope. O codinome era um bom ponto de partida. Obviamente ele estudara sobre o Iluminismo no colégio e, depois, na Faculdade de História. Mas como não trabalhava o tema nas turmas que lecionava, seria oportuno dar uma refrescada no assunto.

Começou, então, uma pesquisa no Google Scholar, o mínimo que exigia de seus alunos nos trabalhos da escola. Logo desistiu e foi para a academicamente questionada Wikipedia, abrindo a partir dela tantas guias e janelas – "mercantilismo", "déspotas esclarecidos", "Jean-Jacques Rousseau", "Adam Smith", "Immanuel Kant", "enciclopedistas", "Declaração dos Direitos do Homem" etc. – que a tela de seu computador mais parecia a de um controlador de voo. Finalmente partiu para as videoaulas no YouTube, de onde tirou vários *insights* para suas próprias aulas (longe, contudo, de ousar ter seu próprio canal, afinal a timidez em estágio terminal o travava desde sempre).

Como costumava fazer na época do colégio, tendo mantido o hábito tanto para preparar suas aulas como para montar os episódios do "TEORIAS...", Otávio ia anotando as informações mais relevantes da pesquisa em papéis avulsos, construindo um mapa mental que podia ser editado ou aditado indefinidamente. Aliás, deixara uma imensidão de material manuscrito arquivado num quarto da casa dos pais. *"Queria que você fosse assim organizado com as outras tuas coisas dentro de casa!"*, parecia ouvir a voz de Marília enquanto escrevia, a lápis, anotação por anotação:

ILUMINISMO

- Século XVIII, Europa (especialmente na França).

- LUZ (ciência e razão) *versus* TREVAS do mundo (Igreja, governos absolutistas, superstição).

- Principais ideais: liberdade de pensamento; liberdade de expressão; igualdade entre os homens; fins dos privilégios para os reis, nobres e clero; liberalismo econômico.

- Grande influência na INDEPENDÊNCIA DOS ESTADOS UNIDOS (1776) e na REVOLUÇÃO FRANCESA (1789).

- *Déclaration des Droits de l'Homme et du Citoyen* - Declaração dos Direitos do Homem e do Cidadão – aprovada pela Assembleia Nacional Constituinte da França Revolucionária (1789).

- ... Art.1.º Os Homens nascem e são livres e iguais em direitos. As distinções sociais só podem fundamentar-se na utilidade comum;

- ... Art. 4.º A liberdade consiste em poder fazer tudo que não prejudique o próximo: assim, o exercício dos direitos naturais de cada homem não tem por limites senão aqueles que asseguram aos outros membros da sociedade o gozo dos mesmos direitos. Estes limites apenas podem ser determinados pela lei;

- ... Art. 10.º Ninguém pode ser molestado por suas opiniões, incluindo opiniões religiosas, desde que sua manifestação não perturbe a ordem pública estabelecida pela lei;

- ... Art. 11.º A livre comunicação das ideias e das opiniões é um dos mais preciosos direitos do homem; todo cidadão pode, portanto, falar, escrever, imprimir livremente, respondendo, todavia, pelos abusos desta liberdade nos termos previstos na lei;

- Também teve influência na Inconfidência Mineira!!!

- Iluministas mais conhecidos: John Locke, Adam Smith, Montesquieu, Voltaire, Diderot e Rousseau.

Enquanto relia as três folhas manuscritas, deliciava-se sobre a redação daqueles artigos da Declaração dos Direitos que considerava, nesta altura da sua vida, os mais emblemáticos. Era (e jamais deixara de ser) um romântico incorrigível! Riu-se ao pensar que hoje se tratam de direitos *óbvios*, daqueles que qualquer criança saberia enumerar ou reclamar antes mesmo de alfabetizadas, mas que, para a época, representavam uma revolução, um passo muito maior para a humanidade do que o de Armstrong na lua.

Antes de, finalmente, partir para as pilhas, puxou um *post-it* e arrematou:

Possíveis perfis/características do Iluminista:

- Conspirador
- Cético
- Racional
- Libertário

Colou-o na geladeira para não esquecer de conversar com Leo a respeito.

•

RAPPER IRLANDÊS MORRE INTOXICADO COM ROUPA FEITA COM FIBRA DE MACONHA

LONDRES – Depois dos transgênicos, o vilão da vez são os produtos feitos à base de maconha. Sua mais nova vítima foi o rapper irlandês Kenny MacGowan, 26 anos, encontrado morto em seu apartamento no bairro Knightsbridge, na capital inglesa. Segundo a polícia britânica, o jovem músico morreu de intoxicação causada pelo uso de camisetas feitas de cânhamo, da sua própria marca "Éadaí Pota".

Apenas este ano foi a quinta morte no Reino Unido associada ao uso indiscriminado de produtos que contêm cânhamo em sua fórmula.

Diferentemente do que defendem os entusiastas, apesar da alegada baixa concentração de THC, produtos feitos da *Cannabis sativa* têm se revelado tóxicos e com efeitos psicotrópicos irreversíveis, se utilizados por muito tempo.

> Cientistas da Universidade de Edimburgo têm associado o uso de produtos feitos com cânhamo ao aumento dos casos de câncer na Escócia, o que tem despertado a atenção das autoridades sanitárias da União Europeia.
>
> "A morte de Kenny MacGowan é um alerta para a saúde pública, tal qual representaram os alimentos transgênicos nos anos 1990", afirmou a Diretora da Agência Europeia para a Segurança e a Saúde no Trabalho (EU-OSHA), Dr.ª Christa Schneider.

Canto superior esquerdo. Novo. FN/canhamo/rapper irlandes. Fazer upload de arquivo. Enter.

•

A *equipe inteira* do canal "TEORIAS..." estava reunida, dividindo uma lasanha de brócolis e discutindo as suposições que o redator-professor de História havia feito sobre a personalidade do Iluminista.

— Esse caso pode não nos levar a lugar nenhum, mas está trazendo um monte de informações, no mínimo, curiosas! — comentou o apresentador-jornalista.

— Sem contar algumas boas ideias para futuros episódios. Olha essa: em 1786, um dos caras que futuramente se envolveria na Inconfidência Mineira, um tal José Joaquim Maia e Barbalho, encontrou-se secretamente na França com ninguém menos que Thomas Jefferson, para buscar o apoio do recém independente Estados Unidos para a instalação de um governo republicano em Minas Gerais.

— E ele conseguiu?

— Suponho que não deu tempo. Mas que daria uma baita teoria da conspiração, daria! Já tenho até o nome do episódio: "Missão Vendek" — e antes que Leo perguntasse o motivo, Otávio explicou — É que esse José Maia usava o pseudônimo de "Vendek".

Otávio aproveitou e explicou ao amigo, brevemente, quais teriam sido as ideias iluministas acolhidas pelos conspiradores mineiros.

Depois foi a vez de Leo contar ao parceiro sobre sua ida ao MRMP, e de como o Dr. Salomar se colocara a disposição para os ajudar nas investigações sobre a fotografia misteriosa. O Curador prometera ligar tão logo tivesse alguma nova informação. O inverso também valia.

— Engraçado foi ele ter dito não querer saber de celular, de computador, "dessas modernidades" — contou, rindo e imitando a voz — Disse que prefere me ligar. Vou me admirar se ele conseguir achar o número do meu telefone no meio daquela papelada toda.

A noite terminou com os dois amigos tomando uma cerveja enquanto assistiam a uma partida de futebol pela televisão, checando as redes sociais a cada cinco minutos, sorvendo doses homeopáticas de dopamina a cada clicada.

•

O novo projeto que Raool, o "assessor previdenciário" fã de heavy metal inglês, estava desenvolvendo era um sofisticado programa de *meme stock*, com robôs programados para induzir grupos de investidores individuais que se organizam em comunidades em fóruns on-line, com o intuito de manipular o preço de ações nas bolsas de valores.

Agora ao som de Judas Priest, deixara um pouco de lado o último serviço para o qual o Bureau fora contratado — uma ofensiva contra o projeto de lei que regulamentaria a indústria do cânhamo no Brasil. Já estava programando havia 56 horas ininterruptas. Se mantivesse aquele ritmo alucinante, poderia apresentar os primeiros resultados do novo programa aos sócios já no início da semana seguinte. Já estava pensando na apresentação: pegar uma ação "small caps" e levá-la para a estratosfera em questão de horas.

Mas por hoje dera. Estava satisfeito.

Levantou-se, espreguiçou-se, deu o último gole na latinha de energético, desligou o som, apertou o nó da gravata de seda Bulgari, desdobrou as mangas da camisa, vestiu seu paletó E. Zegna e preparou-se para sair. O mais *nerd* dos três sócios era o único àquela hora da madrugada no Bureau. Abriu a porta, achou o pacote com os novos itens de informática encomendados deixados ali pelo porteiro da noite. Jogou a embalagem sobre o sofá da sala de recepção que nunca recebia ninguém.

Foi embora enquanto o sol já ameaçava raiar.

•

Raiado o sol, Leo tinha uma reunião agendada com o pessoal de um dos sites de notícias para quem vinha trabalhando, num badalado *coworking* na Paulista, enquanto Otávio não podia se esquecer de que tinha jogo de handebol do filho na escola.

Eram raros os dias em que as agendas permitiam tomar café da manhã com calma e trocar uma ideia sobre os projetos em comum. Tato comentou:

— Eu estava dando uma zapeada sobre a vida do Ulysses Guimarães ontem à noite, para dar aquela última arrematada no vídeo antes de subi-lo. É curioso pensar que a Constituição de 1988 é a nossa sétima constituição, mas uma das poucas a ser promulgada durante um momento de calmaria, e não num período de exceção.

— Não entendi.

Foi buscar suas anotações.

— Olha só. A nossa primeira constituição, a de 1824, foi outorgada (leia-se "imposta goela abaixo") por D. Pedro I, depois de dissolver a Assembleia Constituinte.

— Opa! Começamos bem! – Leo exclamou.

— Depois veio a de 1891, nossa segunda constituição e a primeira da República, com um país ainda fardado, logo após o golpe da Proclamação. A de 1934, a terceira, foi resultado da Revolução Constitucionalista de 32, que brigava contra o governo provisório de Getúlio Vargas, que tinha tomado o poder à força em 1930. A de 37 revogou a de três anos antes, com Getúlio dissolvendo o Congresso e outorgando a "Carta Constitucional do Estado Novo".

O uso das aspas, enfatizado no gesto com os dedos, dava credibilidade à explicação de Otávio, que também se valia da estratégia durante suas aulas de História, ora para fazer entender que se tratava de uma denominação *ipsis litteris*, ora para brincar com ironias no meio do discurso. Prosseguiu:

— A de 1946 nasceu no hiato democrático entre a deposição de Getúlio e o Golpe de 1964, que, por sua vez, trouxe a constituição de 1967...

— Lembrei do nosso episódio sobre a renúncia de Jânio Quadros... — Leo não perdia a desagradável mania de interromper seus interlocutores, muitas vezes quebrando-lhes o raciocínio.

— Pois é. Justamente quando ele renunciou, em agosto de 1961, criaram o ato adicional à Constituição de 46, para tentar aplacar a crise política deflagrada, instituindo então o regime parlamentarista, que cairia em 63.

— Afinal, como nós brasileiros viveríamos sem a esperança da chegada do nosso "Salvador da Pátria"?

Otávio sorriu amarelo. Estava começando a se irritar. Arrematou acelerando a fala, antes que viesse mais uma interrupção:

— E depois da de 1967 e demarcando a transição da ditadura militar para um regime democrático, veio finalmente a Constituição da República Federativa do Brasil de 1988...

— ... com o Dr. Ulysses presidente da Assembleia Constituinte...

Porrrrrraaaaaa! Respirou fundo:

— ... e que conquistaria um honroso 7.º lugar nas Eleições de 1989 para Presidente.

Depois do café da manhã constitucionalmente nostálgico, ainda que os dois fossem ainda pequenos nesse último capítulo da novela constitucional brasileira, Otávio ia saindo de casa para trabalhar assobiando inconscientemente um "Lá, Lá, Lá, Lá, Lá Brizola".

Leo convidou-o a rachar um Uber até parte do caminho para a escola.

— Juntos, chegaremos lá! — disse, apontando para o mapa no celular.

•

Com a bicicleta na revisão, Otávio teve que pegar dois ônibus para conseguir chegar ao colégio em que seu filho jogaria o campeonato citadino de handebol. Tal qual o pai na adolescência, o filho era armador esquerdo da equipe infantil da escola.

O ex-armador chegou um pouco antes do início da partida, tendo tempo para dar um beijo no filho e desejar um bom jogo.

A alegria do reencontro foi interrompida quando Marília chegou no ginásio na companhia de um sujeito alto e magro, óculos redondos, aparentemente um pouco mais velho do que o ex-marido. Vinham de mãos dadas, mas interromperam o gesto quando pai e filho os avistaram.

Otávio foi tomado por uma onda de ciúmes que pouco conseguiu disfarçar.

O ex-casal trocou um beijo no rosto e Marília apresentou o novo *amigo*. Ele se chamava Lúcio e tinha uma simpatia irritante. Os dois homens se cumprimentavam enquanto o jovem atleta foi para junto do resto do time. Sentaram-se no segundo degrau da arquibancada do ginásio, Marília entre Otávio e Lúcio.

— Então, Lucas — Otávio errara o nome propositalmente — você trabalha com o quê?

— Meu nome é Lúcio. E sou biólogo de formação, mas atualmente estou envolvido no desenvolvimento de uma *startup* que usa drones para combater pragas em plantações.

— Plantações? Aqui em São Paulo? — o professor tentou colocá-lo contra a parede.

— Na verdade, nossos parceiros e desenvolvedores atuam de várias partes do Brasil.

— A Embrapa até já manifestou interesse em contratar os serviços da *startup* do Lúcio — atravessou-se Marília.

Otávio não conseguia acreditar. Marília enchia o saco dele quando assistia ao Globo Rural nos domingos de manhã, e agora estava saindo com um cara que iria trabalhar para a Embrapa!?

— Que interessante — disse, finalmente, olhando para a quadra. E, entre os dentes, comentou apenas para que a ex-mulher pudesse ouvir:

— Que maravilha, Dr.ª Marília. Trocando um historiador por um biólogo. Como diria seu pai, "seis por meia dúzia".

Ela fingiu que não ouviu.

Os dois jogos estavam começando.

•

No horário programado por Raool, o texto foi disparado e direcionado precisamente para as pessoas identificadas pelos algoritmos como do público-alvo ideal para assimilá-lo, absorvê-lo e, especialmente, compartilhá-lo:

O segredo da nova geração de ambientalistas

Atrás de rostinhos bonitos e das palavras de ordem em protestos pelos quatro cantos do planeta se esconde um obscuro interesse desses ambientalistas de apartamento. Documentos obtidos por uma famosa organização internacional de *ciberativistas*, e vazados nesta quinta-feira, ligam o nome de alguns dos mais influentes ativistas ambientais da nova geração, como o da finlandesa Alexia Maurits (16) e o do francês Laurant Boyer (21), a empresas que desenvolvem produtos à base de cânhamo nos EUA e na Europa.

Esta revelação desmascara a nova geração de ambientalistas-mirins, trazendo à tona o verdadeiro intuito de seu discurso repleto de ofensas e acusações: eles, na verdade, brigam por mais espaço para a droga e querem o que todos querem, lucro.

Por meio de sua conta no Twitter, Laurant Boyer se limitou a condenar o vazamento de dados sigilosos, afirmando que sua verdadeira intenção era destruir o capitalismo por dentro.

A estratégia era perfeita: pegar carona na antipatia dos conservadores pelos jovens ícones ambientalistas do mundo, tratadas por fedelhos, pirralhos, histéricos e/ou arruaceiros, incubando uma nova ojeriza.

•

Com a vitória do jogo, Otávio e Marília levaram o filho numa sorveteria para comemorar, com Lúcio a tiracolo. Por mais que se esforçasse, o ex-marido não conseguia se concentrar no filho.

— Diz aí (Lúcio teu nome, né?). O "agro é pop" mesmo?

Lúcio não mordeu a isca.

— O agronegócio tem sido o carro-chefe da nossa economia há algum tempo.

— Também pudera! À base de queimadas e agrotóxicos, qualquer indústria prospera. Mas a que custo?

— Vou ter que discordar de você, Otávio. Ao contrário do que se fala por aí, sem qualquer conhecimento de causa ou compromisso com a verdade, o agronegócio brasileiro tem sido um modelo mundial de desenvolvimento de tecnologia e de preservação ambiental. É claro que existem exceções (e elas têm que ser punidas), mas a regra é que estamos caminhando para um modelo de negócio altamente sustentável. Até mesmo porque governos do mundo inteiro não tiram os olhos de nós, buscando motivos para justificar o protecionismo aos seus próprios produtores rurais.

— E as queimadas pra fazer pastagem? Não vai me dizer que as queimadas são fenômenos naturais...

Marília estava tensa com a conversa.

— É óbvio que existem queimadas criminosas, mas também existem as acidentais e as causadas por fatores naturais. Mas o sucesso da agricultura brasileira se deve menos ao aumento de áreas agricultáveis e muito mais à tecnologia e ao desenvolvimento de novas técnicas de plantio, que fez com que a produtividade por hectare praticamente triplicasse nas últimas duas, três décadas.

Otávio foi ficando sem argumentos (afinal, não dispunha de dados para confrontar as afirmações de Lúcio) e cada vez mais irritado:

— E os agrotóxicos? Li que somos os campeões mundiais no uso de defensivos agrícolas, e que usamos aqui venenos proibidos na Europa e nos Estados Unidos. Daí já viu! Contaminação dos lençóis freáticos, descarte indevido de embalagens, pessoal morrendo de câncer...

Lúcio começou a rir. Estava acostumado a lidar com esse tipo de debate. Decidiu mudar o tom:

— Você tem razão. Agrotóxicos são venenos e devem ser proibidos! Assim como não podemos mais usar inseticidas ou repelentes contra mosquitos, e nem usar pomadas para tratar micoses. Afinal, tudo tem a mesma função: combater insetos, fungos, ácaros etc. Vamos voltar à era de catar piolho com pente fino.

Marília finalmente interveio.

— Lúcio, você sabia que o Tavinho torce para o Palmeiras?

Mãe de dois meninos e filha de um atleticano fanático, ela aprendera que nos últimos tempos era melhor discutir futebol do que política ou religião, afinal, as rodadas do Brasileirão são mais frequentes do que as eleições, guerras santas ou reencarnações.

•

Quinta-feira, véspera de feriado, pede um gelada. E enquanto comiam a pizza e tomavam a terceira, Otávio mudou de assunto:

— Cara, como podemos evoluir em relação a essa "investigação" do Iluminista? Será que devemos ficar sentados, só aguardando novas instruções dele?

Após refletir durante o tempo de um gole, Leo sugeriu:

— Acho que devemos nos posicionar e tomar a frente nesta relação. Até agora, a única coisa que temos é a fotografia de um túmulo curioso, talvez misterioso, e sabe-se lá se autêntico. Vai que isso não dá em nada e só estamos perdendo tempo.

— O que você sugere?

— Vamos mandar uma mensagem para o tal Iluminista, exigindo que ele nos passe a localização do túmulo. Daí vamos até lá e, de lá, nós decidimos o próximo passo. E vemos se vale a pena dar corda pra esse lunático. Podemos até fazer um vídeo no lugar, uma *live*, sei lá. Podemos aproveitar a oportunidade para criar um produto novo pro canal.

— Uma espécie de investigação em tempo real? Baita ideia!

— Um programa gravado fora do estúdio.

— Tipo "Chaves em Acapulco".

Enquanto riam, Leo puxou o celular do bolso e twittou:

"ONDE ACHO A LÁPIDE?"

Não demorou para os seguidores da rede começarem a cair em cima:

"Virou necrófilo, jornalista?"

"Papinho macabro, irmão"

"Sinixxxxxxxxtro"

Quando já estavam na quinta cerveja, o celular vibrou. Era um SMS.
PRECIPITADA ESTA PISTA. TEM OUTRAS COISAS MAIS IMPORTANTES PARA APURAR ANTES.

O bom (e o mal) do alcool é que ele deixa a língua solta e os dedos rápidos. Leo pegou o celular das mãos de Otávio e twittou:

"OU NOS PASSA A LOCALIZAÇÃO OU DEVE PROCURAR OUTROS TROUXAS"

Os seguidores, que não sabiam do que se tratava a discussão (aliás, sequer que era uma discussão, afinal não tinham acesso à resposta do Iluminista), não perdoaram.

"'trouxas'? Ih, vai rolar um *menage à trois* no cemitério??? kkkkkk"

"Ops, acho que alguém leveu um bolo do Gasparzinho"

Demorou alguns minutos até que um novo SMS surgisse na tela do celular, com as coordenadas geográficas da lápide, com seus graus, minutos e segundos.

— Acho que ele ficou meio puto com a gente.

Otávio fez um Crtl "C" e colou no Google Maps.

— Prepare as malas, *Watson*, vamos para o Rio de Janeiro.

•

Do momento que fecharam a porta do apartamento, na noite de sexta, tomaram o Uber até o Terminal do Tietê, depois embarcaram no executivo da Viação 1001, São Paulo-Niterói, partida das 23h55, até quando desceram na Rodoviária Roberto Silveira, já no outro lado da Baía de Guanabara, às 7h40 da manhã seguinte, foram quase 12 horas de uma *road trip* bem menos glamourosa do que aquela que haviam planejado fazer quando Otávio bateu na porta de Leo, com os trapos do divórcio.

Na rodoviária fluminense, só deu tempo de lavar o rosto, trocar a camiseta, passar um desodorante debaixo dos braços e tomar um café com leite na lanchonete, para correrem para pegar o 121Q em direção a Magé, ônibus que os levaria até a cidade de Itaboraí, destino final, dali a duas horas de chão.

Com o podcast *Era uma vez no Oeste* no fone de ouvido, o jornalista acompanhava a paisagem mudar por meio das janelas do ônibus, contemplando primeiro os prédios e depois as pastagens e os vários tons de verde das encostas, com a Serra do Lagarto à direita. Já Otávio, porque não enjoava, vinha lendo o material que imprimira sobre as ruínas do Convento de São Boaventura, uma das principais atrações de Itaboraí.

— Essa região que estamos indo se chamava Vila de Santo Antônio de Sá — comentou — e era bastante rica no Séc. XVII, durante o Ciclo da Cana-de-Açúcar. O açúcar era produzido nos engenhos das várias fazendas e freguesias da região. Toda a produção era escoada através dos rios, como o Macacu e o Casserebú, que deságuam lá atrás, na Baía de Guanabara, e de lá ia para o mundo todo.

Leo, tirando os fones e interrompendo um debate entre os *podcasters* gaúchos sobre a política americana no Oriente Médio, pensou alto:

— É fantástico quando a gente vê pessoalmente aquilo que aprendeu na escola, né? Dá até uma emoção no cara... pau-brasil, cana de açúcar... até consigo ver a professora Rute falando em sala de aula sobre esses ciclos. E agora estamos aqui, respirando este ar.

As palavras do jornalista fizeram com que o professor de História começasse a pensar em estratégias diferentes para agregar valor às suas aulas, como esse tipo de experiência. O jornalista, porém, interrompeu seus devaneios querendo saber mais sobre a história da parada final.

— O auge da Vila de Santo Antônio foi quando construíram um dos primeiros trechos da estrada de ferro chamada... — consultando os nomes nas folhas de papel impressas — ... Cantagalo. Daí toda a produção do Nordeste da Província do Rio de Janeiro vinha até a vila, onde era embarcada no porto fluvial, chamado Porto das Caixas, e dali começava descer o rio. Essa rentável condição de entreposto comercial durou até 1874, quando inauguraram a Estrada de Ferro-Carril Niteroiense, que substituiu quase que completamente o transporte fluvial, esvaziando a importância econômica da cidade.

Pondo fim à conferência, Otávio dobrou as folhas, guardou-as na mochila e arrematou, olhando as árvores que passavam pela janela:

— A abolição da escravatura foi a pá de cal na economia da região.

Quando chegaram na rodoviária da cidade fluminense de Itaboraí no sábado de manhã, decidiram não desembarcar ali, mas pegar uma carona no próprio interurbano até a Terminal Rodoviário de Venda das Pedras, que ficava mais perto de onde as coordenadas passadas pelo Iluminista indicavam.

O plano era descer, meter o mochilão nas costas e ir andando em direção à Portaria Sul do Comperj, Complexo Petroquímico do Rio de Janeiro, uma controversa refinaria da Petrobrás que ocupava uma área de 45 km², em cuja área, por sinal, compreendia — segundo Otávio apurara — as famosas Ruínas do Convento São Boaventura.

O professor-mochileiro, aliás, queria apostar uma caixa de cerveja que a lápide da fotografia devia estar nas ruínas do convento. Enquanto apertava a mão do amigo para selar a aposta, Leo já se perguntava como fariam para entrar no complexo (e como convenceria o exageradamente cauteloso companheiro a acompanhá-lo numa possível invasão de propriedade).

Descendo finalmente do ônibus, puseram o pé na estrada em direção à Estrada do Escurial, numa pernada estimada de duas, duas horas e meia. A ideia era fazer um lanche no caminho para ter uma pequena trégua do sol, que já ia à pino.

Por conta do horário em que estimavam chegar nas proximidades do local indicado pelas coordenadas, e contando com uma margem de erro de duas horas para mais e para menos, o plano original era apenas verificar a acessibilidade do local e logo voltar para o centro da cidade, para se alojar num hotel e retornar na manhã seguinte, desta vez preparados para fazer as gravações no local.

Devidamente lanchada e descansada, quando andava pela Avenida Vinte e Dois de Maio, já chegando no acesso à Rodovia Pres. João Goulart, a dupla se deparou com uma Toyota Bandeirante, de carroceria de madeira com a logomarca da Petrobrás, parada no acostamento. Vendo que o motorista ainda estava dentro, fumando um cigarro enquanto mexia no celular, não custou a Leo perguntar se, por uma sorte do acaso, ele não iria passar perto da Comperj e, se sim, se ele lhes daria uma carona na caçamba.

•

ESCOLA PROMOVE "FEIRA DE CIÊNCIAS" COM TEMA MACONHA E CHOCA COMUNIDADE

Lá se foi o tempo em que a escola era um reduto de princípios, valores e de saber. Durante o último final de semana, a Escola Estadual Alexander Graham Bell, no Triângulo Mineiro, promoveu uma Feira de Ciências com os alunos do Ensino Fundamental e do Ensino Médio, e os pais que estiveram presentes no evento ficaram chocados ao descobrir que alguns dos trabalhos apresentados por alunos da 7.ª série eram relacionados aos "benefícios" da planta da maconha.

A polícia e o Conselho Tutelar foram chamados no local. Um inquérito policial foi instaurado para apurar a prática do crime de apologia às drogas previsto na Lei n. 11.343/06, que estabelece pena de um a três anos de prisão para quem induzir, instigar ou auxiliar alguém ao uso indevido de droga.

•

Os dois viajantes seguiam sentados na carroceria da Toyota, recostados em suas mochilas, com o vento estragando o penteado de Leo e arrumando os desgrenhados de Otávio.

Aquela carona providencial economizara mais de uma hora e meia de caminhada, de modo que chegariam no ponto onde deveriam sair da estrada e entrar naquilo que lhe parecia pasto (ou seria um terreno baldio?), segundo o Google Street View, rumo ao ponto determinado pelas coordenadas.

Leo tirou da pochete o GPS Etrex, da Garmin, emprestado do seu barbeiro e que ele ainda estava aprendendo a usar. O mesmo prestador de serviço também lhe emprestara um rastreador pessoal que mandava mensagens via satélite, para o caso de se perderem e terem que pedir resgate.

Já eram quatro horas da tarde, passadas. Teriam tempo suficiente apenas para dar uma breve olhada no local e já começar a voltar para o centro da cidade, em busca de um lugar barato para pernoitar, conforme planejado.

Agradeceram a gentileza do motorista, pularam da caminhonete e, olhando o terreno que teriam pela frente, perceberam que não estavam vestidos adequadamente sequer para dar uma volta por ali: como tinha chovido bastante nos últimos dias, era inviável percorrer o caminho que o GPS portátil indicava, que tinha brejos, pastos e conduzia a um matagal.

— Velho, aparentemente não tem nem uma trilha pra gente seguir. Lá adiante parece ser mata fechada.

— Meu medo é de acabarmos nos perdendo — disse Otávio.

Mais cedo do que podiam imaginar, os dois urbanoides descobriram que seria um pouco mais difícil do que imaginavam chegar ao local da lápide da fotografia.

Estimando que os cerca de 2800 metros, três quilômetros talvez, daquele ponto até o local indicado levaria umas duas horas de caminhada, puseram-se no caminho de volta ao centro de Itaboraí.

Como mal pegava sinal do celular, voltaram andando para a cidade, onde conseguiram uma vaga no primeiro hotel duas estrelas que encontraram.

Depois do merecido banho no banheiro coletivo, a dupla começou a planejar o dia seguinte na sala de televisão do hotel. Teriam que ir de botas de trekking e calças; também não podiam se esquecer do repelente e do protetor solar; deveriam fazer o percurso apenas de "mochila de ataque" (e não com o mochilão de 50 litros que trouxeram). E na mochila levariam apenas o equipamento para filmagem.

— Você tem experiência em trilhas, Leo?

— Cara, só uma vez quando passei um carnaval na Praia do Rosa, em Santa Catarina. Fizemos uma trilha até a Ferrugem.

— Mas era de mata fechada? Tinha bicho? É que volta e meia aparecem no noticiário casos de trilheiros que acabam se perdendo no meio da floresta e têm que ser resgatados pelos bombeiros depois de vários dias. Eu não estou muito a fim de virar notícia.

— E o que você sugere?

— Sei lá, contratar um guia local?

Quando saíam para fazer um lanche, acharam no mural do hall do hotel um panfleto de uma empresa de turismo ecológico especializada em expedições pela região, desde passeio de *moutain bike* pela Trilha da Coruja, até a visita ao Parque Natural Municipal Paleontológico de São José de Itaboraí, um dos mais fascinantes acervos de fósseis do Brasil, além, é claro, do passeio às famosas Ruínas do Convento. Já sabiam por onde começar o dia na manhã seguinte.

•

A tranquilidade da madrugada no centro da cidade de Itu, São Paulo, foi interrompida por um estrondo que ecoou pelas ruas vazias. Não se sabia se fora um acidente ou um assalto a um caixa eletrônico. Os cachorros da vizinhança começaram a latir, até que começou barulho de caminhão manobrando, que durou uns 10, 15 minutos.

Quando a polícia finalmente chegou ao local, na Escola Estadual Regente Feijó, perceberam que alguém tinha levado uma das três peças do monumento edificado em homenagem àquele que emprestava o nome ao educandário, justamente a sua estátua de bronze. No local restaram apenas a bandeira com a insígnia da República e a figura da Justiça.

•

Otávio e Leo foram os primeiros clientes a serem atendidos na agência da Sant'Ana Ecoturismo, pelo proprietário Juliano, um publicitário que fugira da cidade grande e se mudara para Itaboraí para viver da natureza, ainda que pra isso tivesse que ter a agência aberta aos domingos.

Quando os dois amigos explicaram que gostariam de alguém que conhecesse bem as matas da região para acompanhá-los em uma empreitada por um lugar desconhecido, o dono quis saber mais detalhes sobre o que os clientes de fato queriam. E quando soube que a excursão seria lá para as bandas da Comperj, questionou se teria algo a ver com o Engenho do Sumidouro ou com a Capela de N. Sr.ª da Glória.

— Na verdade, não fazemos a mínima ideia. A única coisa que temos são as coordenadas. Fica perto do Comperj.

Juliano conferiu as coordenadas no seu computador.

— Mas o que vocês irão fazer lá?

Droga! Não estavam preparados para essa pergunta. Leo tentou inventar alguma coisa:

— Na verdade, nós estamos fazendo uma matéria para o Canal Off e nos informaram que nesse local podem existir algumas imagens bacanas para a nossa pesquisa.

O empresário percebeu a resistência do cliente em revelar o verdadeiro motivo e não quis insistir. Se eles queriam ir para aquela região, e ainda que não houvesse um pacote específico, daria um jeito de levá-los até lá.

Ele, então, pediu licença aos clientes por alguns instantes para ir até outra sala para fazer uma ligação, voltando cerca de cinco minutos depois.

— Beleza, moçada. Quem irá acompanhar vocês será o Seu João Iglenho, um nativo e grande conhecedor da região. Ele virá buscá-los perto das 9h00 e vai levar vocês até lá com o jipe da nossa empresa.

Os amigos adoraram a ideia da carona.

— Antes, preciso que vocês preencham esses cadastros — disse, entregando a cada um umas folhas de papel — e que acertem o valor do passeio adiantado. Só aceito cartão de crédito ou débito, ok? Ah, e outra coisa — disse, olhando para os pés dos clientes — recomendo que vocês alugarem perneiras, por conta das cobras da região.

Tato odiou saber disso.

Enquanto aguardavam a chegada da carona, os amigos colocaram seus dados pessoais na ficha e assinaram o termo de isenção de responsabilidade

•

Leo e Otávio embarcaram no jipe da Sant'ana Ecoturismo. O tal João Iglenho era um senhor de uns 60 anos e poucas palavras, moreno curtido de sol e bigodudo, com cheiro de asa impregnado na pele e na roupa.

Enquanto a dupla estava de botas de trekking, calças de trilha, camiseta manga longa com proteção solar UV 50+, boné e óculos de sol, o excêntrico guia vinha com calça de brim marrom velha, galocha impermeável, camisa social amarela de manga curta desabotoada até metade do peito, chapéu e cigarro de palha.

E enquanto os dois clientes traziam nas mochilas água, *snacks* e o sofisticado material de filmagem, João Iglenho trazia consigo apenas um facão no cinto.

No carro, obviamente, o rádio estava sintonizado numa estação AM.

Um pouco antes do destino final, o veículo entrou em um posto de combustível. Os rapazes se entreolharam, estranhando aquela parada repentina (o painel acusava tanque cheio!). No jipe então embarcou uma quarta pessoa: um homem alto, careca, calça jeans, óculos escuros. Tinha pinta de segurança à paisana. Talvez fosse praxe, no Rio, os passeios turísticos pela mata levarem consigo um leão de chácara a tiracolo. Vai saber.

•

"Alô, ouvintes da Rádio Convenção, 670 AM. A nossa pacata Itu está em polvorosa depois do rapto, podemos assim dizer, da estátua do Regente Diogo Feijó, ocorrido na madrugada passada. A polícia não descarta a hipótese de simples furto da peça, para derretimento. Segundo o delegado responsável pelas investigações, Dr. Rogério Koerich, estamos diante de um ato de vandalismo e de dano contra o patrimônio público, previsto no artigo 163, inciso III, do Código Penal Brasileiro. Testemunhas disseram que os bandidos usaram um caminhão para destruir o muro da escola e, com um munk (é assim que se fala?), arrancaram a estátua de bronze da estrutura. O diretor da escola, Prof. Hilário, garantiu que amanhã as aulas ocorrerão normalmente.

[vinheta]

Vamos aguardar o desdobrar dos fatos e torcer que o nosso querido Regente Feijó volte logo pra casa, não é mesmo? Agora são 9h45, horário de Brasília..."

•

Se durante o trajeto os passageiros do jipe observassem mais atentamente a vegetação que cobria a Serra de Cacheiras do Macacu, que crescia à frente do veículo, notariam que a região a qual se dirigiam sofrera um processo de regeneração natural, depois de a Mata Atlântica que cobria aquela área ter dado lugar, quase dois séculos antes, a vastas plantações da cana de açúcar.

E mesmo que, na verdade, não estivessem observando a vegetação, acabaram chegando ao destino final da estrada. Depois de descerem os quatro do carro, cada qual foi se aprumando da forma que sabia ou precisava, preparando-se para a saída combinada para dali a 15 minutos. Otávio checou a água, os lanches, o repelente e as baterias para as câmeras. Leo confirmou que trouxera a *necessaire* para se maquiar e um jogo limpo de roupa para quando começassem as filmagens. Seu João Iglenho se acocorou para enrolar dois ou três cigarros de palha. O quarto sujeito, cujo nome ninguém disse, aproveitava para trocar mensagens nervosas no celular antes que perdesse o sinal.

Partiram, finalmente.

Depois que percorreram um trecho de pasto e de brejo, o sinal do GPS indicava uma área de matagal fechado, daquele tipo com lianas que se ligam em meio ao dossel da mata, em um complexo emaranhado de trepadeiras que unem as árvores de troncos tortuosos e arbustos que vinham até o chão, dificultando o avanço da expedição atrás da seta indicada pelo aparelho.

Como que finalmente se sentindo em casa, Seu João Iglenho foi se soltando e ia apontando e apresentando aos clientes o nome das árvores com as quais cruzavam, aqui a quaresmeira, ali a angelim do mato, acolá a canela de viado...

— Essa aqui é a cambará — disse, descansando sobre o tronco de uma árvore que subia até 10 metros de altura.

Não teve como Otávio não se remeter a *O tempo e o vento*.

Nisso pousou um pássaro que os dois amigos nunca tinham visto na vida, um bicho que parecia tucano, com a plumagem preta nas costas e nas asas e com o peito amarelo, com uma curiosa faixa vermelha na barriga.

— Esse é o araçari de bico branco — explicou o João Iglenho, rindo do susto que os dois levaram.

O quarto sujeito vinha atrás, sempre calado. Volta e meia, o desconfiado Otávio olhava para trás, rindo por dentro ao pensar no tênis branco do cara se emporcalhando, junto com a calça. Definitivamente, ele deve ter sido convocado às pressas para a expedição.

Logo depois apareceram, devidamente apresentados pelo anfitrião, um vite-vite e um simpático pica-pau-anão-barrado. Otávio aproveitou para tentar fotografá-los. Em vão.

Estar na natureza, depois de tantos anos perambulando pelos asfaltos da vida na metrópole e trancafiados nas redes sociais, trazia uma sensação estranha de liberdade e, ao mesmo tempo, de vulnerabilidade. Vinham em silêncio, ouvindo as advertências monossilábicas do líder João, que ia na frente com seu facão desbravador.

Leo se penitenciou, em silêncio, por estar desperdiçando a vida à luz artificial e longe do cheiro e dos sons do mato. Já Otávio prometera a si mesmo que, tão logo voltasse pra casa, iria acampar com os filhos, para lhes passar algumas lições de sobrevivência que aprendera com o pai na infância, por exemplo, como identificar frutas comestíveis, como não escorregar em pedras e como sempre pedir licença às entidades do mato, antes de entrar na floresta.

Porque iam andando com bastante cuidado para não pisarem em nenhuma cobra e assim testar a eficácia das perneiras alugadas, foi graças ao aviso de João Iglenho que Otávio, Leo e o quarto integrante perceberam que começava a surgir, em meio às folhas e aos arbustos, os primeiros vestígios da ruína de uma grande construção. Ou seria mais de uma? Tudo indica tratar-se, na verdade, de um complexo bastante antigo, daquilo que fora um dia a sede de uma fazenda.

Haviam atingido o ponto final das coordenadas apontadas pelo Iluminista.

A lápide deveria estar por ali, em algum lugar.

O grupo então se dispersou, vasculhando as ruínas da fazenda ao som de mato, por meio das paredes carcomidas pelos séculos. O quarto integrante seguia acompanhando Leo de perto, que percorria os vários cantos, alguns desnudos, outros revestidos de musgos.

As paredes do que parecia o casarão principal eram feitas de pedras de rio, num tipo de construção que remetia aos tempos certamente coloniais. Elas tinham tamanho variado, com acabamento irregular. As maiores eram depositadas umas sobre as outras, formando o paredão com 60 centímetros, um metro de espessura aproximadamente, e as menores colocadas para calçar as pedras maiores, tendo como argamassa aparentemente areia e cal, ou talvez barro.

Era incrível seu estado de preservação, após séculos de abandono. Mais do que apenas se manterem de pé, as paredes de pedra guardavam a imponência do que teria sido a residência de um grande fazendeiro de cana-de-açúcar do século XVIII ou XIX.

Em determinados lugares da ruína, o grupo pôde constatar um método de construção um pouco mais elaborado que os demais, com cantarias, pedras cuidadosamente desbastadas que se ajustavam quase que perfeitamente, também colocadas umas sobre as outras, aparentemente sem nenhuma argamassa que as tivesse aglutinado. Ou talvez óleo de baleia mandado trazer da Baía da Guanabara tivesse sido usado, à época, para vedar a passagem de água ou de vento (só Otávio foi tão longe nesse raciocínio).

Aquela sensação, comentada por Leo no dia anterior, de estar entrando em um livro de história, voltara à tona (pelo menos para os dos clientes).

Tato pôs a mão em uma parede mais grossa que as demais e que dava acesso a uma porta em arco de pedra, tentando sentir, pela energia, se aquilo um dia fora uma senzala. Em vão. Diferente da avó, ele não tinha nenhuma mediunidade nem outra modalidade de sexto sentido.

Seu João Iglenho acendeu um dos cigarros de palha que trazia atrás da orelha e se acocorou novamente. O suor escorria pelas costas e ia até o cofre, à vista naquela posição.

Otávio sacara a câmera da mochila para registrar a "busca pela lápide perdida". Quando se aproximou de Leo e do quarto integrante da expedição, que fuçavam o que parecia ser o altar de uma antiga capela, gelou-lhe o sangue quando viu um revólver preso na cintura do sujeito, na parte de trás. O professor disfarçou o susto e quis acreditar que a arma se prestaria apenas para protegê-los, matando algum bicho ou animal peçonhento que eventualmente cruzasse o caminho do grupo.

— Filma aqui, Tato. Isso aqui parece um altar — Leo pediu, esfregando a pedra incrustada na grossa parede, donde um dia possivelmente descansara uma imagem sagrada.

O *youtuber* instintivamente apalpou as pedras, tentando removê-las e descobrir um compartimento secreto. Nada.

— Leo, ainda que depois nós iremos gravar um texto lido sobre as imagens, agora vou começar a filmar você vasculhando as coisas, beleza? O bom é que as imagens já estão indo diretamente para o nosso servidor, e o pessoal da edição já vai poder trabalhar com elas...

— Como assim? — Leo não sabia do que Otávio estava falando, afinal, toda a equipe do Teorias da Constipação era apenas os dois.

Depois de algumas caretas já conhecidas do amigo, o *youtuber* entendeu que, naquele momento, não precisava entender o que o outro queria dizer, devendo simplesmente concordar.

— Sim! É claro!

Agora o sujeito armado deveria saber, pensou Otávio, que estava sendo registrada, em algum lugar longe dali, a imagem dele acompanhando a dupla durante a expedição e que se algo acontecesse aos dois, seu rosto estava vinculado ao sumiço. Mandou Leo improvisar.

— Dae, conspiracionistas! Estamos aqui, diretamente das ruínas de uma construção secular, na cidade de Itaboraí, Rio de Janeiro, atrás de um segredo que pode elucidar um dos maiores mistérios do século XIX — blefou — a identidade do "artífice invisível".

Com o canto dos olhos, Otávio percebeu a expressão de susto no rosto do quarto elemento, que como por instinto, pôs a mão para trás para pegar a arma. Parou. Pôs a mão no bolso e sacou o celular. Parou.

— Como assim, "artífice invisível"? — foi a primeira frase dita desde quando entrara no carro.

Otávio interrompeu a explicação que Leo, que não sabia da arma e nem da tensão que vivia o amigo, estava começando a dar:

— É sobre um jogo de RPG que estamos desenvolvendo, que se passa no Brasil Colonial. Ele fala de elfos da Mata Atlântica que invadem um castelo fictício construído na época das capitanias hereditárias. O *plot* do jogo é que o "artífice invisível" da Capitania de São Vicente era um cavaleiro templário que viera junto com Estácio de Sá, chamado... René... Aragon René!

Era incrível como a mente de Otávio era criativa quando ele ficava nervoso. E Leo — que não estava entendendo nada do que estava acontecendo — até que curtiu a ideia desse RPG.

— A ideia é que essas sejam as ruínas do castelo de Aragon — concluiu Otávio — Mas ainda não estamos certos se o cavaleiro terá o mesmo nome do personagem de *O Senhor dos Anéis*.

47

— E que tal "Egon René"? — propôs o sujeito, apresentando-se finalmente — É que meu nome é Egon... sei lá.

— Gostei – disse Leo.

— E o que vocês estão procurando, especificamente? — Egon quis saber.

— Ainda não sabemos ao certo. Um totem, uma inscrição, um marco, sei lá... para servir de estação, ou de fraio — respondeu Otávio, num jogo de gato e rato.

— Ou um túmulo... — as palavras escaparam da boca de Leo.

O tal Egon voltou a pôr a mão na parte de trás da calça. E assim ficou por alguns segundos.

— Vocês estão atrás de um túmulo? — quis confirmar.

— Talvez... pode ser... não sabemos... — novamente nervoso, Otávio apontou propositalmente a câmera para o rosto do sujeito.

— Você por acaso sabe se tem algum por aqui? — Leo não tinha noção do perigo que corriam.

O sujeito finalmente tirou a mão de trás das costas e pareceu relaxar. Seu João Iglenho, que fumava sossegadamente num canto, levantou-se lentamente e disse, também lentamente:

— Por que não me disseram antes que estavam atrás da Pedra do Diabo?

— Pedra do Diabo??? — os dois amigos perguntaram juntos.

Fazendo um gesto com a mão para segui-lo, o velho guia foi explicando enquanto conduzia-os para a parte leste da ruína:

— Tem uma lenda muito antiga daqui das Freguesia, que eu ouvia quando eu era criança, que diz que o *demonho* morou por aqui durante um tempo. Os *antigo* diziam que ele matava e depois comia os filhos dos escravos. E como as *criança* desaparecia do dia para a noite, o nome desse lugar ganhou o nome de Fazenda do Sumidouro.

Arrepiado dos pés à cabeça, Otávio não desgrudava a câmera do narrador, que continuou:

— Os *antigo* diziam que enquanto ele foi dono disso aqui, a região toda foi muito rica. Mas quando ele alevantou voo, teve um surto de cólera que matou um caminhão de gente, e a Freguesia de São João de Itaboraí começou a definhar.

— Faz muito tempo isso?

— Não faço a mínima ideia. Meu pai, que Deus o tenha Consigo, me dizia que ouviu essa história do pai dele, que já tinha ouvido quando era criança. Mas como diz o outro, "Quem conta um conto, aumenta um ponto".

— E a tal pedra?

— Pois então — Seu João Iglenho usava o facão para reabrir um caminho antigo no matagal — Quando o tal homem que tinha pegado a fazenda do *tinhoso* em pagamento de uma dívida morreu, o Diabo voltou aqui e dançou sobre o túmulo desse um.

E diante dos quatro homens surgiu uma lápide encrustada no chão tomado pelo mato, tal como aparecia na foto, a Pedra do Diabo. Devia medir uns 1x1m.

— Estão vendo aqui? — disse Seu João, apontando para os riscos e pontos. — Essas são as pegadas do Diabo.

Leo, que graças ao Dr. Salomar sabia do que se tratavam aquelas "pegadas", então entendeu a origem e os motivos da lenda. Sabedor das crendices populares que envolvem a Maçonaria, fazia todo o sentido a estória de um homem com pacto com o Diabo e comedor de criancinhas.

Desta vez, além do *youtuber* e seu editor, Egon também sacou seu celular e tirou algumas fotos.

— Posso filmar vocês gravando uns vídeos? — perguntou, querendo ter o maior número de registros possível da dupla, especialmente do que falavam entre si.

— Melhor não — adiantou-se Otávio — Vamos só ficar nas fotos mesmo.

— Vocês vão colocar o Diabo no jogo de vocês?

— Que jogo? — perguntou Leo, distraído.

— Sim! — atravessou-se novamente Otávio, sempre atento e recorrendo à memória de quando tentou ensinar os filhos a jogar RPG. — O poder do Diabo será a telequinesia.

E como o sujeito não sabia o que significava a palavra (nem Leo), preferiu deixar o assunto de lado.

Vasculhado os arredores da pedra e feitas dezenas de fotografias por ali, decidiram encerrar a expedição por ali. O Iluminista tinha razão: fora terem descoberto a pedra em si, a viagem tinha sido inútil.

— As Ruínas do Convento de São Boaventura ficam por aqui? — a veia de professor de Otávio bombeava curiosidade — Existe alguma lenda sobre lá também?

•

Numa padaria no Centro da São Paulo da maior frota de helicópteros do mundo, a TV ligada trazia as notícias acompanhadas do irritante *closed caption* dessincronizado:

— Já se passaram mais de 20 horas desde o roubo da estátua do Padre Feijó, na cidade de Itu, e a polícia ainda não tem pistas concretas do paradeiro da obra, nem da autoria do crime. Estamos aqui com o comentarista convidado pela emissora, o Professor Doutor Henrique Pfau, para tentar jogar um facho de luz sobre esse crime que chocou os cidadãos da cidade de Itu. Antes, porém, chamamos a nossa repórter, Michele Arvoredo, que está no local com mais informações.

— [delay] Boa tarde, Ana. O projeto do monumento do Padre Diogo Antonio Feijó foi criado pelo artista francês Louis Convers e executado em Paris no ano de 1913. Ele foi inicialmente instalado no Largo da Liberdade, em frente à Igreja dos Enforcados, lá na cidade de São Paulo. Nos anos 1970, por conta das obras para o metrô, a estrutura foi demolida e as peças de bronze guardadas em um depósito público da Prefeitura de São Paulo, onde ficaram esquecidas até o ano de 1982, quando finalmente foram transferidas aqui para Itu, numa estrutura adaptada na parte frontal da Escola Estadual Regente Feijó.

— Temos na tela imagens de como era a estrutura original e, agora, como estava em Itu. De fato, deram uma rebaixada no glamour...

— Ainda que — interrompeu o analista que acompanhava a âncora — é muito mais válido um patriota fazendo sombra para crianças em formação do que recebendo cocô de pombo na cabeça em praça pública numa avenida movimentada.

— Mas, Michele — a âncora se dirigiu à repórter de rua —, o que diz a polícia sobre esse sumiço?

— Ana, o Delegado Rogério Koerich, que está à frente das investigações, informou que a polícia está fazendo uma busca nas câmeras de segurança dos prédios da região, atrás de informações sobre a marca e as placas do caminhão utilizado. É com vocês aí no estúdio.

— Professor Henrique, esse crime representa um atentado à própria história e à memória dos grandes heróis do passado, não é mesmo?

— Pois é, Ana. Eu estava pesquisando sobre o Padre Diogo Feijó, justamente para o programa de hoje, e pude recordar o que ele representou e o que ele significou para a política brasileira no século retrasado. Antes mesmo da criação do Império, ele foi um dos deputados paulistas em Portugal. Durante o 1.º Reinado, ele também foi deputado, Ministro da Justiça e, depois, Regente do Império.

— Professor, oxigene nossa memória. O que significava ser um regente?

— Boa pergunta, Ana. Todos nós lembramos que quando D. Pedro I abdicou ao trono e foi embora para Portugal, seu filho homem, Pedro de Alcântara, ainda era uma criança, não é mesmo? Enquanto o menino (ele não nasceu barbudo, nem velho!) ainda não tivesse idade para assumir a coroa, foi constituída uma regência trina, ou seja, três pessoas foram nomeadas para administrar provisoriamente o Império, até que o herdeiro real tivesse idade suficiente.

— Entendi, quer dizer...

— Desculpe interromper, Ana, mas só para completar: é importante lembrar que sempre que um monarca se ausenta, ou se ausentava, do país ou da sede do governo, ele deixava alguém "regendo" o governo durante sua ausência. Na ocasião da Abolição da Escravatura, enquanto D. Pedro II estava em viagem pela Europa, a então Princesa Regente, Isabel, foi quem assinou, em nome do Imperador, a famosa Lei Áurea.

— E o nosso Regente Feijó?

— Depois da abdicação de D. Pedro, o pai, tivemos duas regências trinas, isto é, composta por três membros. Até que em 1834, se não me falha a memória, foi alterada a fórmula de constituição da regência de três para um único regente, tendo sido o Padre Feijó eleito Regente nesse novo formato. É por isso que podemos considerá-lo como o primeiro chefe de governo eleito do Brasil, num lampejo de república em plena era monárquica.

— Tanta gente boa para desaparecer — ironizou a âncora, antes de mudar de assunto —, e logo o nosso pobre Regente Feijó que some!?

•

De volta ao hotel no centro de Itaboraí, a ideia era tomar um banho, fazer um lanche e ir correndo para a rodoviária. Conforme pesquisaram ao comprar a passagem de ida, existia um ônibus no sentido contrário que partiria num horário que se encaixava perfeitamente na programação, se tudo corresse como planejado. Chegariam em São Paulo às 6h00 da manhã, a tempo de Otávio dar aula durante o dia.

Otávio explicava ao parceiro do porquê agira de maneira estranha e inventara aquele negócio de RPG, deixando o amigo ao mesmo tempo tenso e aliviado por nada grave ter acontecido. Conjecturaram durante cerca de meia hora sobre quem seria o tal Egon, do porquê ele estava armado, o porquê ele quis saber o motivo daquela ida às ruínas da Fazenda Sumidouro, se ele já sabia sobre a "Pedra do Diabo" e se sabia se a Pedra do Diabo tinha uma mensagem maçônica. Ou se tudo não passava de uma coincidência.

— Se ele, de fato, era um guardião do túmulo, é bem menos glamouroso do que eu imaginaria — brincou Tato, lembrando-se do cavaleiro templário que guardava o cálice sagrado no filme *Indiana Jones e a Última Cruzada*.

A conclusão que chegaram é que talvez (apenas) fosse perigoso andar sozinho por aquela região e que a agência contratara o sujeito como uma espécie de segurança do grupo, para evitar que fossem assaltados. E que apenas faltava traquejo social ao "leão de chácara". E que Otávio se preocupara à toa.

A pedido do professor, que checava as fotos tiradas através da pequena tela da câmera, Leo ligaria para a rodoviária para confirmar se ainda havia passagem para aquela noite. Ou teriam que viajar de dia, embarcando na manhã seguinte (e Tavinho teria que pedir para alguém substituí-lo na escola). O celular estava sem sinal. Tentou o do amigo. Idem. Estranho! Devia ser algum problema com a operadora. Ligou para a recepção, que transferiu a ligação. Perfeito! Ainda tinha poltronas disponíveis. Era melhor se apressarem.

Quando foram fazer o *checkout*, o cartão de crédito de Leo não passou. Senha inválida. Depois de três tentativas, o cartão foi bloqueado. Tentou o segundo cartão. Débito. Falha na comunicação. O atendente do hotel começou a ficar intrigado.

— Tato, paga aqui a conta com o teu cartão — pediu. — Depois nós nos acertamos.

Também o cartão do professor não funcionou. O atendente do hotel começou a ficar desconfiado.

— Vamos tentar fazer uma transferência bancária. Qual o número da conta do hotel?

Aproveitando o wi-fi do hotel, confirmaram que também as contas bancárias haviam sido bloqueadas. As de ambos.

O atendente do hotel começou a ficar irritado. Chamou o gerente.

— Desculpa, senhor. Nós sinceramente não sabemos o que pode estar acontecendo... nós temos saldo em conta, ou pelo menos tínhamos...

— Quando foi que usaram o cartão pela última vez? — atravessou-se o atendente.

— Filho de uma p... — Leo esmurrou o balcão. — Clonaram o nosso cartão na agência!

— Mas foi só o teu cartão que passamos lá — refletiu Otávio, tentando permanecer sereno.

— Senhores, ou vocês dão um jeito de pagar a conta ou sou obrigado a chamar a polícia.

— Tem algum caixa eletrônico aqui perto?

— Do que adianta? Já vimos que as nossas contas estão bloqueadas. Não vamos conseguir sacar.

Enquanto Otávio primeiro tentava argumentar com o gerente, para depois começar a bater boca, Leo acessou a conta do Twitter e teclou: "ISSO É COISA SUA? #iluminista"

•

Otávio não sabia qual era a maior humilhação: dormir no banco da praça, ter que ligar para os pais para pedir para transferirem dinheiro para o hotel ou se era Marília e Lúcio virem de São Paulo até Itaboraí para buscá-los.

Otávio também não sabia o que era mais difícil de suportar durante a viagem de volta: tentar arrumar um professor para substituí-lo com um telefone emprestado que perdia o sinal a cada 10 minutos, Marília alisando a mão de Lúcio ou se era a palestra sobre política macroeconômica que o biólogo dava.

— ...bastaria ao governo incentivar, seja liberando ou destravando, determinados setores de negócio até hoje pouco ou nada explorados, que a economia voltará a crescer a passos largos.

— E que setores promissores seriam estes?

Otávio ficou puto com Leo fazer trampolim para Lúcio:

— Os setores náutico e de tecnologia 5G, além da *cannabis,* são alguns exemplos.

— Eu sabia que, mais cedo ou mais tarde, a máscara iria começar a cair — disse o ex-marido, conhecendo os preconceitos de Marília.

— Deixa ele explicar, Tavinho — Marília repreendeu num velho e conhecido tom de voz.

— Vejam bem. Vamos falar primeiro do setor náutico. O Brasil tem mais de oito mil quilômetros de costa e nossa cultura náutica é insignificante em relação a países bem menores. Se vocês forem a Florianópolis num sábado de sol e vento, por exemplo, uma ilha com 42 praias e um potencial náutico absurdo, vocês verão dois ou três veleiros velejando, no máximo. Aquilo era para estar infestado de marinas, veleiros e lanchas.

— Taí uma viagem legal para fazermos, né? — Marília derretia-se para Lúcio.

— Imaginem a quantidade de empregos que geraria se desenvolvêssemos uma cultura náutica estruturada. Teríamos a instalação de estaleiros, a criação de marinas... Isso ainda movimentaria toda a estrutura hoteleira e de restaurantes, além do comércio e manutenção de barcos. Ainda tem a contratação de marinheiros, escolas de vela, organização de regatas internacionais... isso sem falar em charter, que é o aluguel de embarcações, que pode ser um grande atrativo para o turismo internacional de médio e alto padrão. Estamos falando em centenas de milhares de empregos, diretos e indiretos, a serem gerados em uma década.

— Mas isso é coisa de magnata! — disse Otávio, querendo desdenhar o argumento do dono do carro.

— Isso é um mito, Otávio. É claro que existem as grandes lanchas, os iates e gente tomando champagne e coisa e tal. Mas o negócio náutico vai muito além disso. Na França tem gente que constrói o próprio veleiro no jardim de casa e depois sai pra dar a volta ao mundo com ele.

O enciumado professor resmungou qualquer coisa lá de trás.

— O mesmo pode acontecer com a tecnologia 5G. No Brasil, a única discussão que fazemos sobre ela é para quem abriremos as portas para explorar o nosso mercado. Se concentrássemos nossos esforços para aprender a desenvolver essa tecnologia nas escolas técnicas, por exemplo, poderíamos surfar nessa onda junto com os protagonistas no mundo. Imaginem as oportunidades de negócio com inteligência artificial, *machine learning* e internet das coisas.

Leo verificou o celular. Continuava sem sinal.

— E o que dizer da *cannabis*? Esqueçam a questão ideológica do uso recreativo da maconha (ainda que o mercado legal da droga movimente bilhões de dólares todos os anos, apenas nos Estados Unidos). Vamos nos limitar àquela variedade da planta com níveis mínimos de THC, que é o princípio ativo que dá o "barato". O nome dessa variedade da planta é cânhamo – Lúcio falava e gesticulava, tirando os olhos da estrada apenas para fitar os dois amigos através do espelho – Agora vamos nos limitar apenas à fibra do cânhamo, descartando as sementes, as folhas e o óleo. Ela pode ter infinitas utilidades industriais. Só na indústria náutica, de que estávamos falando antes, a fibra de cânhamo pode ser usada na fabricação de redes, de velas e cabos, sem falar em roupas e calçados para os marinheiros, comprovadamente mais residentes à maresia do que o algodão e obviamente menos poluente do que o plástico feito de petróleo.

Otávio se lembrou, mas não quis dar o braço a torcer, de que as velas das caravelas eram feitas de cânhamo. Permaneceu com a cara amarrada.

— Lembrem — prosseguiu o motorista — da quantidade de empregos e negócios que surgiu com o desenvolvimento dos motores de carro a etanol no Brasil, a partir dos anos 1970. Éramos líderes mundiais nessa tecnologia... E mesmo que, por alguma razão, o país optou por voltar a ficar dependente do petróleo nas últimas décadas, o álcool combustível ainda hoje emprega centenas de milhares de pessoas.

— Mas o que impede a utilização do cânhamo? — Leo retomou o assunto.

— O cultivo e sua utilização industrial da planta ainda são proibidos aqui no Brasil. E, por conta disso, o país perde a oportunidade de gerar milhares de empregos e de se reabilitar economicamente. Inclusive reabilitação ambiental.

— Como assim? — o jornalista já começava a montar um episódio para o canal em sua cabeça.

— Acreditem ou não, existem estudos científicos que comprovam que o cânhamo é capaz de recuperar solos contaminados por agrotóxico, lixo hospitalar e até mesmo lixo radioativo.

Marília estava cada vez mais apaixonada, Leo cada vez mais convencido e Otávio cada vez mais querendo pular pela janela.

•

Quando chegaram em casa, depois de ficarem sem o próprio celular, sem dinheiro e após várias horas de viagem no banco de trás de um carro 1.0, até tiveram um alívio quando perceberam que a chave abriu a porta.

Off-line havia mais de 24 horas, ligaram ansiosos os computadores e acionaram o wi-fi dos celulares. Nenhum sinal do Iluminista.

— E agora, Leo? O que vamos fazer? Voltamos à estaca zero.

— Mas não podemos dizer que a viagem tenha sido 100% inútil. Agora sabemos que a lápide da fotografia está associada à lenda da Pedra do Diabo.

— Mas quem é o morto debaixo da pedra? Voltamos para casa sem essa resposta. E qual deve ser o nosso próximo passo? O Iluminista nos abandonou...

A frustração dos dois se somava aos cansaços físico e mental.

— Vamos tentar raciocinar — propôs Leo — temos um túmulo de alguém que, segundo a lenda local, era o dono da Fazenda do Sumidouro e que a teria comprado do demônio em pessoa. Mas quem seria o "artífice invisível"? O Diabo ou o fazendeiro? Qual dos dois era maçom? O fazendeiro ou o Diabo?

— Acho que não devemos dar tanto valor à lenda, cara. Isso é só crendice popular para justificar o mistério daquele lugar sinistro.

Foram dormir. Estavam exaustos. No dia seguinte, teriam que dar conta do trabalho acumulado depois do dia de folga forçado.

•

Na manhã seguinte, havia um envelope no chão da cozinha, enfiado por debaixo da porta durante a madrugada. Abriram:

Prezados,

Foi com grande alívio que soube que vocês finalmente voltaram para casa, sãos e salvos...

— Mas que grandessíssimo filho de uma puta! — Leo estava irritado. — Só mandou a carta depois que soube que estávamos bem.

— Mas pensa comigo, Leo. Se ele tivesse mandado uma carta antes de chegarmos em casa e nós nunca tivéssemos voltado? A polícia iria achar o envelope e iriam atrás dele.

> ... Causou-me intensa angústia ler a pergunta escrita no Twitter, imaginando que vocês estivessem enfrentando dificuldades ou, se eles descobriram a presença de vocês, até algum perigo.
>
> Infelizmente não consegui respondê-los, ou socorrê-los, porque simplesmente não tinha como contatá-los: alguém bloqueou o acesso aos seus celulares.

— Cacete, mano. "Alguém" quem?
— Shhh! Deixa eu terminar de ler a carta.

> ... Recomendo que usem estas linhas novas (estou mandando os chips dentro do envelope), por meio de planos pré-pago (cortesia da casa!). Ao menos até tudo isso passar. Por favor, não divulguem os novos números.
>
> Voltem à sua rotina. Espero que, em breve, eles relaxem a vigia e os deixem em paz.

— "Eles" quem?
— Shhh!
— "Shhh" o cacete, Leo! Agora estamos no meio de um fogo cruzado. Mais perdidos do que barata tonta em galinheiro.

> Lamento tê-los colocado nesta situação. Mas, se tudo correr como planejo, todo o perigo que vocês poderão enfrentar terá valido a pena.

— "Perigo"?
— *Shhh...it!*

> Por precaução, irei me afastar de vocês por alguns dias, para evitar que eles cheguem até mim. Tão logo seja seguro, volto a contatá-los.
>
> Desejo-os sorte e recomendo-lhes cuidado.

Ass. Iluminista.

P.S. A resposta para a pergunta do Twitter é "isso não é coisa minha, mas deles."

•

Por determinação do Delegado Rogério Koerich, a polícia de Itu estava investigando uma lista de metalúrgicas e usinas de fundição do Estado de São Paulo, apurando se alguma delas pudesse estar envolvida na receptação da estátua do Regente Feijó. Outra linha de buscas eram as empresas de aluguel de guindastes, que tivesse sido contratada para o crime. Uma terceira cepa da investigação era o mercado negro de obras de arte.

— O mercado de obras de arte roubadas é o terceiro maior mercado ilegal do planeta, atrás apenas do de drogas e de armas — explicou em uma entrevista exclusiva a um jornal local — Em poucos dias, a estátua do padre pode estar ornamentando o jardim de algum colecionador milionário, no Brasil ou no exterior. Já comunicamos a Interpol e acionamos os portos e aeroportos do país.

•

O silêncio decorrente do anunciado sumiço do Iluminista só não foi mais estrepitoso graças à estreia da nova temporada de *Vikings* na TV, à boa repercussão nas redes sociais do recém publicado episódio sobre Ulysses Guimarães no "TEORIAS..." e à resolução recém baixada pelo Tribunal Superior Eleitoral esmiuçando as regras sobre propaganda, horário gratuito e condutas ilícitas nas campanhas eleitorais, o que tomou bastante tempo da dupla, que ainda teve que correr atrás da burocracia que envolvia restabelecer as contas bancárias, cartões de crédito e números de telefone hackeados.

Os dias seguintes foram, assim, de maratona de Lagherta (que mereceu um poster comprado por Tato numa feirinha no Trianon e colado na parede da sala, junto de outros pôsteres de filmes e séries), de respostas personalizadas a cada um dos comentários ao episódio da desaparição do Dr. Ulysses, na organização do material já colhido sobre o escândalo da final da Copa de Mundo de 1998, e com Leo atrás de especialistas em Direito Eleitoral para conferir os impactos da norma do TSE nas campanhas eleitorais em curso.

Entrementes, nada de novo à luz do céu profundo: uma CPMI, Comissão Parlamentar Mista de Inquérito, foi instaurada para dar holofotes aos congressis.., melhor dizendo, com a finalidade de apurar denúncias de omissão por parte do governo com relação à aplicação de instrumentos instituídos em lei para determinada finalidade; o candidato da situação acusava seu principal adversário nas urnas, segundo uma pesquisa eleitoral questionada pelos terceiro e quarto colocados, de querer reimplantar a CPMF, Contribuição Provisória sobre Movimentação Financeira, acaso saísse vitorioso nas urnas; e a banda de rock CPM 22 anunciando o lançamento de um clipe apenas nas redes sociais.

Uma ou outra nota, na imprensa, trazia poucas novidades sobre o sumiço da estátua do Regente Feijó, com o sempre mal humorado Dr. Koerich distribuindo impropérios aos jornalistas que lhe cobravam respostas que ele ainda não tinha.

•

Na madrugada do domingo seguinte para segunda, já na semana seguinte à viagem a Itaboraí, Leo foi despertado do sono a sacolejadas, por um Otávio eufórico que o convocava para ir até a sala.

— Cara, olha que coisa bizarra! Eu baixei as imagens da GoPRO e das outras duas câmeras que levamos, das fotografias que tiramos lá no Rio, e estava trabalhando elas no Snapseed, para depois catalogá-las e jogar no nosso arquivo. De repente, sem querer, eu cliquei no filtro negativo dessa foto da sepultura e olha só o que apareceu!

Otávio repetiu, com o mouse, o procedimento que fizera e, na tela do computador, apareceu uma fotografia da famigerada lápide tirada com a câmera deles próprios, revelando uma inscrição pequena, bastante tênue, até então invisível, alguns centímetros abaixo daquela conhecida, bem maior e explícita.

— Como não percebemos esses riscos lá na hora? – perguntou-se Leo.

— Também, né?!? Com aquele sujeito armado no nosso cangote, não tivemos a oportunidade de analisar a pedra com calma, né?

Leo localizou, sobre a mesa da sala, a foto em preto e branco que receberam do Iluminista e comparou ambas. Nela, aquilo que agora se revelava uma nova sequência de letras pareciam meras ranhuras na pedra, minúsculas, já bastante desgastadas e quase imperceptíveis àquela distância.

Catou uma lupa comprada de um tiozinho que vendia lentes e mapas no semáforo perto da casa deles e observou detalhadamente a fotografia original. Nada. Na foto enviada pelo Iluminista, aquilo não passava de um borrão.

— Você consegue dar um zoom? – pediu, apontando para o negativo da imagem no computador.

— Até dá, mas desfoca um pouco.

— O que está escrito? — fez esforço para ler.

— Parecem algarismos romanos...

— São novas pegadas do "Diabo", invisíveis a olho nu.

•

— Desculpe vir sem avisar — um surpreendentemente encabulado Leo desculpou-se para Dr. Salomar, sentado em seu gabinete no MRMP — Mas acho que minha visita inesperada valerá a pena.

— Em que posso ajudá-lo, Sr. Leo? Alguma novidade sobre o Iluminista? — a visita vinha em boa hora, para quebrar o sentimento de solidão do ex-desembargador.

— Na verdade, tenho uma novidade sim. Mas desta vez o Iluminista não está diretamente envolvido. Desta vez a descoberta foi nossa mesmo, minha e do meu parceiro no canal.

Tirou da sua bolsa-carteiro duas folhas, uma com a impressão da foto negativa da lápide e outra com o zoom.

Numa ansiedade que fazia tremer as mãos, Dr. Salomar as levou até a janela, levantou-as tentando lê-las através do papel, como quem analisasse uma radiografia.

— Esta foto é diferente daquela que me trouxestes há alguns dias...

— Sim, é nova. Tiramos ela pessoalmente.

— Como assim? Encontraram o local da sepultura?

— Sim. Estivemos pessoalmente no local: no estado do Rio de Janeiro, mais precisamente na cidade de Itaboraí.

Dr. Salomar abaixou as folhas e pensou por alguns instantes.

— Estranho! Não consigo fazer nenhuma conexão entre a Maçonaria e Itaboraí. Sabe me dizer se o nome da cidade foi sempre esse?

— Quem saberia responder melhor essa pergunta é meu amigo, Otávio, que é professor de História e pesquisou sobre o lugar. Mas, talvez, "São João de Itaboraí"? Ajuda?

— Nada — deu de ombros. — E também não me vem nada na cabeça cruzando Itaboraí, ou São João de Itaboraí, com o *Invisibilia Faber*"... Mas talvez agora, com esses novos caracteres, possamos encontrar alguma nova pista. E o que disse o Iluminista?

— Na verdade, não disse nada. Ele apenas sugeriu se afastar por alguns dias, por conta de alguns percalços que tivemos lá no Rio.

— Percalços?

Leo contou então ao Curador detalhes sobre a viagem, do homem armado aos bloqueios do cartão e do telefone.

— Seja lá quem for que fez isso, tudo indica que se trata de alguém com recursos quase ilimitados para manipulá-los.

— "Manipulá-los"? Como assim?

O velho Curador riu.

— É uma velha estratégia de indução usada pela polícia: obstrua as saídas de alguém, seque suas fontes, esgote suas alternativas, tire-o da zona de conforto e depois veja para onde ele corre, veja com quem ele se socorre. Quando vocês escreveram no... na... naquela rede social...

— ...Twitter...

— ... quando vocês intimaram o Iluminista pelo Twitter, ficou claro para quem quer que estivesse desconfiado da presença de vocês naquele local que vocês foram até o túmulo por ordem ou sob orientação do Iluminista.

— Que merda! — Leo não conseguiu segurar — Entregamos o cara!

— Sim e não. Afinal, ele utiliza um codinome que não revela praticamente nada sobre sua identidade. Mas é bom tomar cuidado das próximas vezes.

"Das próximas vezes", o estômago de Leo embrulhou. Dr. Salomar Castelo Forte, acostumado a sofrer pressão desde os tempos da magistratura, divertia-se com a expressão desolada do jornalista. Aproveitou para ir à desforra:

— Tens certeza de que não estavas sendo seguido enquanto vinhas para cá? Agora eu também posso estar em perigo.

Leo empalideceu.

61

— Relaxe, rapaz. Se alguém quisesse fazer mal a um velho de 83 anos, o que o impediria? E o que poderiam levar de mim, se o meu único tesouro está aqui? — disse, apontando para a cabeça — De mais a mais, se eles quisessem atentar contra ti e teu amigo, teriam feito já no Rio de Janeiro. Mas é bom vocês ficarem atentos e tomarem cuidado por onde andam nos próximos dias.

O jovem jornalista se convenceu.

— Aliás, posso ficar com estas suas impressões? — perguntou Dr. Salomar, sem largar as folhas trazidas por Leo. — Isso está começando a ficar divertido.

•

Na quadra central do Clube Sociedade Harmonia de Tênis, no bairro do Jardim América, quatro homens terminavam uma partida de duplas. Terem jogado na mesma quadra de saibro onde já pisaram Bjorn Borg e Jimmy Connors bem representava o quão exclusiva era aquela roda de conversa pós-jogo:

— Alguma novidade sobre o paradeiro da estátua do Feijó? — questionou o do jacaré.

— Ainda hoje eu liguei para o Koerich, e ele me confirmou que ainda não tem pistas concretas sobre onde a estátua possa estar. Mas eles já descartaram a hipótese de roubo para derretimento — respondeu o do galo.

— Isso está me cheirando a uma agressão despropositada contra nós. O que é estranho...

— "Estranho" se não estivéssemos em um período eleitoral... – ponderou o dos ramos de louro.

— Sim, mas você acha que eles teriam a coragem de entrar numa batalha campal desta forma?

— Talvez a divulgação das últimas pesquisas os tenha deixado preocupados, e por isso estejam querendo criar um fato novo.

— Mas você acha que eles querem nos provocar? Nos fazer reagir? — perguntou o do jacaré — Eu acreditava que, pelo menos nestas eleições, as margens de manobra ficariam limitadas a disparos de mensagens em massa, aluguel de influenciadores digitais e de jornalistas, desinformação, fake news... esse tipo de negócio... e que deixassem o povo escolher *democraticamente*.

— ... Ou, ainda, hackear as urnas eletrônicas, ou mesmo invadir o sistema do TSE...

Os outros três ficaram olhando para o do polo, sem saber se ele falava sério ou se estava brincando.

— Pois é — o do galo quebrou o breve silêncio. — Mas será que eles se sentiram intimidados a ponto de partirem para o ataque?

Um dos boleiros que serviram no jogo interrompeu a conversa para colher a assinatura dos quatro nas respectivas comandas do mais seleto clube da São Paulo dos shoppings center.

— E como está o andamento do nosso projeto de lei? — o do jacaré, o mais velho deles, mudou de assunto.

Quem atualizou as notícias da Câmara dos Deputados foi o do polo. Ele morava em Brasília desde os anos 1980 e conhecia como poucos os labirintos e calabouços do Congresso Nacional. Com a vida ganha, casado pela terceira vez e pai de cinco filhos, agregava zeros à sua conta corrente vendendo influência entre deputados e empresários, numa via de mão dupla na qual ele era o pedágio:

— O projeto já foi aprovado pela Comissão de Agricultura, Pecuária, Abastecimento e Desenvolvimento Rural e está pra ser votado na de Desenvolvimento Econômico. Tivemos sorte que ele foi desapensado de um outro projeto, mais antigo, que também previa a comercialização...

— Mas são coisas absolutamente distintas!

— Eu sei disso, meu caro. Mas nessa brincadeira de apensa e desapensa perdemos mais de um ano. E ainda acho que vamos ter que utilizar alguns atalhos do Regimento Interno pra fazer passar na Comissão de Seguridade Social e Família da Câmara.

— Você acha que o projeto vinga ainda nesta legislatura?

— Impossível! Aliás, mesmo com muito *lobby*, talvez lá pela metade da próxima. Ainda que as comissões aprovem o projeto ainda este ano, acho difícil fugir do Plenário antes de ir para o Senado.

— Mas isso ainda vai levar dois, três anos! Qual o regime de tramitação?

— Ordinário.

O velho banqueiro, o do jacaré e um dos homens mais ricos do país, ficou visivelmente azedo. Como os amigos mais próximos brincavam, era possível mediar seu humor conforme se comportavam suas sobrancelhas grisalhas. Naquele momento, elas pareciam irritadas.

O dos ramos de louro, um megaempresário do ramo de exportação que não suava nem durante uma partida de tênis, qual Federer, tentou amansar o do jacaré:

— A boa notícia é que conseguimos emplacar duas das três mais promissoras *startups* no Uruguai na última rodada de investimentos... Quando for aprovada a nossa lei, bastará cruzar a fronteira, transmudar a cultura para as fazendas que estamos arrematando no semiárido do Nordeste, e já estaremos otimamente posicionados no mercado na América Latina.

— Mas voltando àquele assunto... — perguntou o do galo, o mais jovem daquele quarteto cujas contas bancárias, somadas, dava o PIB de uma cidade de pequeno a médio porte. — O que eu digo para o delegado?

O do jacaré pensou por alguns instantes e respondeu:

— Diga pra ele negar, a todo o custo, que se trata de um incidente político.

— Iremos retaliá-los? — quis saber o do polo.

Os três olharam para o da camisa Lacoste.

•

— Desde sua visita, ontem, mal consegui pregar os olhos. Levantei de madrugada e já eram quase 6h00 da manhã quando finalmente elucidei a charada!

Leo já estava sentado novamente diante do Curador do MRMP e tentava, em vão, decifrar os garranchos nas folhas de papel sobre a mesa.

— Tenho novidades sobre a nossa lápide — disse o Dr. Salomar, desdobrando a folha de papel onde passara a limpo os diagramas copiados do negativo da foto:

XXVIMMMMMDCCCXXIIVL

Leo vinha com a boca seca.

— Deves ter percebido que todas as letras, sem exceção, correspondem a algarismos romanos.

— Sim, já havia notado: 26... — disse, correndo o indicador sobre a linha — ... "M" de mil..., outro, outro, outro, mais um... É justamente aí que eu acabo empacando: primeiro porque é improvável uma data deste tamanho. Depois, tentei fracionar em quatro em quatro, três em três, dois em dois... Mas não há como agrupá-los, afinal os dois últimos, "V" e "L", são inconciliáveis. Fosse "X e L", seria quarenta, agora "V" e "L"?

Dr. Salomar se divertia diante do jovem jornalista tentando justificar sua frustração.

— Se lermos de trás para frente: 55 ou 56 ou 57, 10 ou 20, 300... São números perdidos, que não me dizem absolutamente nada.

Leo coçou a cabeça e olhou constrangido para o Curador, que finalmente explicou:

— Teu raciocínio estava na direção correta. Todo este percurso eu fiz e refiz desde ontem, quando fostes embora. Pois bem. Deves ter aprendido na escola que, diferentemente dos demais números romanos, o "M" é o único que pode repetir-se mais de três vezes.

Leo concordou, mentindo descaradamente.

— Confirmando esta informação, o enigma foi se desvendando por si só.

— Mas espere um pouco — interrompeu o *youtuber* — então "MMMMMDCCCXXII..." seria 5822. Mas e o "VL"? Além do mais, se se trata de uma data, este ano ainda estaria muito longe... no futuro!

— Exatamente.

Leo começou a cogitar que aquilo era mesmo obra do demônio.

— Eis a razão pela qual afirmei que a charada se revelou sozinha. O "V" e "L" não são números, mas a abreviação da expressão maçônica "Verdadeira Luz", uma outra denominação da "Era Maçônica".

Leo continuava sem entender bulhufas.

— A "Era Maçônica" iniciou quando o mundo foi criado, segundo a tradição bíblica. Para convertê-lo, basta somar 4.000 ao ano gregoriano, chamado "vulgar", para obter o ano correspondente da "Era da Verdadeira Luz".

— Então, 20-6-5822-VL, teremos 20 de junho de 1822?

— Não, o correto seria dizer *dia 20 do sexto mês do ano de 1822*. Existe uma grande confusão a este respeito (e tu dificilmente conseguirias chegar sozinho). O Grande Oriente do Brasil, que reunia as poucas lojas maçônicas da época, adotava o Calendário Hebraico Religioso, cujo ano se iniciava em 21 de março. Logo, o sexto mês começa em 21 de agosto e termina em 20 de setembro.

— Quer dizer então que...

— ... a data da lápide é 9 de setembro de 1822.

— Mas o que aconteceu neste dia 9 de setembro?

— Aí está a grande revelação do enigma: em 9 de setembro de 1822 se deu a Proclamação da Independência do Brasil... — fez algum suspense — ... pela Maçonaria!

•

Do outro lado da cidade, o professor Otávio conduzia uma reflexão coletiva com sua turma de estudantes secundanistas.

— ... é por isso que devemos ter muita responsabilidade com esse negócio de cancelamento de personalidades históricas. Afinal, não é justo querermos medir as pessoas do passado com as réguas morais dos dias de hoje. Não nos esqueçamos de que vocês próprios estarão sujeitos ao julgamento dos seus netos e bisnetos por qualquer comentário ou posicionamento feito hoje, nas redes sociais, com 15, 16 anos de idade.

Alguém comentou:

— Imagina se, no futuro, todos sejam veganos e eles nos acusarem de sermos "assassinos covardes" por causa de uma foto tirada em uma churrascaria.

— Ótimo exemplo! Querem ver outro? Hoje, todos nós temos ojeriza à ideia de campos de concentração e da forma desumana como seus prisioneiros eram tratados, não é mesmo? E, por conta disso, condenamos as "pessoas normais" daquela época por tolerarem e por não terem feito nada para impedir tamanha atrocidade, não é verdade?

Todos concordaram.

— E se daqui a cinquenta anos, as pessoas olharem para trás e verem a forma como a sociedade atual trata seus presidiários? Ou nossas prisões também não seriam uma espécie de campo de concentração? As pessoas do futuro se perguntarão como nós conseguimos dormir, sabendo que do lado de dentro dos muros seres humanos vivem nessas condições degradantes.

— Bandido bom é bandido morto, professor. — alguém bramiu.

— Eles são inimigos da sociedade! Eles merecem! – outro concordou.

— Eles são marginais! — exclamou uma menina que se sentava na primeira carteira.

— Mas quem define as margens? — Otávio provocou, olhando para a estudante e dando corda para o debate. — Se marginal é quem vive além das margens, basta uma readequação das linhas das margens para incluir ou excluir determinadas práticas ou determinados grupos de pessoa, não é mesmo? Vejam a questão da legalização das drogas.

— Pois é, professor. Li na internet que tá correndo um projeto de lei para liberar o uso da canabis... — a mesma garota comentou.

— Na verdade — um outro aluno se atravessou —, pelo que eu li, o projeto não fala em descriminalizar o uso maconha, mas apenas autorizar a utilização da planta para fins medicinais, ou medicinais e industriais, não sei direito.

Antes que Otávio tentasse repetir os argumentos que ouvira de Lúcio na viagem de volta de Itaboraí, uma outra estudante pediu a palavra:

— Eu assisti um vídeo no YouTube que dizia que grandes traficantes estão contratando cientistas para publicarem artigos científicos fraudados, só para melhorar a imagem da maconha e ter maior aceitação da população. Foi como fez a indústria do cigarro, escondendo durante décadas que fumar causava câncer.

— É verdade! — emendou um rapaz, lá do fundo — Eu também já ouvi falar que esses grandes traficantes financiam roteiristas do Netflix, da Amazon e do YouTube para colocarem pessoas fumando ou falando abertamente de maconha em séries, para fazer com que a sociedade vá se acostumando aos poucos com a ideia e passando a ver o uso da maconha como algo natural, já que todo mundo fala ou usa...

— Isso é mentira, João — alguém gritou. — Isso é papo furado de reacionários!

— Cala a boca, maconheiro — João retrucou, procurando o interlocutor.

Começou um bate-boca.

— Pessoal! — Otávio ergueu a mão, tentando retomar o domínio da turma — Esse é um debate que teremos que enfrentar, como sociedade, mais cedo ou mais tarde. Mas não vamos perder o foco da nossa discussão aqui.

Teve sucesso.

— Vamos supor que a sociedade decida que o plantio ou o uso da maconha não seja mais crime. Logo, teremos redefinido as margens, correto? Assim, quem antes era considerado "marginal" por cultivar ou por usar maconha, vai deixar de ser. A pergunta, agora, é: se bandido bom é bandido morto, o que faremos com os "marginais" mortos que, do dia para a noite, deixaram de ser "marginais"?

Houve silêncio.

— Esses "marginais" mereciam viver em campos de concentração? Afinal, não seriam eles "inimigos" da sociedade? Agora vamos pensar o inverso: e se um ato tolerado no passado passasse a ser inadmissível hoje? Devemos então considerar os ex-"cidadãos de bem" como "novos marginais"? Por exemplo, quando criança, eu viajava no porta-malas do carro dos meus pais, obviamente sem cinto de segurança...

Alguém suspirou, "Que absurdo!"

— ... e meus pais fumando cigarro normal dentro do carro, com os vidros fechados...

"Meus Deus", "Que horror", novos suspiros.

Otávio fez uma pausa teatral.

— Meu pai era funcionário público e minha mãe dona de casa. Meu pai nunca deixou atrasar nenhuma conta, ia à missa todos os domingos, sempre respeitou as leis e nunca recebeu uma multa de trânsito sequer. Pergunto: ele era um marginal?

— Hoje ele seria tratado como um, infelizmente... — a menina de frente respondeu.

— Sim, mas apenas se ele cometesse essas barbaridades nos dias de hoje, mas não nos anos 1970, 1980... É isso que eu quero que vocês reflitam.

Uma outra garota levantou o dedo e tirou um fone do ouvido.

— Professor, o senhor acha que aquele roubo daquela estátua tem a ver com revisionismo histórico?

— Você está falando da estátua do Regente Feijó, em Itu?

•

Enquanto isso, na sala de entrevistas da Delegacia de Polícia da Comarca de Itu:

— Delegado, já se passou mais de uma semana desde o sumiço da estátua do Regente Feijó e até agora a polícia não apresentou nenhum resultado concreto acerca do paradeiro da obra ou dos envolvidos no roubo. O que a população pode esperar?

O Dr. Rogério não gostou do tom de cobrança já na primeira pergunta da coletiva de imprensa.

— Nós já identificamos alguns suspeitos, mas não podemos divulgar os nomes para não comprometer as investigações.

Houve murmúrios entre os jornalistas presentes.

— Da mesma forma, conseguimos captar algumas imagens de câmeras de segurança do comércio próximo ao local do crime, e conseguimos identificar a placa do caminhão, que descobrimos ser fria. De toda a forma, conseguimos apurar que o veículo foi em direção à SP-075, sentido Campinas. Já solicitamos à concessionária que administra aquela rodovia as imagens das câmeras dos postos de pedágio, para levantarmos novas imagens.

— E o caminhão tinha alguma logomarca?

— Não, não tinha nenhuma marca ou característica que pudesse destacá-lo ou identificá-lo.

— Nenhuma testemunha se apresentou à polícia?

— Sim. Já ouvimos três pessoas que disseram ter visto a movimentação. Inclusive, faço um apelo à população para que nos contate acaso tenham alguma informação que nos leve à quadrilha...

— Quadrilha?

— Sim — respondeu Dr. Rogério Koerich, sarcástico —, achamos pouco provável que uma pessoa sozinha tenha dirigido o caminhão até o local, quebrado o muro do colégio, amarrado a estátua, arrancado, erguido e colocado ela em cima do caminhão.

— Eu quis dizer "quadrilha especializada", Delegado — explicou a jornalista.

— Daí já estaríamos especulando demais. Mas não descartamos essa possibilidade. Inclusive o serviço de inteligência da polícia está monitorando as redes sociais e fóruns de discussão. Estamos também cruzando detalhes do furto com os de outras obras de arte acontecidos em outros lugares do Brasil, para apurar alguma coincidência no *modus operandi*. Inclusive estamos contando com a assessoria de um especialista do Instituto Histórico e Geográfico de São Paulo...

•

— Essa proclamação veio um pouco atrasada, talvez? — Leo perguntou.

— Quem sabe... —— respondeu Dr. Salomar, sentindo-se um tanto insultado com o comentário despretensioso – mas considerando que no dia 9 de setembro, o Príncipe Regente ainda não havia regressado ao Rio de Janeiro, quando os maçons proclamaram a independência eles não sabiam do *retumbante* e *heroico brado* dado às *margens plácidas* do Ipiranga. —— disse enfatizando as palavras do Hino Nacional para extravasar sua irritação pelo comentário que lhe soara desdenhoso, o que funcionou.

Leo ouviu calado.

— Mesmo porque somente em maio do ano seguinte que o já coroado D. Pedro I mencionaria a data de 7 de setembro como sendo a data oficial da Independência.

Leo fitou Dr. Salomar com olhar misto de constrangimento e de incredulidade, o que terminou de acalmar o velho desembargador:

— Foi durante o discurso na abertura oficial dos trabalhos da Assembleia Constituinte, que ele próprio convocara, que o Imperador mencionou a viagem que fez à Província de São Paulo. A bancada paulista então propôs que o 7 de setembro fosse considerado o dia da comemoração do aniversário da Independência. Assim, simbolicamente, a Independência teria ocorrido em solo paulista.

O jornalista não piscava.

—— Acontece —— continuou o ex-desembargador —— que alguns ritos maçônicos, como o Francês, tinham que o ano hebraico começava em 1.º de março, e não 21 de março. Por conta disso, durante muito tempo se defendeu que a Independência do Brasil teria sido proclamada em 20 de agosto de 1822, dentro na Maçonaria.

— Antes, portanto, do Ipiranga.

Dr. Salomar confirmou, ajeitando os óculos sobre o nariz.

•

— Galera, confesso que eu estou acompanhando apenas por cima as notícias —— Otávio respondia à pergunta da aluna sobre a estátua. —— Mas, se fosse pra dar um palpite, eu diria que está mais para um ato de vandalismo do que para um de protesto. Pelo menos não li, em nenhum lugar, que tenha havido alguma manifestação prévia ou convocação nas redes sociais para promover o ato... até mesmo porque aconteceu na calada da noite...

— E, também, ninguém reivindicou a autoria, como costuma acontecer nos atentados terroristas, né professor?

— Exato. Não tenho muito viva na memória algo na biografia do Regente Feijó que me pudesse trazer o motivo para despertar a ira de algum grupo minoritário. Pelo que me recordo, ele já era um político de relevância antes mesmo da Independência e, depois, foi no Primeiro Império... mas o auge mesmo de sua carreira política foi durante o período das regências, quando ele foi eleito Regente do Império...

— Putz! –– um distraído estapeou a própria testa –– Só agora que entendi! É por isso que chamam ele de "Regente" Feijó!

A turma não perdoou.

Um dos estudantes acessou a internet através do celular –– pasme! –– para pesquisar sobre o assunto que estava sendo discutido. Levantou a mão.

— Professor, aqui diz que o Regente Feijó chegou a ter escravos, mas que ele defendia a substituição do trabalho de escravos pelo de imigrantes. Fala, também, da "Lei Feijó", de 1831, que foi a primeira lei que tentou acabar com o tráfico de escravos.

— Bem lembrado, Dante. Acho que agora podemos descartar uma das hipóteses de ato de protesto. Aproveita que você está com celular na mão e verifica para nós qual era o posicionamento político dele... –– e, olhando a turma, emendou –– Vamos ver se o Regente era "coxinha" ou "mortadela"...

A turma riu.

O professor comentou enquanto o estudante fazia a busca:

— Pensem que, daqui a alguns anos, talvez décadas, os alunos irão estudar o período que vivemos hoje e verão que temos de um lado os "coxinhas", do outro os "mortadelas" e, no meio deles, os "isentões" ou "em cima do muro". Na época do Primeiro Império, tínhamos os "caramurus", os "chimangos" e os "jurujubas".

— Certamente não deviam ser elogios, né professor?

— De fato! Mas, com o tempo, os grupos acabavam assumindo esses nomes pejorativos, ostentando-os com orgulho. Como acontece com os palmeirenses, por exemplo, em relação ao apelido de "porco".

Dante levantou a mão.

— Professor, aqui fala que o Regente Feijó era um "liberal moderado"...

— Se era moderado, então era isentão! –– alguém gritou lá do fundo, gerando alvoroço.

— *Shhhh*! Pessoal, vamos primeiro entender o que significava ser um "liberal moderado". Naquela época, não existiam partidos políticos como os conhecemos hoje. O que existiam eram grupos que se identificavam com determinados princípios e ideais, geralmente importados, porém sem a forma de uma agremiação política formal, o que só viria a acontecer no Segundo Império.

A turma ouvia atentamente a explicação do professor.

— Logo depois da abdicação do D. Pedro I, começou uma fase conhecida como Período Regencial, lembram? Enquanto o novo imperador ainda era criança, os velhos políticos que ficaram no Brasil queriam modelar o Estado, que estava praticamente ainda em formação, conforme as suas crenças e ideologias políticas. Não se esqueçam de que enquanto a maioria dos países da Europa era monarquista, a América do Norte tinha uma bem-sucedida república presidencialista, formada havia menos de 40, 50 anos. Enquanto isso, ao redor do Brasil, a América Espanhola se fracionava toda também em pequenas repúblicas.

Otávio andava, devagar, de um lado para o outro da sala de aula.

— Um grupo defendia o retorno de Pedro I. Eram os restauradores.

— Chamados de "caramurus"! –– acrescentou Dante, ainda consultando o celular.

Heitor, o maior inventor de trocadilhos da turma, desta vez não perdoou o brilho do aluno-assistente:

— Professor, o Dante deveria estudar para ser padre, assim como o Regente Feijó. Ele assinaria "Pe. Dante"!

Desta vez foi difícil até para Otávio segurar a risada. Conseguiu, finalmente, sem perder a concentração:

— Um outro grupo queria reformas mais profundas, como a própria transformação do império em uma república. Eram os liberais exaltados.

— "Farroupilhas" ou "jurujubas" –– interveio o *futuro padre*, indiferente à zoação.

— Finalmente, tínhamos os liberais moderados –– fez um aceno para Dante, que exclamou "chimangos!" –– que queriam a manutenção da monarquia, porém com menos poderes para o imperador.

— Então, quer dizer que o Regente Feijó era do centrão?

— Podemos dizer que sim. Mas vocês concordam que um cara que dá nome a uma lei contra o tráfico de escravos numa sociedade escravocrata não pode ser chamado de centrão, não é verdade?

— Talvez o sumiço da estátua dele tenha sido uma retaliação dos traficantes de escravos! – brincou a menina do fone de ouvido, arrancando risadas de todos, inclusive de Otávio.

•

Enquanto se dirigiam, lado a lado, para a pequena cozinha do Museu e Relicário, Leo pensava alto:

— Acho pouquíssimo provável que a data que está na "Pedra do Diabo" não se refira a essa sessão do Grande Oriente que o senhor se referiu.

— Seria coincidência demais! –– concordou o Curador.

— Quer dizer, então, que os maçons proclamaram a Independência do Brasil mesmo sem a presença de D. Pedro? –– perguntou o jovem jornalista, após alguns instantes de silêncio.

— Pois é. O então Príncipe Regente estava em uma viagem aqui para São Paulo, tendo deixado no Rio, como regente *ad hoc*, sua esposa D. Leopoldina.

A dupla ia andando na velocidade ditada pelas frágeis pernas do Dr. Salomar, que parou defronte à réplica do famoso quadro de Georgina de Albuquerque, o *Sessão do Conselho de Estado*, pendurado em destaque numa das principais paredes do MRMP, cujo original está exposto no Museu Histórico Nacional, no Rio de Janeiro.

Os dois ficaram um tempo contemplando a beleza da obra.

— Este quadro retrata a reunião do Conselho de Estado, presidida na ocasião por D. Leopoldina, cercada de vários aristocratas. Este aqui, sentado em primeiro plano –– disse, apontando com a bengala –– é Martim Francisco, que era irmão do José Bonifácio de Andrada e Silva, que está aqui de pé, gesticulando para a Princesa.

— Este quadro é... tão lindo... maravilhoso. Estas cores, esta luminosidade dão um estranho sentimento de... –– Leo tinha dificuldade de encontrar as palavras precisas para descrever seus sentimentos –... de solenidade, de brilho e de importância...

— Foi nessa reunião, que aconteceu em 2 de setembro de 1822, que os Conselheiros e a Princesa receberam as tais cartas vindas das Cortes de Lisboa dando o ultimato para a ida do Príncipe para lá, e foi quando teriam decidido encaminhá-las a Pedro, em viagem para São Paulo, juntamente com outras correspondências, estas de próprio punho, aconselhando-o a romper relações com Portugal.

— Então, há quem defenda esse momento, também, como o da verdadeira Independência do Brasil?

— Não tenho dúvida de que essa Sessão do Conselho do Estado se tratou, também, de um importante momento no processo da nossa independência, assim como também foram o "Dia do Fico", o "Cumpra-se" e o próprio grito do Ipiranga. Aliás, como eu já falei, foi só em 1823 que se escolheu o evento do Ipiranga como o "Dia da Independência".

— Mesmo que, como aconteceu com aquela sessão maçônica, também nessa reunião D. Pedro não estava presente.

— É engraçado pensar que só quem poderia proclamar a Independência fosse justamente o filho do rei de Portugal, não é mesmo? Só porque conhecemos o desfecho dos fatos, achamos que seria imprescindível que D. Pedro I pessoalmente fizesse a independência. Mas, convenhamos, a lógica seria que os brasileiros rompessem totalmente com Portugal e com os próprios Bragança, todos eles, e não promovendo a rei do Brasil justamente o herdeiro do trono português...

— ... e que certamente não iria abrir mão do trono de lá tão facilmente —— Leo conseguiu captar a ideia perfeitamente.

Continuaram contemplando a réplica, reproduzida do mesmo tamanho do quadro original.

— E os maçons também escreveram cartas para D. Pedro I, aconselhando-o a mandar a Corte em Lisboa à merda (com o perdão da expressão)? E, antes mesmo de saberem a resposta do príncipe, decidiram proclamar a independência?

Dr. Salomar respondeu:

— Na verdade, o que aconteceu nessa sessão de 9 de setembro não foi exatamente uma declaração de independência...

•

De volta ao gabinete do Curador, no segundo andar do MRMP, Dr. Salomar se adiantou e pegou um volume na estante de livros, de capa dura da cor azul escuro e escrito com letras douradas um título que Leo não conseguiu ler de imediato, foi ao índice e de lá para a página pretendida.

— Vejamos o que diz, *ipisis litteris*, a ata da tal sessão do Grande Oriente do vigésimo dia do sexto mês...

— ... de 5822 da era vulgar... –– Leo e sua mania de concluir a frase do interlocutor –– ... 20 de agosto de 1822... ou 9 de setembro de 1822...

Tal hábito, que irritava todos os amigos do jornalista, (ainda) não incomodava o Curador, que se pôs a ler:

— blá-blá-blá, "... *no sólio* [é o local onde fica o presidente da sessão dentro do templo maçônico, explicou], *que ocupava, dirigiu à* [Augusta] *Assembleia um enérgico, nervoso e fundado discurso, ornado daquela eloquência e veemência oratória, que são peculiares a seu estilo sublime, inimitável e nunca assaz louvado, e havendo nele com as mais sólidas razões demonstrado que as atuais políticas circunstâncias de nossa pátria, o rico, fértil e poderoso Brasil, demandavam e exigiam imperiosamente que a sua categoria fosse inabalavelmente firmada com a proclamação de nossa Independência e da Realeza Constitucional na pessoa do* [Augusto] *Príncipe Perpétuo Defensor Constitucional do Reino do Brasil* [Pedro de Alcântara]". Agora, preste atenção nesta passagem, "*Foi a moção aprovada por unanime e simultânea aclamação, expressada com o ardor do mais puro e cordial entusiasmo patriótico.*"

— É verdade! Não parece assim uma declaraçãããão –– esticou o "ão" –– de Independência, no máximo uma sugestão para que o Príncipe o fizesse.

— Pois é. Dê uma olhada no que diz mais adiante a ata. Blá-blá-blá "*os* [irmãos] *Apolonio Mollon, Camarão, Picanço, Esdras, Democrito e Caramuru* [esses eram os chamados 'nomes históricos', adotados pelos maçons para proteger suas identidades, usados apenas dentro das lojas] *e posto que todos aprovavam a moção, reconhecendo a necessidade imperiosa de se fazer reconhecida a Independência do Brasil e ser aclamado Rei dele o Príncipe D. Pedro de Alcântara, seu Defensor Perpétuo Constitucional. Contudo, como alguns dos mesmos opinantes mostrassem desejos que fossem convidadas as outras Províncias coligadas para aderirem a nossos votos e efetuar-se em todas simultaneamente a desejada aclamação, ficou reservada a discussão para outra Assembleia Geral, sendo todos os* [irmãos] *presentes encarregados de disseminar e propagar a persuasão de tão necessária medida política...*"

— Definitivamente, não é exatamente uma declaração de independência, né? Pelo menos não nesse momento.

— Mas podemos afirmar que foi, no mínimo, uma declaração do posicionamento da Maçonaria... pelo menos a do Rio de Janeiro... sobre a necessidade de se realizar a emancipação política imediatamente. Fosse com o Pedro de Alcântara ou, acaso ele não o fizesse, fosse sem ele.

Leo fez gesto de ter entendido. Dr. Salomar arrematou:

— Conta-se que, durante essa memorável sessão, quando todos estavam extasiados sobre a decisão tomada e já compreendendo a grandeza histórica daquele momento, alguém gritou "Viva D. Pedro, o Rei do Brasil!", e todos repetiram entusiasmadamente; até que um irmão gritou do outro lado da sala: "Não! Rei não!". Houve um silêncio repentino; todos olharam para ele, que gritou: "Imperador do Brasil!". E todos vibraram juntos.

•

Quando Leo chegou em casa por volta das 19h30, descobriu um Otávio eufórico, que acabara de montar um painel de cortiça com várias imagens, fotos, mapas e *post-its* de várias cores pregados com tachinhas percevejo.

— Tô me sentindo em *Homeland*, no escritório da CIA –– brincou o jornalista, tirando a mochila das costas.

— Vai rindo... você vai ver como vai ficar mais fácil raciocinar.

Otávio pegou a caneta-laser que usava em suas aulas e foi apontando para o mural dividido em duas partes.

— Esse lado esquerdo eu chamei de time "ILUMINISTA", e o direito eu chamei provisoriamente de "ELES". E como "eles" não gostaram que nós tenhamos ido atrás do túmulo misterioso, coloquei a foto do *Invisibilia Faber* do lado deles. A minha dúvida é o que o Iluminista pretende que nós façamos depois de desvendar quem está enterrado debaixo da lápide, e que, de alguma maneira, possa incomodá-"los".

— *Incomodar* a ponto de mandar um cara armado atrás da gente! Sem contar terem mandado bloquear nossos celulares e nossas contas bancárias. De qualquer maneira, acho que já está suficientemente claro que nós somos apenas os instrumentos para o Iluminista atingir o objetivo dele, seja lá qual for, né?

Leo então escreveu "O que ele quer?" num post-it e pregou na banda esquerda do mural, no lado do Iluminista.

— Pois é –– concordou Otávio –– Acho que devemos esperar os próximos acontecimentos para decidir se desertamos, ou se vale a pena permanecer do lado do cara...

O professor apontou o laser vermelho para uma foto preto e branco de um homem sisudo, de costeletas, bigode e óculos de aros grossos e lente escura, vestido de terno e gravata.

— Do lado do Iluminista, coloquei o Dr. Castelo Forte.

Leo não conteve a gargalhada quando reconheceu o Dr. Salomar dos tempos do Tribunal de Justiça de São Paulo, de uma fotografia extraída do site da própria corte.

— Um mistério para mim é que, ao que parece, a Maçonaria pode estar em qualquer dos lados –– disse o professor de História, enquanto segurava uma folha com um esquadro e compasso desenhados.

Leo pegou outro post-it, anotou "9 de setembro de 1822 – Dia da Independência" e pregou abaixo da foto da lápide.

Diante da cara de perplexidade do amigo, repassou-lhe as preciosas informações recebidas do Curador do MRMP ao longo da tarde, da famosa sessão do Grande Oriente à discussão sobre a data correta do acontecimento.

O interfone tocou: a pizza chegara.

Enquanto saboreavam a milho com bacon, iam conjecturando sobre a identidade do "artífice invisível", o maçom cujos restos descansavam sob a Pedra do Diabo.

— Se a lápide traz a data de 9 de setembro de 1822, e se para a Maçonaria se trata do dia da Independência do Brasil...

— ... ainda que, segundo o Dr. Castelo, há quem defenda que seja 20 de agosto, antes mesmo do 7 de setembro...

–– ... de qualquer forma, podemos sugerir que o maçom enterrado era o artífice da Independência...

— Se é que o dia 9 de setembro de 1822 não seja nada além da data da morte do cara, e que o fato de o dia em que ele morreu ser também o dia em que a independência foi declarada pela Maçonaria não passar de uma enorme e improvável coincidência... Que loucura isso!

— Mas vamos supor que não seja coincidência e que o cara tenha, de fato, alguma coisa a ver com a Independência. Velho, a Independência já tem "dono"...

— ... José Bonifácio – disseram juntos, brindando com as latinhas de cerveja.

Enquanto Leo saboreava as possibilidades para onde a investigação conduziria, Otávio lia no computador o resultado de uma rápida pesquisa:

— Só que José Bonifácio está enterrado no *Pantheon dos Andradas*, em Santos.

— Devo arrumar suas malas, Senhor *Phileas*? –– perguntou Leo a Otávio, chamando-o pelo nome do personagem de *A volta ao mundo em 80 dias*, como costumavam brincar, numa piada interna, para definir quem era o protagonista e quem era o coadjuvante naquela parceria, às vezes usando as personagens de Jules Verne, noutras as de Conan Doyle (para quem não pegou a referência lá atrás) e de Bill Finger, criador de Batman.

— Devagar com o andor, *Passepartout*. Tenho que dar aula amanhã. Quem sabe no final de semana.

— E podemos convidar o Lúcio para nos levar até Santos no sábado. Além de moreno, alto, bonito e sensual, o cara é muito inteligente –– Leo não poderia perder a oportunidade de sacanear o amigo.

•

Close na porta. Fazia cerca de 30 minutos que Leo saíra de casa, para malhar. Tinha que queimar a pizza da noite anterior. Estaria de volta em cerca de uma hora. Já Otávio madrugara, tendo saído para a escola comendo um pedaço frio da janta. Alguém, então, mexeu na maçaneta: a porta estava, de fato, trancada. Não era o dia da faxineira vir. Houve, em seguida, um barulho abafado do lado de fora e, de repente, a porta se abriu, lentamente.

Um sujeito pôs a cabeça para dentro do ambiente e, depois de se certificar de que não havia ninguém em casa (até mesmo porque ficara de tocaia na rua desde as 6h00 da manhã), finalmente entrou no apartamento, pé ante pé.

Olhou ao redor e estudou cada cômodo da casa. Parou na frente do painel montado por Otávio e fotografou, com a câmera do seu celular, todas as imagens e documentos pregados. Sobre a mesa de trabalho, o invasor encontrou vários outros documentos, dentre os quais a primeira carta do Iluminista e o folder do MRMP. Flash. Flash.

Depois foi até o computador de mesa e tocou o mouse com a costa das mãos. Sorte sua: estava ligado, apenas no modo de hibernação. Vestiu as luvas. Rapidamente acessou a internet e baixou um Cavalo de Troia, um programa "malicioso" que permitiria, dentre outras várias coisas, o acesso remoto daquele aparelho e o pareamento das telas. Apagou o histórico de pesquisa do navegador.

Sobre a mesa de centro estava o notebook de Leo. Abriu-o cuidadosamente. Ainda que pudesse, por meio da rede da internet, acessar também o notebook por meio do já comprometido PC, preferiria injetar um *malware* diretamente no laptop. Desta vez, porém, a senha de acesso foi solicitada. Aquilo não seria um problema.

Sacou do bolso da jaqueta um *pen drive*, onde tinha instalado o Ophcrack. Fez um *boot*, tendo aberto uma interface desktop, no que instantaneamente começou a *crackear* a senha. Enquanto a chave ainda não surgia, aproveitou para dar uma espiada na rua através na janela. Na volta, a senha já estava piscando na tela: VASCODAGAMA. Deu um riso de canto de boca. "Perdeu, playboy". Acessou o sistema e instalou um Cavalo de Troia Qbot no notebook do jornalista. Fechou o aparelho.

Antes de deixar o apartamento, como que por superstição ou fetiche, procurou um objeto para levar de recordação de mais uma missão cumprida.

Viu o tal poster da Lagertha, colado na parede da sala entre os de *Amores perros* e *El Secreto de sus ojos* (filmes cults que Leo usava para impressionar garotas) e o da Mulher Maravilha 1984 (não tão cult assim). Descolou a imagem da escudeira nórdica cuidadosamente. Enrolou-a.

Fechou a porta atrás de si.

Os rapazes agora estavam sendo vigiados de dentro de casa.

•

Para a surpresa e alguma felicidade dos dois amigos, o segundo dia após a (despercebida) invasão ao apartamento amanheceu com uma nova mensagem do Iluminista brilhando na tela do celular de ambos: MUSEU DO IPIRANGA.

— Agora não há dúvida de que o segredo do Iluminista está relacionado à Independência do Brasil!

Leo já olhava na internet o horário de visitação do Museu, tendo se surpreendido (e se decepcionado) com a informação de que o edifício estava fechado para reforma desde 2013, com a expectativa de reabertura apenas para as vésperas do Bicentenário.

Mas a decepção foi interrompida pelo grito de satisfação do mestrando-desertor ao se lembrar que seu ex-orientador, Professor Menegazzo, era responsável pela restauração de algumas peças daquele museu.

— Talvez ele consiga nos colocar para dentro!

Enquanto falava, já acessava sua caixa de e-mail por meio do computador de mesa, tentando resgatar o contato do orientador que abandonara ao deixar a dissertação pela metade.

— Pronto! Já mandei um e-mail para ele, confirmando se ainda está trabalhando no projeto de restauração e tal. Agora é só esperar...

— ... ou, então, pedir socorro para o Iluminista...

— ... mas desta vez não pelo Twitter!

Riram, sem saber que alguém leria o e-mail antes mesmo que Menegazzo.

•

Construído no estilo neoclássico no bairro paulista do mesmo nome, o Museu do Ipiranga não se chama "Ipiranga", mas Museu Paulista. Ele foi inaugurado em setembro de 1895, inicialmente funcionando como um museu de História Natural, expondo aos visitantes várias espécimes de plantas e animais. Em 1922, o prédio passou a ser exclusivamente um monumento dedicado à memória da Independência do Brasil e dos símbolos brasileiros, realçando a importância do estado de São Paulo na formação da identidade nacional.

Agora, as obras de reforma do prédio finalmente trariam o museu para o século XXI, colocando-o no mesmo patamar dos mais modernos museus do mundo. Uma gigantesca escavação na frente do prédio denunciava a construção de um inédito andar subterrâneo, por onde o público entraria e onde poderia desfrutar de cafés, restaurantes e lojas. As velhas paredes do prédio estavam sendo reforçadas para sustentar um mirante, de onde os visitantes poderiam, após a reinauguração, deslumbrar-se com a vista do belíssimo jardim francês que conduzia até o Monumento da Independência, na outra extremidade do Parque da Independência.

Parque, aliás, em cuja uma das entradas um táxi parou, na Avenida Nazaré, e dele desceram Leo e Otávio. O ex-orientador de Tato aguardava-os no local e hora combinados, dando um abraço no ex-pupilo na entrada de serviços do museu, a única que dava acesso ao interior do prédio. Nele só podiam entrar o pessoal da limpeza e o da vigilância, os envolvidos na obra civil de reforma do prédio e, obviamente, a equipe técnica responsável pela restauração das obras, dentre os quais o Prof. Agobar de Sousa Menegazzo. Fora essas pessoas, todos devidamente identificados e revistados na entrada e na saída do trabalho, apenas quem estivesse munido de uma autorização escrita do Secretário de Patrimônio podia ter acesso às obras.

Era por esse motivo que aquela visita de Leo e Otávio, que não dispunham de nenhum papel selado, registrado, carimbado, avaliado ou rotulado, era off the record, de modo que não podiam filmar nem fotografar nada dentro do prédio.

O Professor Menegazzo, Menega para os mais chegados, era filho de uma baiana com um gaúcho de Caxias do Sul, tendo sido criado no Espírito Santo e se mudado para São Paulo no meio da adolescência. Ou seja, ele era praticamente uma música do Chico Buarque. Estava já no seu quinto casamento, sempre com ex-colegas de cátedra, mas nunca tivera filhos. Sua herança, costumava dizer, seria a contribuição ao universo com tantos alunos iluminados com seu conhecimento. Entre cada casamento desfeito e o seguinte, ia curtir o bode num novo pós-doutorado em alguma universidade da Europa. Paris, Estolcomo, Londres, Frankfurt. Voltava sempre renovado e pronto para uma nova história de amor. Desta vez, porém, o que ameaçava o final da relação não era o esmaecimento químico da paixão, mas um novo romance: a restauração das obras do Museu Paulista.

Enquanto os dois velhos amigos, Menega e Otávio, ridicularizam-se recíproca e carinhosamente, Leo se impressionava com a exuberância das paredes laterais do prédio cujas cores originais estavam sendo reveladas, antes de o trio começar a atravessar o canteiro de obras da parte interna dos tapumes.

Do lado de dentro, cada camada das obras que passavam tinha um movimento e uma energia própria, um barulho diferente. E era como se estivessem penetrando num caixa-forte, numa caverna. Ao cruzarem a porta que dava acesso ao átrio do prédio, tiveram que calçar uma proteção de veludo para preservar o mármore do piso. O famoso tapete vermelho havia sido retirado para ser, futuramente, substituído por um novo.

O jovem jornalista agora se perdia diante da grande estátua em carrara do bandeirante Raposo Tavares, recém devolvida ao seu pedestal, não tendo percebido se aproximar uma mulher de meia idade, olhos verdes, cabelos presos com um lápis e vestida com um *tailleur* cinza. Com uma expressão séria, ela vinha carregando um livro que aparentava pesado demais para ela, tanto que teve dificuldade de saldar Menegazzo, tendo o cumprimentado com o cotovelo direito.

— Professor, a equipe da universidade de Milão confirmou para depois de amanhã, durante a tarde, a reunião prévia para a instalação dos equipamentos para a difração de raio-X e o para a espectrometria com infravermelho no *Independência*. O senhor pode participar da reunião?

— É claro que posso. O pessoal do Departamento de Física da USP já confirmou? Só peço que confirme o horário com minha assistente para que eu possa organizar minha agenda –– e apontando para os visitantes, apresentou-os –– Estes são meus amigos, Professor Otávio e...

Leo adiantou-se, estendendo rapidamente a mão para evitar o constrangimento do professor na iminência de este não lembrar seu nome:

— Leo Seemann, sou jornalista. Parafraseando George Orwell, sou aquele tipo de gente que é paga para publicar...

A mulher sorriu de volta, e o fato de ela estar com as mãos ocupadas e não poder responder ao gesto fez Leo se perder embaraçado no meio da sua apresentação padrão. Ela manteve o sorriso.

— Muito prazer, Margarete –– oferecendo o cotovelo.

Menega apresentou-a formalmente:

— A Dr.ª Margarete foi indicada pela Unesco para a Fundação de Apoio à Universidade de São Paulo, para acompanhar as obras de reforma aqui do museu. Ela se tornou indispensável para destravar toda a burocracia que envolve obras dessa envergadura e garantir o cumprimento dos prazos. Talvez você queira, Margarete, nos acompanhar até a sala do *Independência*, para mostrar a eles a quantas anda o processo de restauração do quadro.

— Será um prazer, Professor. Eu só preciso, antes, passar na sala dos terceirizados para receber um rapaz que veio substituir um outro segurança, de uma hora para outra. Por sinal, já estou atrasada. Se me dão licença... encontro vocês lá.

Os três ficaram em silêncio olhando a mulher se afastar, como marinheiros enfeitiçados por uma sereia.

Começaram, finalmente, a subir as escadarias que davam acesso ao segundo piso, acompanhando o ritmo do guia pós-doutor, que não perdia o fôlego ao comentar sobre a estátua em bronze de D. Pedro I exposta no alto:

— Esta estátua é obra de Rodolfo Bernardelli. Eu mesmo participei do processo de limpeza e decapagem dessa peça. Foi um troço delicado, mas o resultado ficou ótimo. As outras seis –– disse, apontando-as uma a uma –– são os bandeirantes que representam os estados que foram desmembrados do grande território de São Paulo –– concluiu, já diante da estátua de Francisco Dias Velho, que representava Santa Catarina.

Entraram finalmente no majestoso *Salão de Honra do Museu*, uma sala ampla, com pé-direito de cerca de 10 metros, bastante iluminada àquela hora da tarde, repleta de imagens e peças que reportavam ao período imperial: desde botões, cachos de cabelo das princesas, moedas, armas dos dragões, e do famoso quadro *Sessão das Cortes de Lisboa*, de Oscar Pereira da Silva. Entremeando esses nobilíssimos objetos, estavam mesas e cavaletes, lonas, ventiladores, holofotes e um grande andaime que ocupava uma parte do salão, como se fosse um grande esqueleto de dinossauro.

— Longe de mim pretender *ensinar o padre a rezar a missa* –– disse Menega, parando defronte ao quadro de Pereira da Silva –– mas este quadro, por estar nesta sala, seria como a Primeira Estação da *via sacra* numa igreja, que conduzirá até o evento derradeiro.

— Fique bastante à vontade, professor –– disse Leo, sem tirar os olhos da tela –– Eu não passo de um réles *coroinha*!

Menega riu e começou a explicação:

— A nossa emancipação política foi o desfecho de um processo que começou da Revolução Liberal do Porto, em Portugal.

Diante do olhar perdido de Leo, Menega decidiu dar um passo atrás na sua explicação.

— Você lembra que a Família Real veio para o Brasil em 1808, junto com toda a Corte, fugindo da invasão de Napoleão a Portugal, correto? Em seguida, alguns anos depois, D. João VI elevou o Brasil para a categoria de Reino Unido...

–– ... Reino Unido Portugal, Brasil e Algarves...

— Exatamente. Em 1820, quando a situação já estava controlada lá em Portugal, com a saída dos franceses e tal, a população começou a exigir o retorno da Família Real e também o fim do Estado Absolutista.

Otávio se atravessou:

— Lembra daquele meu resumo, Leo, que falava da luta do Iluminismo contra o Absolutismo?

O *youtuber* concordou com a cabeça e tentou acelerar a explicação:

— Foi daí que D. João retornou a Portugal e deixou aqui seu primogênito, como Regente!

— Exato! Foram então convocadas as Cortes de Lisboa, uma espécie de parlamento nacional, para definir os termos de uma Constituição para o reino e que deveria ser jurada pelo Rei D. João VI. Nessa assembleia, como parte integrante do Reino, o Brasil também participou e esteve representado por deputados das províncias daqui como, por exemplo, Cipriano Barata...

— ... cuja imagem está ali no teto da escadaria –– interrompeu Otávio.

— ... Antônio Carlos Ribeiro de Andrada, irmão de José Bonifácio, o Padre Diogo Feijó, e o Nicolau Vergueiro, que também tem seu retrato lá no teto da escadaria.

O professor-anfitrião fez uma pausa, para recuperar o fôlego.

— Mas, obviamente, lá nós éramos minoria (isso sem contar que muitos dos deputados eleitos sequer chegaram a cruzar o Atlântico). E dentre as propostas dos deputados portugueses, que eram a maioria, estava a de que o Brasil fosse rebaixado novamente à condição de mera colônia de Portugal e sem um poder-central, mas fragmentado nas províncias.

— Com o que nós, brasileiros, obviamente não queríamos concordar –– Leo estava adorando aquela aula particular naquele lugar especial.

— Era um verdadeiro cabo de guerra. Houve tumulto, bate-boca, abandono de plenário... Daí os deputados portugueses começaram a esticar a corda... querendo impor aumento de impostos aos brasileiros... foram esticando... começaram a exigir a volta também do Príncipe Regente... foram esticando... até que começaram a arrebentar os primeiros feixes de fibra... como o "Dia do Fico", depois a criação de um Conselho de Procuradores-Gerais, para avaliar as leis que vinham de Lisboa, depois a convocação de uma assembleia constituinte brasileira...

— Espera aí! D. Pedro convocou uma assembleia constituinte antes de ter proclamado a independência? — por conta do episódio sobre Ulysses Guimarães, o assunto estava fresco na cabeça de Leo.

— Sim, mas a função dessa assembleia era apenas avaliar a aplicabilidade das leis editadas em Portugal aqui no Brasil. Mas, obviamente, tal ideia não nasceu da jovem cabeça de D. Pedro. Já havia uma grande pressão popular, melhor dizendo, da imprensa local... enfim, da opinião pública. Vários jornais, como o *Reverbero Constitucional Fluminense*, exigiam a convocação da assembleia, já armando o cenário para a independência.

Leo fez o gesto com a cabeça de quem estava acompanhando a explicação.

— Enfim, foi uma sequência de atitudes tomadas por D. Pedro, insuflado pelos brasileiros e contrárias aos interesses de Portugal — concluiu o Professor Menegazzo — até o dia 7 de setembro...

Pararam, enfim, defronte ao enorme quadro pintado especialmente para aquele lugar, um prédio a servir-lhe de moldura.

— ... de 1822.

A tela, reproduzida em praticamente todos os livros escolares no ensino fundamental do país, media aproximadamente de 4 metros de altura por 7 metros de largura, das mais simbólicas cores da formação do país. Encomendado justamente para a ocasião da inauguração do Museu, todo o restante da decoração e a própria distribuição das demais obras foram feitas a partir daquele quadro.

— Senhores, este é o famoso Independência ou Morte!, também conhecido por O Grito do Ipiranga, a pintura mais famosa de Pedro Américo.

Otávio e Leo assentiram com a cabeça, maravilhados com a beleza e a grandeza da tela escondida atrás do esqueleto de dinossauro de ferro de três andares onde estavam pendurados quatro profissionais restauradores, que trabalhavam meticulosamente na recuperação da obra.

O silêncio de estupefação foi quebrado pela voz de Menega:

— É um óleo sobre tela, pintado por Pedro Américo entre 1886 e 1888, em Florença, na Itália. Segundo a biografia de Pedro Américo, ele teve seu talento descoberto ainda jovem, graças à intuição de um naturalista francês chamado Louis Jacques Brunet, que estava em uma expedição pelo sertão nordestino. Pedro Américo ingressou na Academia de Belas Artes do Rio de Janeiro e, anos mais tarde, foi estudar na École National Superiéure des Beaux-Arts, de Paris. — os outros ouviam-no atentamente — Ele já era um artista bastante conceituado, inclusive na Europa, quando realizou esta obra tão controvertida.

— Por que controvertida? — quis saber o jornalista, instintivamente colocando a mão no bolso, à cata do gravador.

— Bem, nosso Pedrão aqui já tinha sido acusado de plagiar, com sua *Batalha de Avaí*, um quadro chamado *Batalha de Montebelo*, de um tal de Andrea Appiani. Ele ficou tão aporrinhado com essa acusação, que acabou publicando em 1880 um trabalho intitulado *Ensaio... ou Discurso sobre o Plágio na Arte*, ou algo assim.

— *Quer dizer então que esta pintura também seria um plágio?* — *interveio Leo.*

Professor Menegazzo se surpreendeu com a velocidade do raciocínio do rapaz. Sabia que podia ir direto ao assunto.

— Há quem diga que *Independência ou Morte!* tenha "semelhança demais" com *1807, Friedland*, de Jean-Louis-Ernest Meissonier...

— ... pintada no ano de 1875 e atualmente em exposição no Metropolitan de Nova York. — disse Margarete, entrando de forma apoteótica no salão, abrindo, finalmente, o pesado volume que trazia consigo e que não deixara ninguém carregá-lo por si.

— Mas se este quadro — disse Otávio, referindo-se ao *Independência* — foi concluído em 1888, isso significa que Pedro Américo voltaria a fazer outra imitação, se é que realmente é uma, depois da primeira acusação e mesmo depois da publicação de seu livro... — o professor de História não notara que os outros três já se afastavam alguns metros para comparar o grande quadro com a figura do "original", impressa no livro.

Margarete aguardou-o se aproximar para começar a pontuar algumas coincidências entre as duas obras: no quadrante superior esquerdo, o personagem principal, acompanhado por seu séquito, num plano mais alto do terreno; o amplo céu na parte superior da tela, com a linha do horizonte cruzando quase na mesma latitude; o gesto de regozijo do líder, seguido pelos demais; os cavaleiros nos quadrantes da direita e, na extrema esquerda etc.

— Curiosamente — completou a mulher — ambas retratam eventos ocorridos havia aproximadamente 67 anos de sua feitura. No caso da obra francesa, uma das batalhas vencidas por Napoleão contra a Rússia.

— Mas não tem como negar... — disse Leo — que elas são realmente bastante parecidas. Ainda que eu considere a "nossa" muito mais bonita.

— E tem outra coisa: a "primeira" pintura retrata uma batalha, enquanto a "segunda" é uma revolução branca, levada a cabo sem uma gota de sangue...

— disse Menega, enfatizando o emprego das aspas, de quem Otávio aprendera o gesto — ... pelo menos não ali, naquele momento, às margens do Ipiranga.

Margarete tomou a frente da explicação:

— Outra controvérsia em que Pedro Américo se viu envolvido foi a acusação de romancear demais o episódio. E olhe que antes de pintar o quadro ele esteve aqui na região do Ipiranga para conhecer as plantas, a luminosidade e o relevo do local, e ainda entrevistou várias testemunhas oculares do grito. Particularmente, não acho que ele tenha agido mal. Como ele próprio teria dito, "a realidade *inspira*, e não *escraviza* o pintor".

— Eu acredito que ele apenas enxergou com olhos de artista. Mais: com olhos de um artista patriota — disse Menega.

— Ou que dependa do dinheiro do seu mecenas. — deixou escapar Otávio, referindo-se ao Governo Imperial, quem encomendara a obra.

— De qualquer forma, não podemos condenar um artista por não enxergar com olhos de historiador — Professor Menegazzo advogava fervorosamente o esplendor da obra.

Após alguns instantes de contemplação, o restaurador pós-doutor retomou a condução da palestra particular:

— Era sábado, por volta das 16h00. D. Pedro já começava o retorno da viagem para a província de São Paulo, para onde viera apaziguar os ânimos decorrentes da rixa entre o grupo de Sousa Queirós e o dos Andradas... Dois mensageiros vieram ao encontro do Príncipe, trazendo correspondências do Rio de Janeiro. Já a comitiva que acompanhava o Príncipe, esta era grande. Só que não vinham montados em cavalos, nem estavam trajados como que para um baile de gala, como aparece no quadro: viajavam em mulas (inclusive D. Pedro) e vestiam roupas ordinárias, para viagens longas como aquela, que custava uns bons 10 dias. Vocês estão vendo esse casebre aqui, na pintura? Ele ainda está de pé.

Os dois visitantes fizeram cara de incrédulos.

— É sério! Chama-se a *Casa do Grito* — levou-os até a janela, apontando para ela, lá adiante no Parque – De fato, não há comprovação histórica de que seja precisamente a mesma casa, mas que ela existe, existe. A Guarda Real estava descansando justamente nessa casa quando viu, ao longe, os dois mensageiros se aproximarem e entregarem as cartas a D. Pedro. Percebendo o alvoroço na colina e os gestos de irritação do Príncipe, os soldados se puseram a postos e foram até ele, a tempo de ouvirem O Grito.

Voltaram-se novamente para o *Independência*.

— De qualquer forma, toda essa discussão sobre ser plágio ou não não retira o mérito de Pedro Américo de ser um dos grandes pintores brasileiros. Ele tem outros quadros famosos, que talvez vocês se lembrem, como o *Tiradentes Esquartejado* — concluiu o Professor Menegazzo, no que concordaram os dois ouvintes, enquanto Margarete se afastava para falar no *walk-talk* que apitava.

— As tais correspondências que D. Pedro I recebeu eram aquelas que o Conselho de Estado mandou para ele na sessão do dia 2 de setembro, é isso? — perguntou Leo, cruzando com as informações recebidas do Dr. Salomar dias antes.

— Sim — respondeu Menega — e que foram retratadas naquela pintura da Georgina de Albuquerque, em que a Princesa Leopoldina aparece junto de José Bonifácio. Por sinal, ali estão as mechas do cabelo das netas dela – disse, apontando para uma mesa de madeira com vidro.

Os três se dirigiram até o móvel onde estavam expostas mechas de cabelo da Princesa Isabel. Margarete se aproximou, devolvendo a atenção para o quadro *pop-star*:

— Uma coisa que sempre me perguntei é quem seriam esses homens que estavam ali ao lado, sem participar da ação — apontou para um homem conduzindo um carro de boi, no quadrante esquerdo do quadro, quase escondido por detrás do andaime.

O *walk-talk* apitou mais uma vez, ao mesmo tempo em que gritos e solavancos vinham de uma sala ao lado. Margarete pediu licença e saiu, às pressas, em direção à confusão.

Instantes depois, com o ambiente novamente em silêncio, Otávio retomou o assunto levantado pela emissária da Unesco:

— Lembro-me de ouvir uma explicação de que essas pessoas às margens do quadro representariam o povo brasileiro, que assistiu impassível aos acontecimentos...

•

— O que diabos que está acontecendo aqui? — quis saber Margarete.

— Nós flagramos este sujeito usando o celular aqui dentro, doutora — o segurança estava agarrando justamente o tal terceirizado que começara a trabalhar no local naquele dia.

— Eu não fui clara o suficiente quando disse que era terminantemente proibido usar qualquer aparelho nesta ala do museu?

— É que eu estava procurando a senhora para tirar algumas dúvidas sobre o meu serviço.

— Mentira! Ele estava atrás da porta, e parecia estar gravando ou filmando alguma coisa – o brutamontes acusou o novato – Daí eu achei estranho e resolvi...

Margarete ficou em silêncio por alguns instantes. Por muito menos outras pessoas já tinham sido desligadas das obras.

— Deixe ele comigo, Fábio — e, voltando para o jovem recém-contratado (e na iminência de ser despedido) — Você, me acompanhe!

•

Quando Margarete retornou à sala do *Independência* trazendo consigo o segurança-abelhudo, o Professor Menegazzo indicava alguns dos principais personagens retratados no quadro, além de D. Pedro, como seu alcoviteiro Francisco Gomes "Chalaça" da Silva, o Brigadeiro Manuel Rodrigues Jordão (que, aliás, dá nome à cidade de Campos do Jordão) e o oficial do Tribunal Militar, Paulo Emílio Bregaro, quem trouxera as correspondências do Rio de Janeiro, o segundo do grupo principal de cavaleiros do alto da colina, da esquerda para a direita.

Leo ficou boquiaberto. Era a segunda vez, em menos de 10 dias, que se colocava (e se maravilhava) diante de um quadro que representava um evento de imensa magnitude na história do Brasil: antes, a réplica da famosa obra de Georgina de Albuquerque, no MRMP; agora, o *original* de Pedro Américo.

— Mas o que exatamente traz vocês aqui, rapazes? — quis saber Margarete, interrompendo a explicação do Professor Menegazzo.

— Na verdade, não sabemos bem ao certo — estar na presença do seu ex-professor deixava Otávio confortável, a ponto de não se importar em revelar um pouco do verdadeiro porquê daquela tarde no Museu — Nós estamos preparando um vídeo para o nosso canal do YouTube sobre um túmulo misterioso que descobrimos no Rio de Janeiro, e nos disseram que uma pista valiosa poderia estar aqui, no Museu do Ipiranga.

— Mas confessamos que, apesar da enxurrada de informações que estamos recebendo hoje, ainda estamos absolutamente perdidos sobre para onde ir ou o que devemos procurar — emendou Leo.

— Que curioso isso! — disse Margarete — Lembro que quando morei em Paris, já pela Unesco, um dia assisti a uma palestra de um historiador inglês, especialista na vida e obra de Aleister Crowley, e que defendia a tese da existência de uma rede mística que conectava determinados túmulos, pelo menos na Europa. Será que não seria o caso?

— Mas aqui no museu não tem túmulo de ninguém, né? — perguntou Leo.

— O engraçado é que muitas pessoas acreditam que este prédio seria o palácio onde a Família Real morou — riu Menega.

— Mas temos o mausoléu de D. Pedro I e D. Leopoldina, embaixo do Monumento da Independência — informou Margarete.

— Acho que devíamos dar uma olhada lá — empolgou-se Leo — Será que ainda dá tempo?

— Infelizmente eu não poderei acompanhá-los, rapazes. Preciso resolver algumas questões da segurança do prédio — justificou-se Margarete, referindo-se ao bisbilhoteiro.

•

Saindo pelo mesmo portão que usaram para entrar no canteiro de obras do Museu Paulista, Otávio, Leo e Menega tiveram que contornar a gigante cratera que daria lugar ao andar subterrâneo do complexo do museu. Dobrando a esquina de tapumes, o trio se deparou com a estupenda vista do jardim.

Graças à credencial do doutor-restaurador, puderam ziguezaguear por entre as fontes, chafarizes e estátuas do jardim que, apesar de não tão bem tratado como quando estava aberto ao público, a primavera insistia em colorir, percorrendo assim a mais bela distância entre dois pontos, do Museu do Ipiranga ao Monumento à Independência, em cujo subsolo ficava a Cripta Imperial.

Terminando o jardim e depois que cruzaram a Patriotas, os três enfim atingiram a alameda que levava ao mausoléu, vendo crescer diante de si, ao longo do Eixo Monumental, a parte de trás do Monumento à Independência, com seus 12 metros de pedra e bronze.

O Professor Menegazzo seguia na frente, junto com Otávio, atualizando-se das saborosas fofocas da turma do mestrado (ainda que a própria separação de Tato tenha sido uma das mais relevantes). Leo ia atrás, distraído, checando as notificações do celular.

Chegando finalmente ao pé do monumento, contornaram-no pelo lado esquerdo e foram direto para a entrada que dava acesso à cripta, sentindo a mudança de temperatura à medida que entraram e desciam para o interior do sarcófago real.

Como o local, assim com todo o restante do parque, não estava aberto à visitação, a dupla do "TEORIAS..." teria carta branca para explorar cada palmo das catacumbas em busca de possíveis mensagens secretas, como aquela escondida na "Pedra do Diabo", em Itaboraí.

Ter todo um museu — ainda que fosse apenas um mausoléu — só para si dava uma sensação estranha de felicidade, de liberdade, de falar poder alto, tocar nos objetos, correr, coisas que seriam proibidas em condições normais de temperatura e pressão em qualquer museu sério do mundo. Era como que se estivessem dentro de um filme, podendo desfrutar da intimidade das celebridades enterradas ali.

Mas aos poucos a euforia foi dando vez aos sussurros, dos sussurros veio o silêncio, do silêncio fez-se o respeito, o respeito trouxe a circunspecção, e da circunspecção uma deferência patriótica, quase sagrada.

Agora era possível ouvir a respiração de cada um deles (dos vivos).

A pedido de Otávio, Menega os autorizou a tirar fotografias no interior, afinal, ali não havia pinturas que tivessem pigmentos fotossensíveis ao flash e que pudessem ser danificados. Mas com a condição de que não usariam as imagens para o canal do YouTube sem a prévia autorização, por escrito, da Secretaria de Patrimônio.

As paredes do andar mais profundo, onde estavam localizados os túmulos, eram revestidas de um granito escuro e esverdeado, emprestando ao ambiente um tom fúnebre e, a julgar pelo eco das pisadas, também macabro.

Para que não fosse flagrado pelos companheiros, Otávio parou diante do túmulo de Pedro I e fez um discreto gesto de reverência ao vigésimo oitavo Rei de Portugal e quarto do seu nome, o "FVNDADOR DO IMPERIO E IMPERADOR CONSTITVCIONAL E DEFENSOR PERPETVO DO BRASIL", conforme gravado na pedra. O romântico professor aproximou a mão da pedra fria, como que tentando sentir a distância que o separava do primeiro Imperador do Brasil.

Sobre o túmulo de Pedro ele fotografou a réplica da coroa imperial, a espada (talvez a réplica daquela usada no Grito) e a representação da primeira constituição brasileira, promulgada pelo defunto havia quase duzentos anos.

Um princípio de lágrimas umedeceu brevemente seus olhos, acompanhado de um arrepio que percorreu a espinha. Conteve-se.

Depois de um aceno de Menega, finalmente cruzou a corrente que ditava a distância aos visitantes, acendeu a lanterna do celular e percorreu cada centímetro do túmulo, em busca de alguma depressão, um sinal escondido. Aparentemente nada. Fotografou cada detalhe, de cada ângulo. Pretendia, quando chegasse em casa, percorrer todos os filtros para tentar identificar alguma mensagem invisível a olho nu.

— Quando eu estava na faculdade — Menegazzo sussurrou para Otávio — tive aula com uma das pessoas que participaram da exumação do corpo de D. Pedro I, em 1972, lá em Portugal, antes de trasladá-lo para o Brasil. Ela contava que quando abriram o caixão do grande herói que libertara o Brasil do jugo português, encontraram um cadáver fardado com uniforme de gala de... algum palpite?... um general português! O defunto não tinha uma mísera insígnia, um único emblema do país que libertara.

— Sério?! — respondeu, incrédulo, Otávio — Mas, se pararmos pra pensar, da forma como foi feita, a independência do Brasil foi uma jogada de mestre dos Bragança: D. João volta pra Portugal e deixa o filho como Príncipe Regente no Brasil; depois aconselha o filho a cindir o reino e a tornar-se rei do Brasil; daí o filho abdica ao trono brasileiro, deixando o neto no seu lugar, e volta pra Portugal, para retomar a coroa, lutando contra o irmão. O que eles fizeram não foi exatamente uma ruptura, mas uma espécie de reorganização societária...

— ... formando uma *holding* real — concluiu, rindo, o orientador.

Do lado oposto, a alguns metros de distância e alheio àquela conversa, Leo investigava o túmulo da Imperatriz Maria Leopoldina, Arquiduquesa da Áustria e primeira esposa de D. Pedro I. O jornalista aproveitava, também, para tirar fotos, pensando que a mesma mulher retratada do iluminado quadro *Sessão do Conselho de Estado*, cuja réplica o Dr. Salomar lhe mostrara dias antes no Museu Maçônico, agora *habitava* naquela escuridão.

Desta vez, Menegazzo sussurrou por sobre seus ombros de Leo:

— A ironia é que a Imperatriz está enterrada aqui, sem nunca ter pisado os pés em São Paulo.

— Mas descansa em frente ao amado esposo — emendou, rápido, Leo — E no dia do Juízo Final, despertarão do sono profundo, sairão do túmulo e se reencontrarão.

— E vai perguntar "quem é essa sirigaita?" — brincou Otávio, apontando para o terceiro túmulo da cripta.

Os três então pararam diante do túmulo de Dona Amélia de Beaurharnais, Duquesa de Leuchtemberg, a segunda esposa de Pedro I.

— Engraçado que ela é bem menos conhecida que a D. Leopoldina.

— Até mesmo porque ficou no Brasil por menos de dois anos, indo embora com o marido em 1831.

Mas nem por isso Dona Amélia deixou de ter o túmulo — na verdade, o caixão estava encravado, engavetado, na parede — igual e minuciosamente fotografado pela dupla de investigadores.

Satisfeitos, agradeceram a disponibilidade do pós-doutor-cicerone e iam deixando a Cripta Imperial e chamando o Uber, quando Leo largou uma:

— Senti falta do túmulo da Marquesa de Santos...

— Sempre achei que você deveria trabalhar em um tabloide, Leo. E deixar os assuntos importantes para gente séria — Otávio zoou o amigo.

•

Certo dia, cerca de 10 anos antes e quando trabalhava na sede da Unesco, em Paris, Margarete foi almoçar em um pequeno restaurante grego próximo à estação de metrô Saint-François-Xavier. No local, oportunamente todos os pratos do *menu* estavam representados no balcão, numa versão coberta com um plástico exibida aos clientes não versados nos ingredientes da culinária grega. Enquanto a brasileira se deliciava com sua porção de dolmades, charutinhos de folha de uva com arroz e carne, ela se divertia com um charmoso e espalhafatoso velhinho que enaltecia para seu interlocutor, em espanhol, os grandes feitos universais de pessoas nascidas nas Ilhas Canárias, como ele.

— ¿*Quieres ver?* — e virando-se para Margarete, perguntou em francês — Moça, de onde você é?

— Rio de Janeiro.

— Brasil! — e, emendando um portunhol, estalava a língua no céu da boca — Eu amo o Brasil! Terra do Padre Anchieta, o grande sacerdote nascido nas Canárias.

Margarete adorou a informação.

— *Mademoiselle*, vou te contar uma história que pouca gente conhece em seu país. Uma vez, em mil seiscentos e pouco, um canário chamado António Palma estava em uma embarcação que sofreu um naufrágio próximo à costa brasileira. Ele fez uma promessa à Nossa Senhora da Candelária, padroeira das Canárias, de que, se sobrevivesse, ele ergueria uma igreja em homenagem a ela. Tendo ele sobrevivido, cumprindo a promessa, ele usou algumas tábuas da própria embarcação para construir uma capela onde atualmente é a famosa Igreja da Candelária, no Rio de Janeiro.

Uma década e nove mil quilômetros distantes dali, um princípio de incêndio atingia um dos confessionários de madeira da Igreja da Candelária, no Centro do Rio de Janeiro. Várias pessoas, dentre religiosos, transeuntes e curiosos, tentavam se organizar para combater o fogo e evitar que as chamas se alastrassem e atingissem o resto da construção.

Foi só depois que os bombeiros chegaram e controlaram a situação que os diáconos descobriram uma pichação na parede da sacristia da igreja: "REAÇAS, CADÊ PEF?".

•

A luz da lua cheia daquela improvável noite sem nuvens nem vento na São Paulo sem estrelas estava tão forte que chegava a projetar no pátio a sombra da figura feminina de pé sobre uma biga puxada por dois cavalos.

Os dois homens que vinham, àquela altura da madrugada, com lanternas na mão não desconfiavam da polêmica que cercara aquele monumento quando, em 1918, diziam que ele não tinha qualquer relação com a Independência do Brasil e que o desenho que concorrera no concurso era, na verdade, um projeto pré-existente encomendado pelo recém morto Czar Nicolau II, da Rússia, e que, por isso, teve que ser aditado para trazer, finalmente, algumas peças alusivas ao movimento de separação entre Brasil e Portugal.

Vestidos com roupa escura e gorros, os dois homens vinham em busca de algum detalhe até então secreto, um registro que pudesse conduzir até onde o Iluminista queria conduzir os rapazes daquele canal de YouTube e, dali, sabe-se lá onde.

Se "eles" conseguissem descobrir o segredo antes do *youtuber* e de seu parceiro, talvez pudessem controlar ou conter os efeitos da grande revelação prometida pelo misterioso Iluminista, fosse a revelação qual fosse, fosse o Iluminista quem fosse.

Tinham lá suas suspeitas sobre quem estaria por trás desse codinome. Mas seria prudente ter certeza, antes de deflagrar uma "guerra" com resultados imprevisíveis.

Talvez "eles" devessem esperar o resultado das eleições e apenas monitorar os dois rapazes. Mas talvez fosse arriscado demais aguardar. E se a *bomba* prometida pelo Iluminista estourasse antes?

E se a pichação da Candelária foi obra do Iluminista? E se o Iluminista não fosse apenas uma pessoa, mas um grupo? Aquele grupo...

Fosse quem fosse, o Iluminista e seus dois colaboradores tinham se aproximado perigosamente de um dos mais íntimos segredos dELES: a "Pedra do Diabo", guardada e vigiada desde o século XIX.

Por essa razão, não era prudente deixar os dois servidores do Iluminista dispararem em sua frente na busca pelo segredo. Seria melhor acompanhar-lhes os passos de perto, ultrapassá-los talvez e, acaso necessário, impedi-los de seguir adiante, nem que para isso... bem, nem que para isso tivessem que recorrer a outros meios para defender de seus seculares interesses.

Daí por que mandar dois agentes a campo naquela noite.

Daí por que mandá-los invadir a Cripta Imperial, onde Leo e Otávio haviam estado dois dias antes.

Os tais dois agentes haviam sido destacados para a tarefa por conta da eficiência e discrição em outras missões.

A missão era simples: sedar o vigia, romper o cadeado, entrar na cripta e filmar e fotografar cada canto. Depois sair sem deixar vestígios antes do amanhecer. Dois carros e quatro homens lhes dariam cobertura em pontos estratégicos nas entradas do Parque da Independência.

Uma e meia da manhã. Do outro lado da cidade, Otávio estava aproveitando a madrugada para organizar as informações colhidas no Museu e na Cripta, tarefa que não fizera antes por conta da quantidade de trabalho que se acumulara nos últimos dias e precisava despachar.

À medida que trabalhava, o material baixado no computador era hackeado instantaneamente e seria repassado na manhã seguinte aos contratantes dos piratas da rede.

•

Eles vinham vindo pelo pátio. Duas e meia da manhã. Ou o vigia estava em outro ponto do parque ou, estranhamente, hoje o monumento estava a descoberto. Oportunamente trouxeram um alicate para cortar o cadeado e ter acesso ao corredor que levava ao interior da Cripta Imperial, onde repousavam os restos mortais do primeiro imperador e da primeira e segunda imperatrizes do Brasil.

— Algum sinal do vigia? Câmbio.

— Por aqui, nada, câmbio.

— Também não vejo ninguém, câmbio.

— Entramos. Câmbio.

Tudo corria conforme o script: a dupla varrendo o interior do mausoléu com potentes lanternas e câmeras, até que cinco viaturas da Polícia Militar bateram no local, cobrindo todas as possíveis saídas do parque.

Cerca de 10 policiais saíram das sombras do monumento e entraram nele, flagrando e dando voz de prisão aos dois invasores. As sentinelas também foram detidas. A denúncia anônima se confirmara.

•

— Alô, bom dia!

— Espero que seja bom mesmo — o interlocutor lia o jornal enquanto tomava café da manhã na mesa posta no jardim.

— Pois é. Ocorreu um probleminha ontem à noite. A polícia chegou. Os rapazes foram presos.

— Maldição! — esmurrou a mesa, derrubando a xícara de café — E agora? A polícia tem como chegar nos nossos nomes?

— Impossível. Têm infinitas camadas entre eles e nós. Estamos blindados. Já acionei o Procurador de Justiça. E também já mandamos dois advogados para a delegacia. Está tudo sob controle.

— Vai sair alguma coisa na imprensa?

— Também não. Conseguimos abafar. Se vazar alguma nota, matamos na casca usando o pessoal que contratamos da *web*.

— Por favor, me poupe dos detalhes.

O outro ficou em silêncio por alguns instantes, até dar a boa notícia:

— De toda forma, a noite não foi totalmente perdida.

— Como assim?

— Os *crackers* estão levantando o material produzido pelos rapazes do tal Iluminista nas últimas horas. No final das contas, eles fizeram o trabalho para nós.

— Ótimo. Mas não podemos mais ser reativos, Estevão. Temos que partir pra cima daqui pra frente.

— Deixa comigo. Vou acionar alguns contatos.

— E por falar em *hackers*, como está a contrapropaganda?

— Fica tranquilo. Não passará. A opinião pública não vai deixar. Eu disse que a estratégia da dissensão funcionaria, não disse? Confie em mim. Estamos trabalhando dia e noite nisso.

— Tem que manter isso, viu?

"Manter isso" era para o que eles vinham trabalhando desde que o Brasil é Brasil.

•

Segundo a Wikipedia, os relógios cuco surgiram na região de Schwarzwald (Floresta Negra), Sudoeste da Alemanha, em meados do século XVII. Não se sabe ao certo quem o inventou, mas há registros de que o Príncipe Eleitor da Saxônia, August von Sachsen, era dono de um desses, já em 1629. Independentemente dessa informação de utilidade duvidosa, o relógio cuco que adornou todos os gabinetes por onde o Dr. Salomar passou desde os tempos de juiz de primeira instância e que agora tictaqueava solenemente na sua sala no Museu e Relicário Maçônico Paulista, acusava 10h00.

O Curador se debruçava, com uma lupa em punho, sobre a primeira edição de um livro raro de filatelia, lançado nos anos 1920, que comprara havia uma semana em um sebo no centro da São Paulo dos alagamentos e ainda não tivera tempo de abrir.

Mas o ex-desembargador estava tendo dificuldade em se concentrar naquela manhã, até que o telefone de mesa interrompeu seus devaneios.

— Alô.

— [voz da professora do *Snoopy*]

— Bom dia, Senador. O senhor não morre tão cedo.

•

Otávio costumava tomar café da manhã sobre a mesa do computador, checando os números e as mensagens do "TEORIAS..." e conferindo as manchetes do dia enquanto o noticiário rodava na TV num zum-zum-zum para abafar o som dos carros na rua. Além disso, era sempre válido ter na ponta da língua assuntos fresquinhos para tratar com os alunos, instigando-os ao debate e ao desenvolvimento crítico da realidade.

O misto-quente daquela manhã tinha o gosto das novidades replicadas nos principais sites de notícias do país sobre o vilipêndio à Igreja da Candelária. "A que ponto chegamos?", Otávio ensaiava mentalmente um discurso para os alunos.

— A que ponto chegamos? — perguntava-se o comentarista na TV ligada ao fundo — É lamentável que este deputado tente, no apagar das luzes do seu mandato, acelerar um projeto de lei de tamanha complexidade e repercussão social... A sociedade precisa de um debate sério e profundo sobre a legalização das drogas...

— Permita-me uma breve correção — interveio a âncora para o comentarista — O projeto não trata de legalização das drogas, mas da liberação do uso exclusivamente industrial da cannabis.

— E o que você acha que virá a reboque? Todos os projetos de descriminação que estavam adormecidos na Câmara dos Deputados e no Senado Federal na última década serão despertados e, acaso essa aberração legislativa prospere, teremos um pacote de liberalização. O "pacote do mal"...

— E por falar em maldade — a âncora mudou de assunto e de câmera — vamos agora para o Rio de Janeiro, onde a repórter Eduarda Barros nos traz detalhes sobre o incêndio e sobre a pichação da Igreja da Candelária na noite de sexta-feira passada.

A repórter surgiu na tela, com microfone e fone de ouvido, falando após um perturbador *delay*:

— Bom dia, Roberta. A polícia está convencida de que o princípio de incêndio no interior da igreja tenha sido provocado para distrair os frequentadores enquanto vândalos pichavam a extremidade oposta. Infelizmente, as câmeras de segurança do local não conseguiram captar imagens dos criminosos.

A reportagem trouxe imagens da pichação.

"REAÇAS, CADÊ PEF?"

— O mistério a ser esclarecido, segundo a polícia, é quem seria esse tal "PEF", mencionado na mensagem pichada. A Arquidiocese do Rio de Janeiro emitiu uma nota lamentando o que chamou de "atentado de terrorismo religioso".

Otávio desligou a TV, fechou as abas do navegador, terminou o misto, pôs o prato na pia e saiu para trabalhar.

•

Cerca de 40 minutos depois, no vestiário da academia, o segundo celular de Leo, aquele com o chip presentado pelo Iluminista na volta de Itaboraí, vibrou.

Não demorou para que na sala dos professores de uma das escolas onde Otávio lecionava, o professor recebesse uma mensagem.

"Vc tb recebeu?"

"Sim"

"Pode falar?"

O telefone tocou e o professor saiu da roda de cafezinho, indo atender próximo à janela.

— Cara, o Dr. Castelo disse que precisa falar comigo hoje, sem falta. Parece que agendou uma reunião com alguém importante. Você consegue voltar sozinho no Museu?

— Deixa comigo. Já vou mandar uma mensagem para o Menega. Mas só devo conseguir ir lá perto das 14h00.

— O que você quer é reencontrar aquela emissária da Unesco, né bonitão? — provocou o jornalista.

Do outro lado da linha, Tato não desmentiu.

•

Dr. Salomar combinara de se encontrar com Leo na Praça Morungaba, no bairro Jardim Europa, um dos mais luxuosos da São Paulo da charmosa São Silvestre. Segundo explicara brevemente por telefone, ele havia combinado um encontro com uma pessoa que poderia contribuir para as investigações. Era apenas um palpite.

O entrevistado — ele mentira ao futuro interlocutor que estaria levando um jornalista para falar dos 200 anos da primeira constituição brasileira, em 2024 — tinha um profundo conhecimento sobre os períodos pré e imediatamente pós-Independência. Eis a razão de o ex-desembargador acreditar que a conversa poderia trazer alguns novos nortes para as investigações de Leo e seu canal.

Foram caminhando da praça, na velocidade que permitiam as pernas do Curador, até a casa do entrevistado, que ficava ali perto.

Enquanto aguardavam atenderem o interfone, Dr. Salomar explicava a Leo que o Senador Maurílio de Andrada Tavares herdara uma fortuna e investia prodigamente toda sua herança em peças de arte e artefatos históricos que depositava pelos cômodos da casa aparentemente sem qualquer critério, mas com reconhecido bom gosto. Sem qualquer carisma ou vocação política, o Senador Maurílio havia sido eleito suplente de um medalhão que teve sua campanha financiada pelo milionário, com o acordo de renunciar ao mandato já no segundo ano. Era um sujeito esquisito, inteligente, fleumático, um tanto antiquado e forçado quanto aos modos e jeitos. Era, bem da verdade, um chato. Ponto. Contou-lhe que o excêntrico milionário descendia das bandas de D. Maria Bárbara da Silva, do ramo materno de José Bonifácio. Desde muito jovem obcecado por sua genealogia e, por conseguinte, pela biografia e feitos do famoso "tio", por meio de uma ação de alteração de registro civil, acrescentou o "Andrada" ao nome, passando a assinar simplesmente "Maurílio de Andrada".

Uma voz feminina de repente exigiu identificação, no que foi prontamente atendida, escancarando-se o portão diante deles. Enquanto caminhavam pelo pequeno bosque, Dr. Salomar advertia que o Senador Maurílio era um antimaçom ferrenho.

— Mas mais perigosos que os antimaçons são os "maçonólatras". Estes sim são capazes de venderem grandes absurdos! – comentou enquanto o casarão surgia por entre as árvores. — De qualquer forma, deverás saber separar o joio do trigo.

— E como o senhor o conhece?

— Não foram poucas as vezes que o Senador esteve no meu museu oferecendo fortunas por peças que reportavam ao "tio", ou oferecendo, em troca, relíquias que encontrava em mercados de pulgas do mundo inteiro, ou ainda contestando a autenticidade de artigos novos, enfim... quando ele não tinha ninguém para ouvi-lo, acabava lá, para perturbar o meu silêncio. Maurílio não passa, no fundo, de um sujeito solitário. Acabamos, de certa forma, até amigos.

A governanta os recebeu na porta da mansão e os fez aguardar a chegada do anfitrião. Durante a espera, Leo pôde comprovar com os próprios olhos o que havia dito Dr. Salomar. As paredes da casa eram repletas de quadros e espelhos com molduras exuberantes; do teto despencavam vários lustres, alguns até chegavam ao chão; bichos empalhados pelos cantos, pianos de cauda, vasos, cristais, porcelanas... Seria uma confusão acaso não brotasse daquele caos uma harmonia curiosa.

— Dr. Salomar Castelo Forte! Como tem passado o amigo? — o dono daquela coleção surgiu vestindo um hobby de seda estampado no peito com o brasão dos Andrada e segurando uma xícara de chá, com o mesmo brasão pintado à mão. Para o jornalista, ele lembrava a figura excêntrica de W. Churchill na intimidade, como vira num filme recente.

— Senador Andrada, estou ótimo (na medida que meu quadril e joelhos permitem). Como costumo dizer, "a velhice é linda, mas ser velho é uma merda!". Conforme conversamos pelo telefone, vim trazer este talentoso jornalista, que certamente ganhará um Prêmio Esso quando trouxer à luz a inspiração de seu ilustre tio na nossa primeira Carta Magna, que fez de D. Pedro I o nosso King John Lackland — indubitavelmente o Dr. Salomar sabia, quando queria, agradar (e manipular) as pessoas.

O representante do estado de São Paulo no Senado Federal, com seus cabelos brancos e fartos, inflou o peito ainda varonil e, apesar de não ter captado bem a referência ao Rei João Sem-Terra, perguntou com ar de soberba:

— Você está falando de José Bonifácio de Andrada e Silva, o Patriarca da Independência?

— E de quem mais seria? Ainda que não deixe de reconhecer o notório saber e pleno domínio das ciências jurídicas de Antônio Carlos, outro grande filho desta terra! — desta vez Dr. Salomar se superou.

O "sobrinho" não se continha em si:

— De fato, Antônio Carlos Ribeiro de Andrada Machado e Silva — disse pausadamente para enfatizar a grandeza do nome – era um grande jurista e, acima de tudo, um patriota! Você sabe que foi ele quem encabeçou a comissão responsável pela redação do anteprojeto da constituição? Foi um visionário que idealizou um Estado para o qual o Brasil ainda não estava preparado... — e, ao dizer isso, parou à janela para contemplar o viveiro que ornamentava o jardim, enquanto sorvia um gole do chá fumegante.

Dr. Salomar sempre se irritava quando o Senador fazia aqueles gestos encenados, mas resolveu se controlar e aguardar pacientemente o Andrada retornar daquele "transe saudosista".

Quando finalmente o Senador se desfez da pose:

— Dr. Forte — Maurílio era a única pessoa no mundo que chamada Dr. Salomar daquele jeito —, antes de eu lhes mostrar alguns rascunhos do projeto feitos pelo Philagiosetero, penso que seria oportuno o senhor me apresentar formalmente o nosso convidado.

O Curador do MRMP, então, finalmente apresentou Leo como o talentoso jornalista, que estendeu a mão ao anfitrião:

— Muito prazer, Leo Seemann. Parafraseando George Orwell, sou o tipo de gente que é paga para publi... perdão... "Philagios...quê?"

•

— Obrigado, Menega, por me receber novamente. Quando estivemos aqui dias desses, aquela moça, Margarete (aliás, ela está aqui?), fez um comentário que na hora passou despercebido, mas que eu acho que pode nos levar a algum lugar — Otávio vinha montando mentalmente uma estratégia para introduzir o assunto sem ter que envolver outra pessoa no mistério do Iluminista.

— É sempre um prazer ajudar, Tavito — quando estava de bom humor, Menega costumava chamar os amigos no diminutivo em espanhol — Hoje aqui está uma confusão dos infernos. Uma turma de malucos tentou invadir a cripta de D. Pedro ontem à noite e a Dr.ª Margarete está na função de ir na delegacia, registrar Boletim de Ocorrência, fazer relatórios etc. etc..

Otávio conseguiu disfarçar a frustração de não ter a chance de reencontrá-la.

— Só não me diz que também picharam o túmulo de D. Pedro, como lá na Candelária.

— Que loucura aquilo, né mesmo? Perdemos o respeito por tudo que é sacro e belo. Daqui a pouco teremos que envidraçar nossas obras de arte, não com medo de roubo, mas de vandalismo.

Enquanto conversavam, iam percorrendo, camada por camada, as obras do Museu adentro.

— Que isso fique entre nós, Menega, mas desta vez eu vou precisar filmar a visita. Vou usar apenas uma GoPro, pode ser? Ela não tem flash e não tem o risco de danificar as pinturas. E dou minha palavra que jamais as imagens serão divulgadas.

Após um suspiro profundo do pós-doutor, combinaram de o ex-aluno deixar a câmera disfarçada, para não ser percebida nem pelos restauradores nem pelos seguranças do local e, assim, não arrumar encrenca com Margarete ("ainda que eu não me incomodaria em me encrencar com ela", pensou Otávio).

•

— "Philagiosetero" — explicou o Senador Maurílio, enquanto conduzia os visitantes para a sua biblioteca, ainda no andar térreo da mansão — era o pseudônimo que titio Antônio Carlos adotava em artigos publicados nos jornais da época. Ou melhor, nos jornais que estavam do lado certo...

Quando atingiram o cômodo de pé direito duplo, Leo se surpreendeu com a infinidade de livros que estavam ali guardados. Era uma das maiores bibliotecas particulares do Brasil e, segundo o próprio político sem voto, da América Latina, "digna dos Andradas". Sobre a porta, um quadro de madeira esculpido *"Nisi utile est quod facimus, stulta est gloria"*. "Se não for útil o que fizermos, a glória será vã".

Maurílio calçou luvas brancas e literalmente se debruçou sobre uma grande mesa de jacarandá no centro do ambiente, onde estavam depositadas as folhas do jornal *O Tamoyo*, sua primeiríssima edição de folhas esfarelecentas, datada de 12 de agosto de 1823, a mais recente aquisição do Senador.

Depois foi a vez de Leo e do Dr. Salomar apreciarem a relíquia, porém com as mãos nas costas.

Enquanto contava que ainda estava decidindo entre enquadrar e, de alguma forma, expor aquela edição rara ou, então, guardá-la no cofre devidamente climatizado que mandara construir num lugar afastado da cidade, o Senador foi até uma das estantes, donde sacou a brochura *Viagem geognóstica aos Montes Eugâneos*, de 1794, de autoria do outro "tio", o mais famoso, seu penúltimo achado, adquirido de uma viúva que morava na cidade de Covilhã, Portugal:

— Antes de grande estadista, José Bonifácio de Andrada e Silva era um grande cientista. De todos os seus livros publicados, falta-me agora apenas a primeira edição do *Memória sobre as pesquisas e lavra dos veios de chumbo de Chacim, Souto, Ventozello, e Villar de Rey na província de Trás-os-Montes* — disse enquanto folheava vagarosamente o volume, gozando verdadeiramente aquela sensação, até ser interrompido pelo convidado mais jovem.

— Eu soube que o Patriarca era maçom... — Leo também tinha seus próprios métodos de arrancar informações.

Maurílio quase deixou cair o livro:

— Malditos! Malditos sejam todos esses conspiradores!

Dr. Salomar e Leo aguardaram o Senador se acalmar para, finalmente, começar a desfiar os fatos e fundamentos de suas acusações:

— Não há como negar que tio José Bonifácio esteve ligado à Maçonaria, não se sabendo ao certo nem quando nem onde ele foi iniciado (provavelmente em Coimbra), mas somente...

Dr. Salomar interrompeu-o com uma bem dosada provocação:

— ... somente a ponto de ocupar o posto de Grão-Mestre do Grande Oriente do Brasil!

— Não me venha com esse seu velho argumento, Dr. Forte. O senhor sabe muito bem quais foram as circunstâncias pelas quais José Bonifácio assumiu esse cargo e o quão frívolo foi seu envolvimento nessa instituição traiçoeira, que não descansou até cassar o trono de D. Pedro.

Dr. Salomar acusou o golpe:

— Alto lá, Senador! Agora quem está se valendo de premissas falsas é o senhor. Essa acusação de que os maçons teriam sido os responsáveis pela abdicação de D. Pedro, como vingança pelo fechamento do GOB, é leviana.

— "GOB"? — quis entender Leo.

— É a abreviação de Grande Oriente do Brasil — explicou o Curador, tentando ser didático — ou "Grande Oriente Brasiliano", como foi originalmente chamado. Foi a primeira potência maçônica do país, nos moldes da Grande Loja da Inglaterra, uma espécie de federação que reúne as lojas maçônicas — e, voltando-se para o Senador — Nós sabemos muito bem quem foi traído por quem!

O jornalista levantou o dedo indicador. "Eu não sei!"

— Durante todo o movimento político pós-regresso de D. João VI a Portugal, o garboso Príncipe Pedro se dizia seguidor dos ideais iluministas e dos valores antiabsolutistas, prometendo respeitar as liberdades individuais e os interesses do povo brasileiro. Acontece que logo depois da coroação, o agora Imperador virou um déspota, um ditador. Foi ele quem traiu aqueles que o apoiaram, e não o contrário.

Durante algumas frações de segundo, os três se pegaram pensando na ironia de as coisas acontecerem no Brasil, voltarem a acontecer e a acontecer de novo, e de novo, num *loop* infinito de compromisso-traição-deposição--compromisso-traição-deposição-compromisso...

— O Imperador "liberal", um moleque de 24 anos de idade, — continuou Dr. Salomar — não gostou, por exemplo, da pretensão dos deputados constituintes em limitar seus poderes e, por isso, simplesmente dissolveu a Assembleia Constituinte por ele próprio convocada... Ele também perseguia, prendia e deportava quem lhe oferecesse oposição. Os próprios Andradas também acabaram sendo exilados! Foi por isso a oposição dos maçons, longe de ser uma simples vingança.

O Senador Maurílio, não tendo como retrucar, balbuciou finalmente:

— Mas pelo menos, antes de ir embora para Portugal, o Imperador se redimiu e nomeou titio José Bonifácio como tutor de seus filhos.

Leo se levantou.

— Deixa ver se eu entendi: D. João foi embora e deixou D. Pedro como Príncipe Regente. O Príncipe dizia para o pessoal à sua volta que, "uma vez eleito", respeitaria uma constituição. O pessoal aplaudiu e o ajudou a promover a independência, colocando ele no trono. Uma vez no trono, ele começou a virar as costas para o pessoal. Depois não curtiu a constituição que o pessoal estava fazendo. Daí fechou a Assembleia Constituinte e começou a mandar e a desmandar, como um tirano. O pessoal não gostou e, tanto fez, que o cara abdicou.

— Antes que fosse "impeachemado", digamos assim — disse o Senador.

— Tua leitura é boa, jovem. Mas o problema era um pouco mais complexo do que isso. O "pessoal" a que tu te referes era dividido em duas correntes principais, que tinham uma visão diferente de "Brasil ideal" pós-Independência. Uns não queriam uma ruptura tão drástica assim de Portugal, transformando o Brasil em uma monarquia constitucional, com um Bragança no trono e um poder centralizado na figura dele. Em outras palavras, queriam mudar para deixar tudo a mesma coisa.

Leo, atento, percebeu de que lado estava o Senador quando este se atravessou:

— Enquanto o outro grupo pretendia usar D. Pedro para promover a independência de Portugal para, em seguida, dar um golpe de Estado e transformar o Brasil em uma república...

— Alternando o poder e dando mais autonomia para as Províncias, ora bolas.

— E quem venceu, no final...

— ... fomos nós! – disse o Senador, num ato falho — Quer dizer, o grupo de José Bonifácio conseguiu desbaratar os conspiradores a tempo e fazer do Brasil uma monarquia constitucional, unido sob uma única coroa, tal qual planejado pelo Patriarca.

— Que não serviu para grande coisa, além de atrasar em 70 anos o inevitável: uma república federalista.

— "Não serviu para grande coisa"?! Dr. Forte, se o senhor se esforçar e lembrar da quantidade de rebeliões que se espalharam pelo país afora durante esse período... Sabinada, Balaiada, Farroupilha... se não fosse pelo modelo político segurado por meu tio, hoje teríamos várias repúblicas ao invés do colosso que conhecemos hoje.

Se aquela conversa fosse um tribunal de júri, Leo já não sabia mais quem condenar e quem absolver.

— Concordo... em parte. Foi o modelo de Estado formulado pela turma de Bonifácio, ignorando os interesses das províncias e concentrando um poder central, que deu causa à maioria dessas rebeliões. Por sinal, foi tão bem-sucedido o projeto de manter a obsoleta (porém sobremaneira eficaz, para quem está no poder) estrutura burocrático-estatal herdada de Portugal, que, depois de duzentos anos e mesmo depois de instaurada a República, ainda vivemos num país com um governo federal forte e centralizador e estados esvaziados, numa federação de faz de contas.

"Mais províncias, menos Corte", "Mais estados, menos Brasília", Leo riu mentalmente, lembrando de alguns slogans eleitorais ouvidos nos últimos dias.

— A Independência era o momento perfeito para a criação de um pacto federativo! Para romper definitivamente com o passado e tentar algo diferente. Mas quem quer dividir ou compartilhar o poder que tem nas mãos? Infelizmente optamos por mudar para permanecer tudo igual.

O Senador Maurílio apenas levantou as sobrancelhas, tocando uma sineta que ficava sobre a mesa da biblioteca. "Vocês gostariam de uma xícara de chá?"

Leo, que aprendera na profissão de jornalista que às vezes é preciso nadar perto da hélice, provocou o Senador:

— Quer dizer, então, que o todo-poderoso José Bonifácio foi exilado por D. Pedro I?

Dr. Salomar se surpreendeu com a ousadia da pergunta.

— Tudo culpa daquela mulher vil!

Ele não pronunciou o nome, mas todos sabiam de quem ele estava falando.

O Príncipe conheceu Domitila de Castro Canto e Melo justamente naquela viagem que fizera a São Paulo, em cujo regresso dera O Grito. Perdidamente apaixonado, logo mandou trazê-la para perto de si, no Rio. Tornaram-se amantes. E porque agora ela tinha mais influência sobre o Imperador do que o Super Ministro conseguiu construir ao longo daqueles últimos meses, quando praticamente substituiu João como pai e conselheiro de Pedro, Bonifácio e Domitila viraram inimigos figadais.

Enquanto a governanta servia a bebida, Dr. Salomar comentou:

— Peço que tenham bons ouvidos para o que eu vou dizer. Na minha opinião, Domitila de Castro é a nossa Maria Madalena.

— Mas por que a Marquesa de S...

— Não ouse usar essa denominação dentro desta casa, rapaz! — gritou o Senador com olhos vermelhos para Leo, dando um susto na mulher, que quase virou o líquido sobre a edição de *O Tamoyo*.

Dr. Salomar sabia a razão do repúdio de Maurílio pelo título nobiliário conferido à Domitila: como a cidade de Santos, no litoral paulista, era a terra natal dos Andrada, tê-la nomeado justamente "Marquesa de Santos" era tripudiar sobre o ego de seu filho mais ilustre.

— Maria Madalena — contemporizou — é tradicionalmente apontada como a adúltera salva de apedrejamento por Jesus e que, depois disso, passou a fazer parte de seu séquito. Mas em nenhum momento os Evangelhos dizem que era ela essa mulher ou que ela era uma prostituta. Há quem defenda, pelo contrário, que Maria Madalena era justamente a discípula preferida de Cristo, dentre homens e mulheres. E que, justamente por conta dessa predileção e tratamento especial recebido pelo Messias, os seguidores menos prestigiados começaram um trabalho milenar de difamação.

Leo, que já ouvira falar a respeito dessa teoria, entendeu onde o ex-desembargador queria chegar.

— Com todo o respeito — prosseguiu Dr. Salomar — que tenho pelo senhor e por sua linhagem, Senador, mas reduzir Domitila de Castro a mera "amante de D. Pedro", e apontá-la como a responsável pelo sofrimento (ou até mesmo pela morte) de D. Leopoldina, é desprezar a biografia de uma das mulheres mais empoderadas, corajosas e caridosas do Brasil do século XIX.

— Mas e a humilhação pública de D. Leopoldina?

— Ora, a forma como D. Pedro tratava sua esposa, a bela, recatada e imperatriz Leopoldina, deveria servir antes para condenar *ele* pelo desvio de caráter. O pior é que usam Domitila para justificar o comportamento do Imperador, como se ele fosse um jovem inimputável, enfeitiçado por uma bruxa.

— Dr. Salomar — Leo agora trouxe o Curador também para perto da hélice — o senhor quer dizer, então, que o fato de Domitila ter passado para a história como uma bruxa, interesseira e manipuladora é obra dos Andradas?

O velho riu da *filhadaputice* do rapaz. Mas respondeu sem problemas.

— Não digo dos Andradas pessoalmente (ainda que haja registros documentais da mágoa que José Bonifácio nutria por ela), mas dos andradólatras e dos leopoldinólatras eu tenho certeza.

Quando o ex-orientador e o ex-orientando chegaram no Salão de Honra do Museu do Ipiranga, Otávio percebeu que o formato do andaime já era diferente do outro dia, permitindo que os restauradores tivessem acesso a outras partes do quadro. Foi direto ao assunto:

— Você se lembra de quando conversamos da primeira vez sobre quem seriam essas pessoas que aparecem no quadro e que não participam do movimento? Eu até comentei que ouvi uma explicação, certa vez, que elas simbolizavam o povo brasileiro e blá-blá-blá...

Menega fez que sim com a cabeça.

— Mas quem é, especificamente, este cavaleiro ali no fundo? — apontou para um homem de barba, com uma camisa branca e colete marrom, montado em um cavalo marrom e com um saco branco e chapéu pendurados, no quadrante superior esquerdo, logo atrás da comitiva real em perspectiva.

O Professor Menegazzo abriu um sorriso e ficou olhando para o ex-pupilo.

— Quem falou dele para você?

— Por quê? Como assim?

Menega puxou o amigo-visitante para longe dos demais cientistas da sala.

•

Depois de alguns instantes de silêncio, enquanto eles sorviam seus chás sentados ao redor da mesa, Leo fez gesto de sacar a foto da lápide, mas foi discretamente interrompido pelo Dr. Salomar. Não era o momento.

— Senador, aproveitemos que estamos aqui e explique para o nosso amigo jornalista o porquê de o senhor, dentre outras tantas glórias, não se orgulhar do fato de seu tio José Bonifácio ter sido o primeiro Grão Mestre do Grande Oriente do Brasil.

Num derradeiro gole, Maurílio terminou seu chá e olhou com seus olhos vermelhos de raiva para Salomar, como que a acusá-lo, a julgá-lo e a fuzilá-lo:

— A resposta é simples: porque ele foi usado. Ledo e seus sequazes quiseram atrair José Bonifácio para o Grande Oriente do Brasil apenas para, por meio do meu tio, chegar no Príncipe.

— Mas, convenhamos, não deve ter sido muito difícil convencê-lo! E sabe-se lá se seu tio não tinha, por seu lado, o interesse de usar a Maçonaria para atrair os maçons para as suas causas (ou, ao menos, para neutralizá-los).

Leo suspirou baixinho:

— Como diria meu avô, "Devemos manter nossos amigos por perto; e os nossos inimigos mais perto ainda".

— Eu não descarto a sua tese, Senador, de que o convite dos maçons para que José Bonifácio se tornasse a maior autoridade maçônica do Brasil (quando nós dois sabemos que ele sequer tinha o grau necessário para tanto) tenha sido para aproveitar o prestígio do homem mais poderoso da sua época, praticamente um Primeiro Ministro. Mas, insisto, o interesse era recíproco.

— Mas o que vocês fizeram foi armar uma arapuca, usando meu tio para aliciar o Príncipe, fazê-lo jurar sobre a Bíblia Maçônica e depois defenestrar José Bonifácio do Grande Oriente — o Senador cuspia enquanto falava, de tanta raiva.

— Calma, gente, não estou conseguindo acompanhar.

Maurílio explicou:

— Quando fundaram o Grande Oriente, os maçons elegeram José Bonifácio como seu Grão Mestre... uma espécie de presidente. Prova de que tinha algo de suspeito no ar era que meu tio sequer estava presente nessa sessão de fundação, na qual seu nome foi sugerido e acabou sendo eleito. De toda a forma, mais tarde ele acabou aceitando o convite, mas só foi tomar posse do cargo na quinta ou sexta sessão, na ilustre presença do seu irmão de sangue, Martim Francisco...

— O do projeto da Constituição?

— Não. Este era o Antônio Carlos. Martim Francisco era, na época, apenas Ministro da Fazenda, enquanto José Bonifácio era Ministro do Reino, Justiça e Estrangeiro.

Leo fez um gesto, com os lábios, de admiração pela capacidade de concentração de poder dos Andradas (isso porque ninguém lhe contara que a irmã deles era Camareira-mor da Imperatriz Leopoldina).

— Continuando, então, minha explicação. Apesar de figurar como Grão Mestre, quem praticamente conduzia os trabalhos da Maçonaria era, sabidamente, seu Primeiro Vigilante (uma espécie de primeiro vice-presidente), Ledo. Na verdade, eles fizeram do meu tio uma espécie de Rainha da Inglaterra na Maçonaria. D. Pedro, então, foi iniciado, a convite de José Bonifácio, em 2 de agosto de 1822. Três dias depois, em 5 de agosto...

— Estamos chegando perto do dia da viagem de D. Pedro a São Paulo! — Leo esfregava as mãos.

Diferentemente de Dr. Salomar, que não se importava, Maurílio não suportava ser interrompido.

— ... Três dias depois, em 5 de agosto — repetiu — eles deram um jeito de fazer de D. Pedro ser elevado ao grau de mestre-maçom (coisa que, fosse uma pessoa comum, poderia levar meses, até anos). O príncipe, então, veio pra São Paulo, proclamou a Independência, voltou para o Rio, até que na sessão do dia 4 de outubro de 1822, sem a presença nem o conhecimento do Grão Mestre José Bonifácio (porque já não precisavam mais dele, afinal, Pedro já era "irmão" e a independência já estava proclamada), a turma do Ledo simplesmente consagrou o agora Imperador como novo Grão Mestre do Grande Oriente, afastando o antigo, sem qualquer justificativa e mesmo sem comunicá-lo.

— Daí foi sacanagem — comentou Leo.

— Isso é você que está dizendo — riu, cínico, o Senador.

Dr. Salomar se apressou:

— É um pouco desonesto não revelares que antes mesmo da fundação do Grande Oriente do Brasil, José Bonifácio já tinha fundado o Apostolado e que este seria o verdadeiro motivo do afastamento dele da Maçonaria.

— Apostolado?

•

Professor Menegazzo agora estava sério.

— Como eu posso explicar isso, sem parecer um maluco conspiracionista?

Otávio riu ("Bem-vindo ao clube!", pensou). O fato de nunca ter visto o professor e ex-orientador com aquela cara o fez prender a respiração.

— Vamos dizer que há mais coisas na tela do *Independência ou Morte!* do que sonha nossa vã filosofia. Existe uma conversa de que Pedro Américo pertencia a uma irmandade... uma sociedade secreta... que o mandou plantar no quadro alguns símbolos ocultos que revelariam alguns segredos sobre a fundação do Brasil.

O pós-doutor deu um tempo para Otávio processar a informação e se preparar para o que vinha em seguida. Este aproveitou esse tempo.

"*Fundação do Brasil...*". Apesar de estudar muito sobre História do Brasil nos últimos 15 anos, poucas vezes Otávio tinha lido/ouvido essa expressão. E ela nunca tinha feito tanto sentido. Talvez fosse a magia do lugar onde estavam. Arrepiou-se. Sempre se interessara (e devorava tudo que encontrara pela frente) sobre os *Founding Fathers* e toda a mística que envolve a fundação dos Estados Unidos da América. Mas enquanto na América do Norte, até hoje se discute e corriqueiramente se remete aos ideais daqueles homens que encabeçaram o movimento de independência contra a Inglaterra, no Brasil as pessoas costumam reduzir a figura de D. João VI a um glutão e a de D. Pedro I a um fornicador compulsivo que estava com caganeira no momento da Independência. Isso, para um professor de História e para um patriota (por mais *guilty pleasure* que pudesse ser se identificar como um naqueles dias), era frustrante.

Ele também sabia e já lera bastante (inclusive para a sua dissertação do mestrado inacabada) sobre alegorias em obras, espécie de linguagens veladas usadas por artistas para transmitir sentidos mais amplos, mais profundos, do que aquilo que está literalmente representado na tela. Mas nunca tinha lido ou ouvido falar sobre existirem símbolos ocultos no *Independência ou Morte!* (além da já batida associação da imagem do homem puxando o carro de boi ao povo brasileiro, mero figurante no evento).

— Uma das mensagens ocultas do *Independência* é justamente a figura desse cavaleiro que você mencionou — retomou o orientador.

— Quer dizer, então, que temos um *Código da Vinci* só nosso? Um "Código de Pedro" — Otávio finalmente falou, olhando maravilhado para o quadro.

— Podemos dizer que sim. Agora olhe para o outro lado do quadro, logo abaixo da janela da Casa do Grito.

Otávio deu alguns passos adiante em direção ao quadro.

— Puta que o pariu! Como eu nunca tinha percebido isso antes?

•

O Senador Maurílio se levantou:

— No começo, a denominação era *Nobre Ordem dos Cavaleiros de Santa Cruz*, uma irmandade criada nos moldes das sociedades secretas europeias da época.

— O senhor quer dizer "nos moldes da Maçonaria", não é Senador?

— Nos moldes *também* da Maçonaria, Dr. Forte. Naquela época, você deve saber, era comum grupos se formarem entre os homens das elites social e intelectual, que se reuniam secretamente em determinados locais, geralmente na casa de um dos seus integrantes. Foi assim, por exemplo, na Inconfidência Mineira. Você já deve ter lido sobre as reuniões secretas dos inconfidentes. O objetivo desses grupos podia variar, mas a maioria tinha propósitos ou políticos ou iniciáticos.

— Mas mais que secretas, essas sociedades eram ilegais — explicou Dr. Salomar — Desde 1818, as sociedades secretas eram proibidas por decreto em território brasileiro.

— E por isso, aqueles que comungavam das mesmas ideologias políticas se organizarem em pequenos grêmios, como o Clube da Resistência, por exemplo. Já a Maçonaria, assim como a Ordem dos Cavaleiros da Santa Cruz, seria uma sociedade iniciática.

Pondo a mão no peito, Maurílio fechou os olhos e recitou o juramento que era feito para um "paisano" ingressar naquela ordem, tornando-se assim um "camarada":

— "Juro aos Santos Evangelhos guardar escrupulosamente o segredo do meu grau, não comunicando a pessoa alguma paisana qualquer coisa que na qualidade de recruta me foi confiada, nem tampouco instruir alguém no final da Ordem dos Cavaleiros da Santa Cruz, toque, senha e contrassenha correspondente. Juro obedecer aos meus superiores na Ordem. Juro finalmente promover com todas as minhas forças e à custa de minha vida e fazenda, a integridade, independência e felicidade do Brasil, como Império Constitucional, opondo-me tanto ao despotismo, que o altera, como à anarquia, que a dissolve" — abriu os olhos, abaixou a mão e olhou para o Dr. Salomar — Era exatamente a anarquia pela qual os bodes sempre lutaram.

— O que o senhor chama de anarquia, Senador, eu chamo de democracia.

O velho, ainda de luvas brancas, retrucou:

— Não fosse a eficiência e o patriotismo dos *camaradas*, o Brasil seria totalmente desmantelado e fracionado em republiquetas de banana. Graças à perspicácia do meu tio, o Brasil é hoje a nação que é, unido sob um único idioma, da Ponta dos Seixas à Contamana, do Chuí ao Oiapoque.

— Mas pelo teor do juramento — Leo não quis perder o foco — a tal Ordem dos Cavaleiros tem cara de um misto de sociedade política e iniciática.

— Sim, assim como a Maçonaria... — o Curador ia emendando até ser interrompido pelo dono da casa:

— ... que, apesar de ser "iniciática", era um covil de conspiradores políticos...

Dr. Salomar não protestou, apenas continuou:

— Mas, assim como a Maçonaria, a Nobre Ordem criada pelo maçom José Joaquim da Rocha junto com seus correligionários Andradas era organizada em graus.

— "Recruta", "Escudeiro", "Cavaleiro' e, depois, "Apóstolo" — disse o Senador, contando nos dedos os graus.

— Daí o nome "Apostolado": de apóstolos! — Leo vibrou com sua conclusão.

— E assim como a Maçonaria, que é e era dividida em "lojas", a Ordem dos Cavaleiros da Santa Cruz deveria ser dividida em "palestras".

— Mas por que "deveria"? Não foi? — quis saber o jornalista.

— Até chegaram a existir, por um tempo. Mas o Apostolado acabou sobrevivendo por brevíssimo espaço de tempo. Chegaram até a formar três palestras, a "União e Tranquilidade", "Firmeza e Lealdade" e a "Independência ou Morte" — novamente contando nos dedos — até ser vilanescamente extinta... por culpa de quem?

— Nós também fomos, Senador!

Leo gargalhou:

— Com todo o respeito, mas vocês dois parecem duas crianças mimadas brigando depois que o pai os colocou de castigo.

— Um pai que acabou sendo expulso de casa por um dos filhos, anos mais tarde — acusou Maurílio.

•

O Professor Menegazzo pediu permissão aos demais artistas-barra--cientistas que estavam no andaime e ajudou Otávio a subir na estrutura e se aproximar do quadro, parando em frente à da Casa do Grito, a uns 3,5 metros do chão.

Ali, ele pôde ver a improvável figura de um homem vestido de fraque e cartola, empunhando um guarda-chuvas como se fosse uma espada! Afinal, aquele homem ali estava absoluta e propositalmente fora do contexto. Primeiro, qual o sentido de um homem estar trajado daquela forma em plena zona rural? Segundo, não há registros de que tenha chovido naquele dia, não fazendo sentido ele estar portando um guarda-chuvas. Não seria difícil achar uma terceira ou quarta estranhezas. Tratava-se, indubitavelmente, de outra alegoria "plantada" por Pedro Américo com alguma intenção oculta.

— Mas o que representam o cavaleiro e o nobre de cartola?

— Poucas pessoas sabem. O verdadeiro significado só poderia ser revelado pelo próprio Pedro Américo (que não deixou nada escrito a esse respeito) ou pelos membros da irmandade à qual ele pertence.

— Mas não foi uma encomenda de D. Pedro II este quadro?

— Na verdade, o responsável pela encomenda da obra foi Joaquim Inácio de Ramalho, o Barão de Ramalho, que era Conselheiro Imperial. Mas, olha só que curioso (para não dizer "suspeito"): Pedro Américo não foi convidado, ou contratado, para fazer a obra; foi ele que se ofereceu para executar o trabalho!

— Será que o Barão de Ramalho também estava envolvido nesse plano secreto?

— Acredito que não. Pelo que se sabe, ele inclusive ofereceu resistência à proposta de Pedro Américo, mas foi obrigado a ceder depois uma forte campanha da mídia da época.

Otávio ficou pensativo por alguns instantes.

— E o que você sabe sobre essa tal irmandade de Pedro Américo?

— Na verdade, existiriam dois grupos rivais. O primeiro, representado pelo "cavaleiro solitário" (vamos tratá-lo assim, já que você o chamou dessa maneira). Do lado (literalmente) oposto, temos o outro grupo, representado pelo "homem da cartola". Ele seria sua nêmesis. O antagonismo entre as duas figuras é evidente: um vestindo roupas ordinárias; o outro, vestimentas nobres. O fato de o "cavaleiro solitário" estar imediatamente atrás do grupo de D. Pedro I significaria, simbolicamente, que ele estava por detrás do gesto da Independência. Teria sido o seu grupo quem comandara e determinara aquele ato. Do outro lado, escondido (ou seria protegido?) atrás dos guardas (até então portugueses), estaria o "homem da cartola". Perceba que ele estava imediatamente atrás do guardas que vinham, apressados, ao encontro do Príncipe: observe a poeira sob os pés dos cavalos.

— Faz sentido. Além do que, se pararmos pra analisar, ele só teve tempo de erguer aquilo que tinha em mãos, no caso, um guarda-chuvas... — Otávio conjecturou.

— ... como se não estivesse preparado, ou esperando, a ocasião. Ou seja, ele (na verdade, o grupo o qual ele representa) teria aderido à independência na última hora.

Otávio ficou contemplando os detalhes do quadro, de cima do andaime, por alguns instantes. Era incrível a quantidade de minúcias perdidas no quadro, como uma mulher e uma criança debruçados em uma cerca, da parte de trás da casa, alguns rostos anônimos ou os detalhes das vestimentas, capacetes e adereços dos soldados.

— Na verdade — Menega interrompeu os devaneios do pupilo, apontando para a figura com o guarda-chuva — tem quem diga que esse cara de cartola seria o próprio Pedro Américo, desenhado por si próprio. Tal afirmação é ridícula! Você pode perceber que o sujeito tem cabelos claros, ruivos talvez; já Pedro Américo era moreno. Quem defende que o homem de guarda-chuva é Pedro Américo, acusam os rivais, quer na verdade esvaziar o, digamos assim, *ocultismo* da obra.

O professor Menegazzo, então, apontou para um homem moreno de capacete preto, de bigode, um pouco abaixo do homem do guarda-chuvas e olhando para outra direção que não para o Príncipe:

— Este é o verdadeiro Pedro Américo. Ele usou esse mesmo recurso, retratando-se quebrando a quarta parede, no quadro *A Batalha do Avaí*.

•

— O senhor dizia, Senador — agora Leo, à vontade, já servia a si próprio uma segunda xícara de chá — que o Apostolado teria sido criado antes da Grande Ordem do Brasil.

— Grande *Oriente* — corrigiu o Dr. Salomar.

Leo olhou para o dono da casa, aguardando uma explicação.

— Pois é. A Ordem dos Cavaleiros da Santa Cruz foi fundada em 2 de junho de 1822, poucos dias antes daquela outra instituição.

— E seu grão-presidente, presumo, teria sido seu tio...

Dr. Salomar Castelo Forte tentou não rir enquanto Maurílio teria que se explicar, visivelmente constrangido:

— Não. O Arconte-Rei era D. Pedro I.

Leo entendeu o riso contido do ex-desembargador.

— Quer dizer, então, que D. Pedro já era o presidente do Apostolado antes de ser iniciado na Maçonaria? Então a acusação de que o crime dos maçons foi tê-lo cooptado e lhe aclamado o *grão-alguma-coisa-rei* perde um pouco do sentido, não é?

Dr. Salomar extasiava-se.

— Por outro lado — Leo não calava a boca — se uma das "palestras" se chamava "Independência ou Morte", frase eternizada por D. Pedro I, isso significa que ele gritava como Arconte-Rei às margens do Ipiranga!?!

O Senador queria se empolgar com a conclusão do jornalista, mas teve que recuar para não incorrer em uma inverdade:

— Bem, não é bem assim. A Palestra "Independência ou Morte" só foi criada após o 7 de setembro de 1822, depois que a Nobre Ordem foi reestruturada e recebeu o nome de "Apostolado".

Leo tomou um gole do chá.

— E qual foi o destino do Apostolado?

— Para infelicidade do Brasil, o Apostolado existiu apenas entre junho de 1822 até julho de 1823 — respondeu desanimado. — No dia 15 de julho de 1823, uma carta apócrifa foi parar no paço real com a caluniosa notícia de que o Apostolado estaria arquitetando um atentado contra a vida de Sua Majestade. O Imperador tomou conhecimento do seu teor e mandou chamar meu tio José Bonifácio ao palácio. Quando chegou, D. Pedro o fez aguardar na companhia de D. Leopoldina, enquanto partiu em direção à Rua da Guarda Velha, onde reuniam-se os *camaradas*. Como ele sabia as senhas e as palavras de ordem, invadiu o prédio, confiscou os papéis e o cofre vermelho — apontou, sem desviar os olhos do atento interlocutor, para a relíquia depositada sobre uma mesa de canto — e deu por encerrada a sessão e dissolvido o Apostolado dos Cavaleiros da Santa Cruz.

— E seus membros foram imediatamente presos? — perguntou Leo.

117

— Presos, não. Mas, naquela mesma noite, meu tio foi demitido do cargo de Ministro, sendo seguido pelo irmão Martim Francisco — deu um suspiro.

Discretamente, Leo mandou uma mensagem de celular para Otávio: "Qd puder, pesq APOSTOLADO"

•

"Qdo puder, pesq APOSTOLADO", Otávio olhou a mensagem enquanto Professor Menegazzo o conduzia para a janela.

•

— Mas, enfim, vamos ao que interessa — o Senador quebrou o silêncio — os manuscritos do projeto de constituição organizados pelo meu tio Antônio Carlos de Andrada e Silva! Vocês já devem saber que apesar de a assembleia ter sido convocada em junho de 1822, ela foi se reunir de verdade apenas em maio de 1823, depois da Independência.

Ele abriu uma gaveta de uma estante, que se revelou uma espécie de expositor de documentos, guardados como joias (que de fato eram!). Diante dos olhos de Leo estavam, iluminados por lâmpadas *led*, vários manuscritos do texto do projeto que não chegou a ser aprovado.

— Como você pode ver, meu jovem, os poderes eram divididos em Executivo, Legislativo e Judiciário, na organização clássica de Montesquieu — disse, entregando uma lupa para Leo poder desfrutar dos detalhes.

Dr. Salomar interveio:

— Ocorre que o projeto previa a sujeição do Executivo, representado pelo Imperador e seus ministros, ao controle do Legislativo, que era a Assembleia, o que desagradou nosso reizinho, cujas asas despóticas estavam começando a ser colocadas de fora.

O anfitrião contou ao jornalista sobre a tensão existente nas ruas do Rio de Janeiro contra os portugueses, que não eram poucos, e muitos deles muito bem posicionados socialmente, destacando a natural antipatia dos ex-colonizados pelos ex-colonizadores. Povo cortês uma pinoia!

— Também pudera! Afinal, quem os portugueses que viviam no Brasil consideravam seu verdadeiro soberano? A quem eles eram fiéis? A D. João ou a D. Pedro?

— Exatamente. Imagine a insegurança desses portugueses sobre o que aconteceria com suas vidas, suas propriedades... Eles eram agredidos e ofendidos por qualquer um e poderiam ser presos, ter seus bens confiscados ou serem expulsos do reino a qualquer momento. Sem contar que contra eles recaía, por mais que dissessem o contrário, a suspeita de serem conspiradores contra a independência e contra o próprio Brasil.

O Senador ia abrindo outras gavetas, revelando outros documentos, enquanto contextualizava:

— Essa tensão das ruas contaminou os humores da Assembleia Constituinte. Acrescente nesse caldo, ainda, o abominável episódio contra o Apostolado e da demissão do meu tio José Bonifácio do cargo de Ministro da Justiça.

Ele então se afastou, sacou um charuto do bolso do robe e o acendeu.

— A ironia foi D. Pedro acusar meus tios de conspirarem contra ele no projeto de constituição, dizendo que queriam fazer dele uma figura meramente decorativa, enquanto existia gente a fim de destroná-lo já e transformar o Brasil em uma república, não é Dr. Forte? O que seria de nós se esses uns tivessem conseguido o que queriam?

— Não nos portemos como engenheiros de obra pronta, Senador! Querer julgar as ideias daquele tempo com a perspectiva histórica de hoje soaria desonesto. É óbvio que, para nós, brasileiros de hoje, seria considerado crime de lesa pátria, ou no mínimo um gesto antipatriótico, qualquer interesse contrário àquilo que hoje concebemos como nação brasileira, e que nada mais é do que o resultado das escolhas políticas que foram predominando ao logo do tempo. Fosse o contrário, se prevalecesse a ideia de divisão do Reino em vários países menores, certamente o sentimento nacionalista em cada um desses países se vangloriaria da decisão de se separar dos demais, abominando a ideia de um único país nas Américas, de dimensões continentais, com regiões economicamente desequilibradas e que reunisse povos tão diferentes, com valores e interesses tão diferentes.

Fazia sentido. O Senador ficou segurando o charuto, calado.

— Em outubro de 1823, D. Pedro mandou cercar o local onde se reuniam os deputados constituintes e decretou a dissolução da Assembleia Constituinte, naquela que entrou para a história como "A Noite da Agonia". Alguns meses depois, ele promulgou a *sua* Constituição, aquela que acreditava digna de si...

— ...e que previa com um quarto poder, chamado Moderador, que pairava acima dos demais e que seria exercido adivinha por quem!?

Leo fez um gesto de obviedade com as mãos.

— A ironia – continuou Dr. Salomar — é que na Revolução Francesa, 30 anos antes, o movimento foi justamente de acabar com a onipotência do rei. Enquanto aqui, D. Pedro bateu pé e quis manter consigo o poder. Era o Brasil, como sempre e desde sempre, indo na contramão do mundo!

— Mas e o anteprojeto do seu tio Antonio Carlos, Senador? Foi simplesmente descartado?

O político se preparava para responder, quando foi provocado:

— Senador, o senhor não vai contar para o nosso amigo jornalista sobre a teoria de que a constituição estava sendo escrita, na verdade, dentro das sessões do Apostolado e não lá na Assembleia Constituinte, como deveria ser?

— Sim, mas é que...

— Senador — Dr. Salomar parecia estar em uma audiência, enquadrando uma testemunha que tentava se esquivar — existem atas de reuniões do Apostolado que comprovam que seu tio levou vários artigos do anteprojeto para serem discutidos abertamente em sessão ritualística com os demais camaradas!

— Ora, quanto mais discutido um projeto, melhor!

Nem ele próprio se convenceu desse argumento.

— A verdade, revelada em documentos, é que o Apostolado pretendia forjar uma constituição conforme seus interesses, e não os interesses do país. "Forjar", é claro, no sentido de "moldar".

— Em que mês D. Pedro encerrou os trabalhos da Assembleia? — quis confirmar o jornalista.

— Novembro de 1823 — respondeu Dr. Salomar.

— E quando mesmo aconteceu o fechamento do Apostolado?

— Alguns meses antes, em 15 de julho de 1823 — respondeu Maurílio, de pronto.

— E a demissão de José Bonifácio?

— Como eu disse, no mesmo dia de julho.

Os dois homens ficaram olhando o jovem batucar com os dedos na mesa, enquanto refletia.

— Será que não foi por isso que o Imperador resolveu descartar o projeto, já que ele estava desconfiado das reais intenções dos *camaradas*? — sugeriu finalmente.

— Sim e não...

— Não e sim...

Os dois *advogados* pareciam ter ensaiado. O Senador explicou primeiro:

— Bastante coisa do anteprojeto foi aproveitada na Constituição de 1824. O que quer dizer que, na visão de D. Pedro, ele não estava de todo mal. Precisava apenas de alguns ajustes pontuais.

— Mas o fechamento do Apostolado e a demissão de José Bonifácio não impediu os Andradas de quererem continuar manipulando o teor da Constituição. Muito pelo contrário, agora na oposição eles tinham muito mais liberdade para trabalhá-la.

— Quer dizer, então, que os Andradas foram parar na oposição? Como assim?

— Sim. Foi justamente nesse período que eles criaram o jornal *O Tamoyo* — disse o Senador, apontando com o charuto o exemplar sobre a mesa. — E usaram dele para criticar o que viam de errado no governo.

Leo esticou a cabeça para conferir a data da edição do jornal.

— Mas a nossa oposição não durou muito. Na verdade, ela durou da demissão dos meus tios, em julho, até o fechamento da Assembleia Constituinte, em novembro, quando os três irmãos, junto com seus leais companheiros...

— leais *camaradas*, o senhor deve ter querido dizer, Senador.

— ... seus leais correligionários José Joaquim da Rocha, Francisco Gê e o Padre Belchior Pinheiro de Oliveira foram expulsos do Rio de Janeiro por D. Pedro e exilados na França.

Sentindo-se exausto (mas jamais vencido!), o Senador consultou o relógio, que estava virado para a parte interna do pulso (como soem usar os canalhas), e percebeu que a tarde voara. Levantou-se de súbito.

— Peço mil perdões pela indelicadeza, meus caros. Tenho compromisso em menos de uma hora: um jantar de caridade. Vocês sabem como essas coisas funcionam... nada começa sem as autoridades estarem presentes. Infelizmente terei que deixá-los. Se você quiser tirar fotos destes documentos, rapaz, fique à vontade. Deixemos o depoimento sobre a constituição para outro dia.

As razões finais teriam que ser remissivas.

Ele tocou a sineta e aguardou a governanta para lhe passar instruções para que, tão logo se julgassem prontos, acompanhasse o Dr. Forte e o jovem jornalista até a saída da casa.

Despediram-se. Com Leo, um aperto de mãos firme; com Dr. Forte trocou um aperto frouxo, daqueles de desdém.

•

Por sugestão de Menega, foram tomar um café na cantina improvisada no subsolo do prédio. O ex-orientador estava louco para fumar um cigarro.

— E quem seriam esses grupos rivais? Você sabe? — quis saber o ex-orientando, enquanto desciam as escadas e caminhavam pelos corredores.

— Existem alguns rumores sobre quem sejam, mas não se pode afirmar com certeza.

— Vamos lá, Menega, pra quê pisar em ovos comigo? Desembucha.

O pós-doutor gargalhou.

— Raciocina comigo, Tavito. Pedro Américo foi contratado em meados de 1880 para pintar um quadro sobre um evento que ocorrera em 1822, quase 70 anos antes. Se ele teve o trabalho de colocar esses símbolos ocultos no quadro a mando de uma sociedade secreta, quer dizer que ela sobreviveu no mínimo por todo esse período e, o que é pior, conservou esse rancor contra a arquirrival durante todo esse tempo.

— É como se o grupo do "cavaleiro solitário" quisesse assinar a Independência com esse quadro.

— E desqualificar o grupo do "homem de cartola".

— Imagina o tamanho do rancor!

— E há quem diga, Tavito, que essa mesma irmandade está inclusive financiando a atual reforma deste Museu.

Agora Otávio entendeu o motivo da discrição de Menegazzo.

— Mas você não acha curioso o interesse de sociedades secretas por museus? Quer dizer, não teria coisas mais importantes para se preocupar, como bancos e governos?

— É que, em tese, quem tem as chaves do museu, tem o controle sobre a narrativa da história.

— Mas e aquela máxima de que "a história é contada pelo vencedor"? — propôs o ex-aluno.

— Esta é apenas uma meia-verdade. Digamos que "a história é contada por quem recebeu as chaves do museu de quem venceu a guerra". É claro que é muito mais complexo do que isso, passando por quem define a linha editorial dos livros distribuídos nas escolas, ou a política pedagógica das faculdades e, hoje em dia, até mesmo quem financia podcasts e canais de YouTube, como o de vocês... Mas os museus são, como monumentos especialmente feitos para contar uma história, grandes símbolos desse poder de narrativa.

Otávio acompanhava o professor que, já enchendo duas xícaras de café na cozinha no subsolo, arrematou:

— Tem um boato que corre por aí de que o Museu Nacional, o da Quinta da Boa Vista, seria um dos principais objetos de disputa entre esses dois grupos rivais.

— O quê? Quer dizer então que eles ainda existem hoje em dia?

Menega ficou sério.

— E dizem que os caras são capazes de tudo para colocar a mão no museu para apagar a história e reescrevê-la de um novo jeito.

— "Tudo" como? — quis saber Otávio, assustado.

— Sei lá. Botar o museu abaixo, por exemplo.

— Nem brinca com uma coisa dessas.

•

Enquanto aguardavam, novamente na Praça Morungaba a chegada da pessoa que vinha buscar o Curador, este comentava:

— Quando eu era juiz, não me conformava com a forma como os processos judiciais são travados no Brasil.

Leo parou de olhar no celular e fixou a atenção.

— A nossa cultura jurídica é baseada no litígio, na disputa, no vencer custe o que custar. Os advogados escrevem as petições iniciais não com sua versão dos fatos, mas numa versão dos fatos adaptada aos seus interesses.

Ou seja, eles costumam trazer apenas fatos e documentos que corroborem sua tese, deturpando e muitas vezes omitindo fatos que contrariem seus interesses. Daí vem a outra parte, na contestação, trazendo uma versão completamente diferente da do autor. Às vezes é tão desleal a briga, que as versões simplesmente não conversam entre si. Daí fica o juiz, como um bobo, tentando descobrir o que, de fato, aconteceu.

— Mas não é assim em qualquer lugar do mundo? Ou existe algum lugar em que os advogados são bonzinhos?

O ex-desembargador riu.

— Existem sistemas jurídicos que trazem mecanismos que incentivam a cooperação entre as partes para auxiliar o julgador na busca pela verdade dos fatos. Quer ver um exemplo? No Estados Unidos, ou no direito anglo--saxão no geral, existe um instituto chamado *discovery*, em que as partes têm o dever legal de compartilhar com o adversário todos os documentos que elas dispõem sobre causa, sob pena de invalidação do processo e mesmo de cassação das credenciais do advogado.

— Ou seja, o cara não pode só apresentar o que interessa e esconder o que lhe convém, é isso?

— Exato. E é justamente isso que me enerva com o Senador Maurílio. Eu não quis confrontá-lo, na própria casa dele, sobre as acusações que ele fez contra o Grande Oriente, simplesmente omitindo uma quantidade absurda de manobras que o Apostolado e José Bonifácio fizeram para prejudicar a Maçonaria.

A conversa foi interrompida quando um carro, daqueles tão caros quanto pequenos, parou diante dos dois. O vidro do passageiro se abriu e a motorista se abaixou para falar com o Dr. Salomar:

— Boa noite, moço. Por um acaso, o senhor gostaria de jantar comigo hoje à noite?

Ele riu.

— Desculpa, moça, mas tenho compromisso — respondeu e, abrindo a porta do carro, perguntou — Pelo mesmo acaso, podemos dar uma carona para este rapaz?

Dr. Salomar deu a vez e Leo puxou a alavanca do banco dianteiro para poder se enfiar no de trás, buscando um espaço para se sentar entre bolsas, peças de roupa e vários livros de Direito espalhados. Quando conseguiu se acomodar, o velho curador já estava sentado no banco da frente e o jornalista finalmente conseguiu prestar atenção na motorista.

— Leo, esta é minha neta, Bianca. Bibi, esse é um amigo meu, Leo. Ele agora vai vir com um papo de que é jornalista, vai citar George Orwell, depois vai dizer que é pago para publicar o que ninguém quer que publique etc., mas o guri é gente boa.

O rapaz ficou constrangido não porque o Dr. Salomar ironizava sua apresentação padrão, mas porque a neta do velho gaúcho era simplesmente a garota mais linda que ela já vira em toda sua vida.

— Leo, a minha neta Bianca estuda Direito na Mackenzie. Ela já está no nono período. No ano passado, ela ganhou uma moção honrosa no Vis Moot, a mais importante competição internacional de arbitragem do mundo, em Viena.

— Para, vô, por favor. Não comece com isso.

— A mocinha aqui tem vergonha que seu velho avô sinta orgulho dela — disse, com a bengala escorada nos joelhos.

Bianca tinha 22 anos e era filha do filho mais velho do Dr. Salomar, um renomado advogado tributarista com um escritório do tamanho de um campo de futebol na Faria Lima. E se o avô decidiu pela magistratura e o pai optara pela advocacia contenciosa, a neta não acreditava na eficácia do Poder Judiciário em resolver conflitos que reclamavam conhecimentos ultraespecíficos e velocidade na apresentação de soluções, e tudo indicava que teria uma brilhante carreira na arbitragem, no escritório ou na câmara que escolhesse, no país que escolhesse. Era o orgulho e a queridinha do avô. Naquela noite, os dois sairiam para jantar, o que costumavam fazer no mínimo uma vez por mês.

— Bibi...

— Vôôôô, por favor!

— Ok, ok, Dr.ª Bianca — a improvável ternura do avô surpreendia Leo — Estávamos na casa de um Senador da República, conhecido meu. Eu levei o Leo para entrevistá-lo sobre a Independência do Brasil.

— Você trabalha para qual revista? — quis saber Bianca, que olhava para o jornalista pelo retrovisor — Quer dizer, você também pode trabalhar para um jornal, né?

— Na verdade, eu sou independente. Trabalho para alguns portais de notícia. Assim, tenho mais liberdade e não fico preso a políticas editoriais, entende?

Ela deu um sorriso e concordou com a cabeça. Ele se derreteu.

— Podemos deixá-lo na Paulista, Bibi? Pode ser, Leo?

Claro! Eles podiam deixá-lo até em Marsilac, o bairro mais distante de São Paulo, contanto que a viagem demorasse uma eternidade.

— O Leo também tem um canal no YouTube — continuou o avô — Mas ainda não tive a oportunidade de assisti-lo.

O rapaz estava se sentindo ridículo. Tinha 32 anos, dividia o apartamento com um amigo, era jornalista "independente" e dono de um canal praticamente desconhecido, enquanto ela fazia Direito em uma das instituições mais caras de São Paulo, ganhara um prêmio internacional de prestígio, devia falar uns cinco idiomas e certamente era disputada a tapa por bons partidos do mundo inteiro. Além de ser linda de morrer.

— Sério!? Que legal! Qual canal?

Ela poderia, se quisesse, ser uma mala. Ela tinha esse direito. Mas, ao contrário, ela estava sendo muito simpática.

— É um canal pequeno ainda. Ele se chama "Teorias da constipação".

— Tá me tirando, mano! — Dr. Salomar odiava quando a neta, destaque do *Willem C. Vis International Commercial Arbitration Moot*, deixava escapar esse tipo de expressão vulgar (pelo menos para os padrões dos Castelo Forte) — Eu conheço o seu canal. E é muito bom!

Ela olhou para trás. Ele se encolheu.

— Agora estou reconhecendo o seu bigodezinho blasé!

"Lembrar de raspar essa merda hoje", ele anotou mentalmente.

— Eu e meus amigos nos divertimos muito com as matérias do seu canal. A última, a do Ulysses Guimarães, ficou sensacional!

Encontrar, pessoalmente, alguém fora do círculo de amizade que conhecia o seu canal de YouTube numa cidade de 12 milhões de habitantes era algo tão improvável que, certamente, devia ser uma manobra do destino.

— Que bom que você gostou. É sempre bom ouvir elogios, né? Ainda mais quando se é tratado com tanta simpatia pelos *haters*.

Ela riu, enquanto o trânsito de fim de tarde resistia em fluir. Ele adorou.

— E sobre o que você está trabalhando agora? Se é que pode me dizer...

— Claro...

Dr. Salomar se atravessou:

— *Nós* estamos investigando sobre uma pedra misteriosa que tem a ver com a Independência do Brasil. Aliás, Leo, como eu estava te falando quando a Bianca chegou, há grande desonestidade histórica do Senador Andrada quando ele acusa a Maçonaria de forçar D. Pedro I a fechar o Apostolado, e omite que José Bonifácio foi responsável pelo fechamento do Grande Oriente pelo mesmo D. Pedro.

— Mas o fechamento da Maçonaria não teria funcionado bem, não é verdade?

— Sim. Durante muito tempo a Maçonaria viveu na clandestinidade, e não seria um tirano de meia pataca que iria acabar com ela. Até mesmo porque, diferentemente do Apostolado, a Maçonaria era mais antiga, além de ter raízes em vários países no mundo. Da mesma forma que também não precisaria de um Grande Oriente em funcionamento para sobreviver.

— Pois é. Eu inclusive gostaria de entender isso. Se o senhor falou que havia um decreto da época de D. João proibindo a Maçonaria e outras sociedades secretas de funcionar no território brasileiro, como é que existiam lojas maçônicas naquela época?

O avô e a neta riram juntos e começaram um jogral que até parecia ensaiado:

— Jogo do Bicho... — ele.

— ... rufianismo... — ela.

— ... briga de galo...

— ... caixa dois de campanha...

— ... farra do boi...

— ... fidelidade partidária...

— Entendi, entendi... — Leo se convenceu — Dr. Salomar, o senhor pode finalmente me contar aquilo que o Senador convenientemente me omitiu?

O velho pigarreou e começou.

— Se José Bonifácio já era poderoso quando D. Pedro ainda era um mero Príncipe Regente e desafiava as Cortes permanecendo no Brasil, logo após D. Pedro I colocar a coroa na cabeça, Bonifácio praticamente se transformou no próprio pescoço do Imperador. E, obviamente, ele não estava a fim de compartilhar essa privilegiada condição com ninguém.

A neta abaixou o volume do rádio para poder acompanhar a conversa.

— Uma característica que poucos historiadores ousam atribuir ao *visionário, imaculado,* o *único ilustrado numa terra de incultos,* o Patriarca da Independência, é que ele era muito, mas muito vingativo. E ele jamais perdoaria o golpe que sofrera no Grande Oriente, quando tiraram ele do posto de Grão Mestre.

Bianca desligou o rádio.

— Logo nas primeiras semanas depois da Independência, ele começou a colocar na cabeça de D. Pedro I que os maçons (Ledo, José Clemente e cia.) eram lobos na pele de cordeiro, republicanos disfarçados de irmãos, conspiradores que tramavam destroná-lo e transformar o Brasil logo numa república. Por conta disso, no final de outubro de 1822, o Imperador mandou uma carta para Ledo suspendendo os trabalhos maçônicos para, nas palavras dele, que fossem feitas certas averiguações.

— Mas ele podia fazer isso? Mesmo sem baixar nenhum decreto, nem nada? Só de ouvir falar?

— És tu quem o está chamando de ditador, e não eu — brincou Dr. Salomar.

— É por conta dessa tal ordem de fechamento do Grande Oriente que o Senador acusa a Maçonaria de conspiração?

— Sim. O mesmo Senador que deixou de mencionar que o todo-poderoso José Bonifácio, não satisfeito em fazer fechar o Grande Oriente, começou uma perseguição institucional contra seus adversários, uma devassa que acabou na prisão e no exílio de vários deles. Felizmente Gonçalves Ledo conseguiu escapar a tempo e fugiu para Buenos Aires disfarçado de padre.

— Caraca! Isso tá parecendo *Game of Thrones*!

Leo adorou a comparação feita por Bianca.

— José Bonifácio seria o "Mão do Rei"!

— Que mandou matar um outro integrante do Pequeno Conselho que se aproximava perigosamente do *Lord of the Seven Kingdoms*! — ela mudou a voz, como quem contasse uma estória.

Dr. Salomar não entendeu a brincadeira.

— Existem documentos que comprovam que José Bonifácio, inclusive, enviou agentes secretos para perseguir Gonçalves Ledo pelas ruas de Buenos Aires.

— E, afinal, pegaram ele? — quis saber a neta.

— Não. Mas Ledo só voltou para o Brasil depois que Bonifácio caiu.

— Ele caiu por causa daquela carta anônima que o Senador comentou, correto?

— Também por isso. Mas a relação entre ele e D. Pedro já não eram mais tudo flores. Primeiro porque Domitila já estava no Rio em 1823, fazendo um contrapeso. E segundo porque José Bonifácio ficou fulo da vida quando o Imperador resolveu anistiar os revoltosos de São Paulo que escorraçaram os Andradas um ano antes.

Enquanto o ex-desembargador terminava sua explicação, Bianca parava o carro na rua ao lado do Masp, transversal da Paulista, para Leo descer. Ele agradeceu a carona, despediu-se e foi suspirando em direção ao metrô. Havia tempos não se sentia daquele jeito. Desde os tempos da Dani.

•

Enquanto esperava o amigo voltar para casa para poder, finalmente, colocá-lo a par das novidades colhidas no Ipiranga naquela tarde, Otávio ligou a TV em um canal qualquer e fez a tal pesquisa encomendada por Leo sobre o Apostolado, nuns Crtl C + Crtl V para um mapa mental apressado e sem inspiração, porque queria logo atualizar o mural com as novas descobertas.

As notícias iam passando no telejornal sem chamar sua atenção, até que a âncora anunciou como a próxima reportagem as investigações sobre o atentado à Igreja da Candelária, no Rio de Janeiro.

Otávio parou por alguns instantes sua tarefa para ouvir que a polícia teria feito a condução coercitiva de dois suspeitos de ter posto fogo no confessionário da igreja, mas liberou-os em seguida por falta de elementos concretos suficientes para prendê-los.

— A maior incógnita para as autoridades, ainda — disse a âncora — é sobre quem seria "o" ou "a" PEF, nome estampado na pichação que já foi apagada pelos religiosos. Segundo os investigadores, os dois suspeitos afirmaram desconhecer o motivo e o significado da pichação.

De volta ao seu trabalho de investigador amador, o professor desmontara o mural para remontá-lo a partir das informações passadas pelo amigo Menegazzo. Tirou o "ELES" e o "time Iluminista", substituindo por "Cavaleiro solitário" *versus* "Homem de cartola", sem ter certeza de quem era quem naquela substituição.

Dispusera então as fotografias, mapas e post-its retirados da versão anterior do mural no chão da sala, pensando em como poderia realocá-los, começando a enrolar o cabelo com a ponta da caneta, como sempre fazia quando ficava pensando. De que lado fica o Iluminista? Onde entra a lápide? E o Dr. Salomar Castelo?

Leo finalmente chegou da rua, assobiando *Patience*, do Guns, e pouco se importando com o banho de chuva que tomara da estação de metrô até seu prédio, num percurso de cinco quadras. O colega de apartamento estranhou aquele humor improvável e tentou dar uma provocada marota.

— Você pode dizer o que quiser, Tato, mas nada vai estragar minha noite — o jornalista desdenhou.

— Então aproveita esse teu estado de espírito alterado e me ajuda a rearranjar o nosso mural.

— Só espera eu tomar um banho e trocar de roupa. A última coisa que preciso neste momento é ficar resfriado.

•

Otávio não conseguiu segurar a gargalhada quando o amigo saiu do quarto com a barba feita e o característico bigode raspado.

— Isso tem cheiro de mulher, Leozinho. Conta aí. Quem é ela?

O jornalista desconversou.

— Por que você desmontou o mural? Tava tão legal...

O professor desistiu de zoar o amigo:

— Hoje à tarde, no Ipiranga, o Menega me contou uma parada meio louca que pode ter alguma relação com o que estamos investigando. Olha só: o pintor Pedro Américo era membro de uma sociedade secreta e, a mando dela, colocou pistas ocultas no *Grito* para dizer quem verdadeiramente estava por trás da nossa Independência.

— Mas isso todo mundo sabe: José Bonifá...

Leo cobriu a própria boca. Tudo começava a se encaixar.

— José Bonifácio já é reconhecido como o homem que fez a Independência do Brasil! Ou seja, o quadro de Pedro Américo serve justamente para desfazer esse mito!

Otávio concordou, pregou a imagem do Patriarca no lado do "Homem de cartola" e, seguindo a lógica, colocou o retrato de Pedro Américo no quadrante do "Cavaleiro solitário". Disse:

— A turma de José Bonifácio, então, seria representada pelo homem do guarda-chuvas, que era protegido pelos soldados e só aderiu à Independência no último momento, quando percebeu que ela era inevitável. Mas, então, quem o cavaleiro representava?

O pensamento de Leo já ia longe. Era preciso ir com calma.

— Você chegou a pesquisar sobre o Apostolado?

Otávio apontou para as folhas ainda na impressora.

Leo ia explicando ao amigo, à medida que conseguia se lembrar, do intenso e extenso debate entre o Senador Maurílio e o Dr. Salomar Castelo, do antagonismo que existiu entre o Apostolado dos Andradas e os maçons do Grande Oriente.

O resumo da conversa, que já estava na fase do inquérito criminal instaurado pelo Patriarca, conhecido como "Bonifácia", contra a turma do Grande Oriente para apurar (pelo menos essa era a versão oficial) a acusação de conjuração contra o recém-inaugurado Império, foi interrompido pelo celular de Leo apitando.

Meu avô pediu para que eu te enviasse o documento anexo.

Curti te conhecer.

:* Bianca

O jornalista saboreou cada letra da mensagem. Novo apito.

"Em tempo: acho teu bigode blasé estiloso!"

— Que merda! — exclamou o precipitado *youtuber*, antes de finalmente apertar sobre o arquivo.

Na tela do seu celular então apareceu a foto da página de um livro, com alguns trechos sublinhados:

Meu Ledo: Convindo fazer certas averiguações tanto publicas como particulares na M ∴ mando primo como Imperador, secundo como G ∴ M ∴ que os trabalhos se suspendão até segunda ordem Minha. É o que tenho a participar-vos agora. Resta-me reiterar os meus protestos como Ir ∴ Pedro Guatimozin G ∴ M ∴

S. Cristovão, 21 Obro. 1822.

PS - Hoje mesmo deve ter execução e espero que dure pouco tempo a suspensão porque em breve conseguiremos o fim que deve resultar das averiguações.

— Isto é, guardadas as devidas proporções, como terminar um namoro por e-mail — riu Otávio, lendo o bilhete enviado por Pedro a Ledo, por sobre os ombros do amigo.

Enquanto Leo folheava o material que Otávio havia organizado sobre o Apostolado (a forma como a Nobre Ordem se organizava em palestras, alguns nomes que comprovadamente pertenceram à fraternidade, etc.), o professor adaptou os cabos e entradas de HDMI para lançar as imagens capturadas pela GoPro diretamente na televisão, ao invés de no computador, para que os dois pudessem ver os detalhes colhidos do *Independência* com mais conforto.

Resolveram então pedir um sushi para acompanhar as imagens, como que naquele canal de surf e outros esportes radicais que passa na TV a cabo.

Enquanto aguardavam o jantar, Leo finalmente revelou o motivo daquela felicidade toda.

— ... daí ela falou que tudo parecia um grande *Game of Thrones*. Cara, pensando bem, a Bianca lembra um pouco a Daenerys da primeira temporada...

— E o JB seria quem? O Mindinho?

— JB? — demorou alguns instantes para entender que o amigo se referia à José Bonifácio. Adorou. — Mas acho que, dependendo de quem está narrando a história, ele poderia ser o valoroso Ned Stark.

— E D. Pedro? Joffrey Baratheon?

Os dois se divertiam tentando recordar o nome da personagem que primeiro se casou com Joffrey e, depois, com seu irmão mais novo (eles não chegariam a lembrar do nome Margaery), que seria a Marquesa de Santos na versão brasileira da trama, enquanto na tela da televisão da sala iam correndo as imagens da GoPro desde dentro do Salão de Honra até dentro do táxi, quando Otávio finalmente se dera conta de que não havia desligado a câmera.

De repente, Leo deu um grito:

— Pausa a imagem, mano, pelo amor de Deus!

Tato levou um susto.

— Volta um pouco, volta.

O amigo retrocedeu a filmagem até o ponto em que o outro determinara:

— Cê está vendo esse cara? Reconhece ele?

•

— Velho, vamos ter que voltar ao Museu. Não tem jeito. A merda é que estou atolado em trabalho e acho que não vou conseguir um tempo nos próximos dias.

— Deixa que eu vou, Leo. Além de ter tudo fervilhando na minha cabeça, é mais fácil eu reconhecer informações úteis por conta da minha formação em História. Por isso eu posso falar com o Menega e com a Margarete de igual para igual.

— Nossa, Tato, como você ficou pedante depois que conheceu a *Madame Unesco*, a *Musa do Museu*. Cadê aquele homem tímido e inseguro que dormia aqui no sofá da sala?

— Leozinho — levantou-se de supetão do sofá — Você acabou de decifrar a charada!

— Charada?!

Enquanto o jornalista não entendia o que o amigo queria dizer com aquilo, Otávio se perguntava como entrar em contato com a Polícia Civil do Rio de Janeiro e sugerir que "PEF", na verdade, era "Pe.F", ou seja, "Padre Feijó". Isto é, a pichação na Igreja da Candelária teria uma relação com o furto da estátua do Padre Diogo Feijó, em Itu.

Os dois crimes estavam, de alguma forma, conectados.

•

Depois do último "agora sim, boa noite, ou bom dia", lá pelas 4h30 da manhã, Leo se preparava para dormir.

Trocar mensagens com Bianca durante a madrugada despejou em Leo uma necessidade de voltar a viver intensamente, recuperar o tempo perdido, de realizar as coisas, de conquistar as coisas, de explorar todo o seu potencial. E, principalmente, um sentimento de absoluta ausência de medo. Era como se, finalmente, tivesse cumprido integralmente a pena autoimposta pela morte de Daniela.

Abriu o notebook, começou a escrever e o fez como que alguém lhe ditasse, de tão natural que saiu o texto:

UMA LUZ SOBRE O ATENTADO DA CANDELÁRIA

Um dos maiores mistérios policiais dos Estados Unidos do século XX é a identidade do *serial killer* que aterrorizou a Califórnia nos anos 1960, chamado de Zodíaco. Passados mais de 50 anos desde os assassinatos (não se sabe ao certo o número de vítimas), as mensagens criptografas enviadas pelo criminoso para serem publicadas nos jornais ainda são um desafio para a polícia e para investigadores amadores, podendo-se afirmar que a busca pela solução do caso já ganhou o status de cult, principalmente depois do filme com o mesmo nome, de 2007, com Jake Gyllenhaal e Robert Downey Jr., com direção de David Fincher, o mesmo de "Seven: Sete Crimes Capitais" e "O Clube da Luta".

Do lado de cá do Equador, e já num mundo dominado pela inteligência artificial, um mistério que está tirando o sono da polícia fluminense há alguns dias está em vias de ser solucionado graças à perspicácia de um professor paulista que conseguiu associar dois crimes igualmente intrigantes: o atentado na Igreja Candelária, no Rio de Janeiro, e o furto da imagem do Regente Feijó, em Itu, São Paulo.

O.A.C., que não quis se identificar, é professor de História nas redes pública e particular de ensino da capital paulista e decifrou a intrigante mensagem deixada pelos criminosos na parede do templo carioca. O "PEF", da pichação "REAÇAS, CADÊ PEF", seria Pe. F, ou melhor, Padre F, ou Padre Feijó, em evidente menção à estátua do Regente Feijó, desaparecida desde o dia 8 de setembro.

Segundo a teoria do professor, alguém que defende o legado do Regente estaria acusando, e retaliando, um grupo ultraconservador (chamado por ele de "reaças", ou reacionários) do furto da estátua do padre, liberal e maçom Diogo Antônio Feijó.

Tal informação, se confirmada, mudará os rumos das investigações policiais dos dois lados da divisa.

Antes que pudesse se arrepender e mesmo sem pedir permissão para mencionar o amigo, Leo estava decidido a publicar o artigo, que, normalmente, iria antes para revisão e aprovação do editor-chefe do canal de notícias. Mas ele não queria esperar. Usou a senha do editor e publicou.

Estava amanhecendo. Foi tentar dormir.

•

— Seu filho da puta! — ouviu o grito no outro lado da linha, acordando do sono profundo.

Demorou alguns segundos para entender o que estava acontecendo. Eram 9h00 da manhã. Ele tateara o criado mudo atrás do telefone celular que tocava insistentemente. Era o editor-chefe. Estava encrencado.

— Bom dia, Wagner. Eu posso explicar...

— Seu filho da puta! — Wagner repetia aos berros — Somos *trending topics* do Brasil! Não sei de onde você tirou essa maluquice, mas é nitroglicerina pura! Estamos sendo replicados em vários sites. Seu filho da puta! Você é um gênio!

•

Às 11h15, quando Margarete cruzou com a dupla dinâmica do lado externo das obras (Leo conseguira remarcar seus compromissos para poder estar junto de Tato, para quem ainda não criara coragem de contar sobre a polêmica publicação envolvendo suas iniciais), ela estranhou o novo visual do *youtuber*:

— O que aconteceu com seu bigode?

Enquanto ele gaguejava para tentar justificar, ela já emendou uma brincadeira:

— De tanto virem aqui nas obras do Museu, eu acho que vou providenciar um crachá para vocês dois.

Os dois riram, encantados (também) com a simpatia de Margarete. Enquanto ela entrou no complexo, eles ainda teriam que aguardar mais alguns minutos até a chegada do Professor Menegazzo, conforme Otávio combinou por meio de mensagem no celular.

O telefone do jornalista não parava de apitar. "Quem é a sua fonte?", "Quem é o professor?", "Ele tem mais pistas?", "Ele vai ajudar nas investigações?", "O tal professor já foi ouvido pela polícia?"... Eram colegas de outros canais e veículos de comunicação, famintos por mais detalhes do furo jornalístico.

— Resumindo então — disse Otávio, já irritado com os barulhos de notificação ininterruptos emitidos pelo aparelho do amigo — segundo este novo quadro, aquele "cavaleiro solitário" do *Independência ou Morte!*, símbolo da força oculta que estaria por trás da Independência, não passava do mensageiro mandado por D. Leopoldina e por José Bonifácio... cara, responde logo essa merda de celular!

— Deixa quieto! — respondeu o jornalista, com um sorriso amarelo, guardando o celular no bolso — Isso! Se o tal Paulo Bregaro está, de fato, identificado no grupo ao lado de D. Pedro no *Independência*, não teria como um outro pintor querer apontar outra pessoa como sendo ele. Seria um erro crasso, pra não dizer má-fé.

É que na imagem da GoPro filmada sem querer por Otávio apareceu um quadro exposto num corredor secundário do Museu que mal e mal recebia alguma luz natural, sem o mesmo destaque recebido pelas demais obras de arte no prédio. Era como se, estrategicamente, a obra tivesse sido relegada por ordem de alguém, que a colocou num lugar desimportante (ou seria propositadamente discreto?) dentro do Museu do Ipiranga. Nesse painel, enquanto um inindentificável infante de roupa azul quebra a quarta parede e encara desafiadoramente quem observa o quadro, o Patriarca da Independência está entregando as famosas correspondências justamente para o "cavaleiro solitário" do quadro de Pedro Américo, apontando-lhe a direção de São Paulo.

O quadro retratava o famoso episódio em que José Bonifácio e D. Leopoldina teriam entregado as cartas para Paulo Bregaro, por sinal o Patrono dos Correios do Brasil, determinando que ele encontrasse o Príncipe em São Paulo o mais rápido possível, ainda que para isso arrebentasse e estafasse tantos cavalos quanto fossem necessários. O curioso era que, apesar de fuçar praticamente toda a internet, Otávio não conseguiu achar nenhuma imagem do quadro. Por isso, somente Menegazzo poderia ajudá-los.

E finalmente aparecendo o rabo do diabo, dirigiram-se diretamente para o local da misteriosa obra na companhia do multititulado professor.

Seu nome oficial, segundo explicou o pós-doutor, era o nada original *José Bonifácio entregando ao mensageiro da Corte a carta com as notícias de Lisboa*, de um pintor italiano chamado Aldo Locatelli, mais famoso no Sul do que no restante do Brasil.

O tema desse quadro de Locatelli destoava da principal vocação de sua carreira artística, voltada especialmente aos motivos sacros. Era possível contemplar belíssimas obras suas em igrejas espalhadas por todo o Rio Grande do Sul, como em Caxias do Sul, Pelotas, Santa Maria e Porto Alegre.

Durante um curto espaço de tempo, nos anos 1950, Locatelli teria executado algumas obras de cunho histórico para bancos e empresas no centro do país, dentre as quais o pouco conhecido *José Bonifácio entregando ao mensageiro...*, explicou-lhes Menegazzo.

— Eu nunca tinha percebido isso, Tavito, mas tudo leva a crer que Aldo Locatelli ou pertencia à fraternidade adversária à de Pedro Américo, ou alguém daqueles *cantou* nos ouvidos (ou no bolso) dele para fazer este quadro.

— Em outras palavras — disse Otávio — se o Pedro Américo pretendeu dizer, no seu *O Grito do Ipiranga*, que o "cavaleiro solitário" era quem estava por trás da Independência do Brasil, neste quadro Aldo Locatelli dá uma volta em Pedro Américo, afirmando que existe alguém ainda por trás do "cavaleiro solitário"...

— ... José Bonifácio — disse Leo, vindo-lhe à mente a imagem do Senador Maurílio rindo debochadamente – O curioso é que, se olhado sob outra perspectiva e se não soubéssemos o contexto histórico da pintura, poderíamos dizer que, na verdade, Bonifácio está expulsando o cavaleiro da Corte!

Menegazzo levantou a sobrancelha em sinal de concordância.

— De que ano é este quadro? — Otávio perguntou para ninguém, olhando para a placa ao lado da obra e respondendo ele próprio – 1956. Ou seja, quase 70 anos depois do *Independência*. Caramba, os caras esperaram sete décadas para revidar o golpe de Pedro Américo.

— Já ouvi dizer que a vingança é um prato que se come frio, mas daí já é um exagero — comentou Leo.

— O que me pergunto é se quem escolheu este local para pendurá-lo queria escondê-lo ou se foi apenas coincidência... — Menega consultava alguma coisa no celular.

— Isso significa — conjecturou Tato, pensando alto — que se existia uma sociedade secreta que perdurara desde os tempos da Independência até a pintura do quadro por Pedro Américo, este quadro prova que a fraternidade rival ainda existia, no mínimo, até o ano de 1956.

— Vocês lembram — Margarete surgiu subitamente no corredor — de quando eu falei que o *Independência* tinha sido pintado praticamente 67 anos depois da data do evento?

Os três se surpreenderam com a aparição repentina.

— Pera aí! — disse Otávio — Quer dizer então que a senho... quer dizer que você também sabe do mistério?

— Professor Menegazzo, posso roubar seus convidados por um tempo? — ela deu um sorriso e puxou-os pelo braço — Vocês gostariam de tomar um café na minha sala, rapazes?

•

— Isso é ridículo! – comentou o Delegado Koerich, durante a coletiva de imprensa — A polícia não pode se distrair com qualquer lunático que dispara uma teoria sem pé nem cabeça, e muito menos dar corda a jornalistas irresponsáveis que escrevem qualquer merda, só para vender jornal ou ter seus 15 minutos de fama.

— Mas, Delegado, já são vários dias sem que a polícia tenha avançado nas investigações.

— Eu não deveria estar perdendo meu tempo, nem desperdiçando o dinheiro do contribuinte, dando holofote pra malucos. Mas, respondendo a sua pergunta, fizemos grandes avanços nas últimas 48 horas. Identificamos e prendemos o motorista do caminhão que roubou a estátua. Ele já foi interrogado duas vezes e estamos perto de solucionar o crime.

— O senhor poderia nos dar maiores detalhes, Delegado?

•

Segundo a Secretaria de Educação do Estado de São Paulo, apenas dois professores de História que lecionavam em escolas públicas na capital tinham as iniciais O.A.C.

Uma era mulher e estava aposentada.

Não seria difícil achar o outro. E calá-lo.

•

A sala da emissária da Unesco dentro do prédio em reformas era, como seria de se esperar, um ambiente temporário, quase um acampamento, mas nem por isso menos organizado e com cuidado feminino. Por acabar se transformando no QG burocrático das obras, o amplo cômodo tinha vários arquivos de metal acumulados em um canto, três estantes de madeira para rolos de projetos e caixas de papelão, além de dois computadores (fora o notebook pessoal dela), impressoras, scanners e um aparelho de fax, que bem poderia passar a compor o próprio acervo do museu após a conclusão da reforma. De pessoal, apenas dois porta-retratos sobre sua escrivaninha e uma obra de arte na parede. Um dos porta-retratos tinha a foto de Margarete usando véu montada em um camelo, com as pirâmides do Egito ao fundo; e o outro dela cercada de crianças, numa aldeia na Tanzânia. Nenhuma foto com a família, ou namorado. Já o quadro pendurado na parede oposta à das janelas, trazia a figura exótica de um galo desenhado a partir de várias carimbadas, de um artista chamado Meyer Filho. Segundo explicou a emissária, que carregava consigo o quadro para todos os escritórios onde se instalasse, aquele desenho significava "a arte vencendo a burocracia", e por isso não podia perdê-lo de vista.

Otávio foi se desculpando.

— Dr.ª Margarete, agradecemos imensamente o convite para o café, mas infelizmente não podemos demorar. Tenho aula hoje à tarde e, por isso, devo estar na escola em pouco mais de uma hora. — ia dizendo enquanto ela aproveitava para dar uma espiada através da janela.

E enquanto ela fechava as persianas, Leo já se esparramava numa das poltronas, checando as últimas mensagens no celular, conferindo a repercussão de sua matéria e aproveitando para verificar os números do canal no YouTube, como sempre fazia, como quem acompanhasse, em tempo real, o valor de suas criptomoedas.

— Fique tranquilo, professor. Eu só queria trazê-los para um lugar mais calmo para trocar algumas ideias sobre o que vocês comentaram da primeira vez que nos vimos, sobre um túm...

Leo se levantou da poltrona, num salto:

— Tato, você não vai acreditar: nosso canal está com 302 mil seguidores!

— O quê?! Sério?! Como pode isso? — Otávio ainda não sabia da publicação de Leo, nem imaginava que a *sua* descoberta da noite anterior causara uma enxurrada de cliques em matérias correlatas ao roubo da estátua do Padre Feijó e ao incêndio da Candelária e, por via de consequência, despertou o interesse de milhares de pessoas no "Teorias da Constipação". Por sinal, nas redes sociais, houve quem acusasse o furo de Leo como uma jogada para atrair seguidores para o seu canal.

Otávio chegou a pegar o celular e começou a desbloqueá-lo.

— O que será que pode ter acontecido? — perguntava-se o professor, num dilema entre vibrar com aqueles números surpreendentes e (para ele) injustificados, revelando-se um nerd deslumbrado, e representar ser um homem maduro de Margarete. Decidiu pela segunda opção e dar atenção à mulher – Professora... ou melhor, Doutora... quer dizer... Como posso chamá-la?

— Simplesmente Margarete, já é mais do que suficiente — ela sorriu.

Ele sorriu de volta.

— Margarete, nós temos um canal no YouTube, que por sinal estamos pensando em pivotar e reformatar como uma espécie de startup de entretenimento — "de onde ele tirou isso?" pensou Leo — que explora teorias da conspiração no Brasil. Tudo começou como uma brincadeira. Obviamente, não levamos muito à sério as histórias que publicamos lá. Mas acontecesse que esse tipo de teoria já faz parte da cultura pop, entende? E acreditamos que existe espaço para esse tipo de conteúdo. Desde que seja de qualidade, é claro.

— Entendo.

— O chato disso — ele emendou, já nervoso — é que acabamos ficando permanentemente vinculados aos temas sobre os quais nos dedicamos, por um tempo, apenas por diversão. Aconteceu com o nazismo, por exemplo. Só porque fizemos uma matéria sobre uns túneis secretos que passam por baixo de um teatro, que teria sido construído para receber Hitler, tem gente que até hoje nos aponta como especialistas no assunto, e nos chama para dar opinião.

— Entendo.

— E tem mais. Apesar de nos divertirmos fazendo o que fazemos, corremos o risco de nunca mais nos levarem a sério, entende? Eu, como sou professor, escolhi não ter meu nome vinculado às matérias do nosso canal (por isso só o Leo aparece nas filmagens), justamente para preservar minha carreira e minha credibilidade no mundo acadêmico.

Leo se afundava na poltrona.

— Entendo — repetiu Margarete, divertindo-se com a verborragia do professor.

Ela iria finalmente interrompê-lo, quando o celular de Leo tocou pela enésima vez. Desta, era o editor-chefe. Não tinha como não atender. O jornalista pediu licença e saiu da sala.

Os dois ficaram finalmente sozinhos. Otávio, nervoso, dedilhava sobre a perna cruzada, enquanto Margarete aproveitou para solicitar três cafés, pelo telefone interno. Enquanto fazia isso, aproveitou para olhar na tela do computador, mexendo no *mouse*.

Alguns instantes depois, Leo invadiu a sala aos berros:

— Tato. Prenderam o motorista do caminhão. E adivinha o quê. O cara disse pra polícia ter sido contratado por alguém que ele não sabe quem é, que deixou um envelope pardo na porta da casa dele.

— O quê?! Quer dizer que o roubo da estátua do Feijó é coisa do...

— Iluminista! — os dois concluíram juntos.

•

Em Brasília, numa sala do terceiro andar de um dos prédios da Esplanada dos Ministérios que dava vista para o grande gramado, o telefone tocou.

— Alô — atendeu o diretor de uma das mais relevantes estatais do país.

— Estevão? Boa tarde.

— Boa tarde, meu caro — reconhecendo a voz — Como tem passado?

— Por aqui, tudo certo. Você, por acaso, está acompanhando as notícias do dia?

— Sobre o projeto do cânhamo ter sido pautado na Comissão de Seguridade Social e Família? Tenho sim. Inclusive já falei com o Deputado Torres, para marcar um jantar com o pessoal da bancada e do centrão. Vamos oferecer resistência, tenha certeza.

— Na verdade, não é disso que estou falando. Mas sobre aquela notícia que está circulando pela internet de que um professor teria "descoberto" que nós roubamos uma estátua em Itu. Que história é essa? Nós temos alguma coisa a ver com isso?

— Ah, sim. Quer dizer, não. Sim, eu estou acompanhando. Nosso pessoal, aliás, não para de me ligar. E não, não temos absolutamente nada a ver com o furto. Mas essa maluquice, ao menos, justifica o ataque no Rio.

— Porra, ainda que tivéssemos feito isso, atear fogo numa igreja já é demais, cacete! O que eles farão a seguir? Queimar bispos em praça pública? Pô, a Igreja é um dos alicerces que sustentam e sempre sustentaram esse país. Ela é o baluarte que protege os valores da família brasileira, Estevão.

— Eu sei disso.

— Não podemos deixar assim. É nosso papel defender as instituições, custe o que custar. Vamos pra cima desses caras.

— Já providenciei isso, meu caro. Já estamos caçando eles.

— E sobre a situação do projeto do cânhamo lá. Acho que vale a pena contratar aquele pessoal de novo, para mais uma rodada de condução da opinião pública.

Estevão riu do eufemismo. O velho do outro lado da linha desabafou:

— Porra! Parece que o mundo está desmoronando. Primeiro esse movimento para legalizar as drogas, depois a ousadia de atacar a Santa Igreja... E essas *fintechs*, criptomoedas e o diabo a quatro... nem o sistema bancário está à salvo. Está tudo ruindo!

— O senhor acha que podemos aproveitar o contato com esse pessoal e começar um trabalho de "condução" contra eles também?

— Penso que sim. Daqui a pouco, teremos que enfrentar isso. E Estevão?

— Oi.

— Me mantenha informado desse caso aí de Itu.

— Pode deixar, nobilíssimo. Hoje mesmo eu pego um voo e me jogo pra São Paulo. Vou aproveitar uma carona com um avião da FAB que tá indo pra lá.

— Me poupe desses detalhes sórdidos — o humor do interlocutor estava melhor.

•

Diante daquela cena, Otávio se sentiu na obrigação de explicar para a emissária da Unesco o que estava acontecendo, sob pena de parecerem, ele e o parceiro, estar em uma gincana de colégio.

— Desculpa, Dr.ª Margarete, esta confusão.

Um homem entrou na sala, trazendo os cafés. O professor esperou-o sair para começar a falar:

— Na verdade, tudo começou quando recebemos o contato de uma pessoa que se dizia detentora de um segredo que poderia mudar a forma como a história do Brasil é contada.

— Depois, essa pessoa, que assina "o Iluminista" — atravessou-se Leo — nos enviou um envelope pardo com uma fotografia de uma sepultura misteriosa e com algumas instruções. Nós vimos seguindo essas instruções, e o tal segredo vem sendo revelado aos poucos, conforme o Iluminista entende que devamos desvendá-lo.

— Foi ele, inclusive, que nos mandou vir até aqui no Museu Paulista, atrás de algumas pistas sobre a lápide. Daí descobrimos as mensagens ocultas no quadro *Independência ou Morte!* e também a existência de duas sociedades secretas rivais daquele tempo. Existência, aliás, que imagino que você já deve saber, não é mesmo?

Margarete se mantinha calada, sem qualquer expressão.

— Teve várias coisas que acabamos descobrindo por nós próprios — disse Leo — Quer dizer, com a ajuda de outras pessoas, que não o Iluminista. Eu, por exemplo, estive na casa do Senador Andrada, descendente do José Bonifácio ou coisa assim, que me explicou melhor como era essa disputa entre as duas facções de aristocratas, digamos assim, que existia na época da Independência. E estávamos quase descobrindo o segredo do Iluminista, até quando...

Margarete finalmente quebrou o silêncio:

— ... até que você se precipitou e quase pôs tudo a perder com sua matéria, né, Leo?

O jornalista fez cara de horror. Como assim? "Pôs tudo a perder"? Ela sabia da matéria?

— Que matéria? — quis saber Otávio.

— Na verdade... — o amigo começou a se explicar.

— ... na verdade — Margarete tomou a frente — dois grupos rivais que reúnem as pessoas mais poderosas do Brasil estavam indo em rota de colisão, o que causaria uma verdadeira hecatombe e os faria finalmente sair do anonimato, até que o nosso Leo resolveu se antecipar e publicar uma matéria apontando você, Otávio, como o grande desbaratinador dessa guerra...

Otávio se levantou num pulo.

— Calma, Tato, eu posso explicar — Leo levantou-se junto.

O professor não estava entendendo nada, nem fazia ideia do quanto sua vida poderia mudar (e até acabar) a qualquer momento.

•

— Estevão? Eu de novo.

— Fale, meu caro.

O diretor falava no telefone, bebericando um copo de uísque enquanto contemplava distraído, através da grande janela de vidro, a vista do gramado do canteiro central do Eixo Monumental, até que teve sua atenção presa à figura de um homem correndo pela calçada, em alta velocidade, com a camisa do Botafogo e que começou a encará-lo, lá de baixo, sem desacelerar o passo.

— Conversei com o Rangel. Não vamos deixar barato. Pode acionar aquele pessoal. Vamos agitar um pouco as coisas.

— Deixa comigo, Excelência. E mande um abraço ao Doutor Rangel.

Perdeu o botafoguense de vista.

•

— Espera um pouco! — Otávio colocava as duas mãos na cabeça e fechava os olhos, tentando se concentrar. — Quer dizer que o Leo publicou uma matéria mencionando meu nome e, com isso, dois grupos adversários não vão mais entrar em choque? Quer dizer, então, que esse era o plano do Iluminista? Mas, afinal, como você sabe disso? Só se...

— ... só se... Leo se engasgou.

Margarete sacou uma resma de envelopes pardos da gaveta, jogou sobre a mesa e sorriu para os dois.

— Na verdade, eu nunca assinei, nem nunca me identifiquei para vocês, como "o" Iluminista. Eu ser um homem foi uma conclusão de vocês. Um tanto machista, por sinal.

— Mas o que você quer de nós? — Otávio se sentia ofendido, traído. Não sabia explicar o porquê.

— Você nos manipulou! — acusou Leo.

— Eu nunca menti para vocês que o que eu queria era um vídeo, ou material, no seu canal do YouTube, revelando ao público um segredo capaz de abalar as estruturas do poder no Brasil. Só que a matéria, segundo meus planos, teria um momento certo para ser lançada.

— Mas o que você pretende com esse vídeo?

A Iluminista respirou fundo, tomou um gole do café, e explicou:

— O Brasil, rapazes, é um grande cassino com os dados viciados: são sempre os mesmos que ganham, independentemente da aposta. E a casa sempre perde. Com algum esforço, dedicação ou sorte, alguns de fora do círculo podem até conseguir enriquecer e prosperar, mas apenas se sentarão nas mesas periféricas. Na mesa principal, independentemente de quem seja o crupiê, os vencedores já são previamente conhecidos.

Os amigos acompanhavam calados.

— E se você quiser participar dessa mesa, o preço é altíssimo. E mesmo que, num descuido divino, você consiga entrar no jogo e, pior, acabe com um *royal straight flush* nas mãos, os ganhadores de sempre derrubarão a mesa para que o jogo se desfaça e as cartas sejam embaralhadas novamente, te expulsando do jogo.

Enquanto Leo pensava em *"impeachment"*, Otávio lembrava dos vários golpes políticos e militares da história do Brasil.

A Iluminista continuou:

— Na época do Império, os grupos rivais dançavam ao redor do trono, buscando a predileção do Imperador. A briga Ledo *versus* Bonifácio, durante o processo de independência e logo depois, foi apenas o primeiro ato dessa dança. Os dois quase se estapeavam para ser o preferido de D. Pedro I. Como vocês devem saber, chegaram a criar redes de fofocas e intrigas, inclusive com perseguições, prisões e exílios.

— E, pelo jeito, foi José Bonifácio quem levou a melhor — o jornalista comentou.

— Sim — confirmou Margarete — e tomando pra si o título de "Patriarca", o único idealizador e o responsável por fazer do Brasil uma nação independente, um Império. Com a República, a dinâmica mudou. Ao invés de dançarem ao redor da coroa, os grupos rivais fizeram com que a faixa presidencial dançasse ao redor deles.

Leo olhava para sua xícara, com café com leite.

— Quer dizer, então, que eles de fato continuaram brigando entre eles ao longo do século XIX?

— E também do século XX... e no XXI! O jogo muda e as cartas são reembaralhadas, mas são sempre as mesmas cartas. Esses grupos podem até atualizar suas bandeiras... redemocratização, descentralização política, liberalismo econômico, reformas política e administrativa, antiglobalismo... mas o objetivo principal é de chegar, ou voltar, ao poder e, uma vez nele, tentar perpetuar-se (mesmo que tenha que dar costas àquilo que defenderam para chegar até ali).

O professor suspirou:

— "Nada se assemelha mais a um 'saquarema' do que um 'luzia' no poder" — repetindo a frase de Cavalcanti de Albuquerque, cuja autoria desconhecia.

Margarete fez um aceno com a cabeça, concordando com a famosa frase do político pernambucano.

— Pensem: quantas vezes na história do Brasil houve mudanças para tudo permanecer como está? Com a Independência, por exemplo, quem mandava antes continuou mandando depois. Durante o Império, os homens que apoiaram a Independência agora se dividiam entre liberais e conservadores, e se revezavam, aplicando golpe atrás de golpe, para voltar ao poder. Foi assim com o Golpe da Maioridade, por exemplo. E o que significou a Abolição da Escravatura? Ora, era para ser a verdadeira redenção da população negra no país, mas os escravos foram simplesmente expulsos das fazendas e substituídos pela mão de obra dos imigrantes europeus, não sem a devida indenização... aos ex-donos de escravos, que continuaram dando o tom da política, mesmo após a Proclamação da República.

O estômago de Otávio estava embrulhado. Deu um gole no seu café.

— Muitas vezes, os embates até iam parar nos jornais, escancarados, em discussões e debates públicos. Mas muitas vezes as batalhas eram travadas de maneira velada, na calada da noite, tramadas em reuniões entre quatro paredes, em sociedades secretas. Maçonaria, Apostolado dos Cavaleiros da Santa Cruz... Durante muito tempo o poder, no Brasil, as tramas foram orquestradas em organismos secretos, como a Sociedade dos Patriarcas Invisíveis, a Cruzada da Liberdade ou a Bucha. Com o passar do tempo, essas organizações acabaram desaparecendo, transformando-se ou mesmo evoluindo, mudando de nome e saindo da clandestinidade. Mas o seu poder (e seu desejo intenso de mantê-lo) continua, até os dias de hoje, concentrado em pequenos grupos. Os rumos do país muitas vezes são decididos em partidas de tênis, em rodas de uísque ou durante passeios de barco em Angra.

— É inacreditável como isso ainda acontece! Como instituições como a imprensa, o Ministério Público e o Poder Judiciário permitem isso?

— Sabe aquela máxima de que "se as pessoas soubessem como são feitas as leis e as linguiças, ninguém dormiria à noite"? Pois é. Se as pessoas descobrissem como são escolhidos os desembargadores e ministros das Cortes Superiores, ninguém teria ânimo sequer de acordar.

— Quer dizer que essas estruturas também estão organizadas para manter o *status quo*?

— Eu prefiro a palavra da moda, *establishment* — riu a Iluminista — Mas eu diria que o *status quo* está tão arraigado, tão bem organizado e protegido, que as leis e as estruturas acabam trabalhando em favor dele.

— Mas e as eleições?

Lembrando-se do Dr. Salomar e de Bianca no dia anterior, Leo começou a enumerar:

— Financiamento público de campanha, fundo eleitoral, coeficiente eleitoral, tempo de televisão, partidos de aluguel...

— Ok, ok, entendi. Mas isso, de alguma forma, tem a ver com a disputa que vemos hoje entre esquerda e direita? — Otávio mudou o rumo da conversa.

— Pense que essa briga é anterior ao próprio surgimento de Karl Marx. Os comunistas, no início do século XX, eram apenas *outsiders* aqui no Brasil e mal faziam cócegas em quem exercia o poder de fato. Aliás, combater o fantasma do comunismo foi sempre um ótimo pretexto, para ambos os grupos, para justificar intervenções e tentar reconduzir-se ao poder. Depois, já no final do século, quando os partidos políticos de esquerda deixaram de ser meros coadjuvantes no cenário político, aqueles dois grupos originais acabaram cooptando e absorvendo muitos dos seus integrantes.

— Quer dizer que essa disputa secular ainda existe, independentemente das atuais esquerda e direita?

— De uma forma um pouco mais complexa, sim. Mas com o compromisso, recíproco, de ninguém resetar o sistema. Na verdade, "resetar o sistema" é outra ótima bandeira de campanha. Que, por sinal, é hasteada desde os tempos de José Bonifácio e Gonçalves Ledo.

Leo parecia ouvir a voz do Dr. Salomar enquanto comentava:

— Mas quando Ledo e sua turma quiseram levar adiante a ideia de estabelecer uma república, foram escorraçados.

— Mas é claro! Significaria "resetar o sistema" importado de Portugal, como disse a Margarete.

Ela acrescentou:

— No Brasil, nenhuma mudança é brusca, drástica ou absoluta. Ela sempre é feita de maneira negociada, arranjada, gradual. Vejam, por exemplo, a libertação dos escravos. Primeiro veio a Lei do Ventre Livre, depois a do Sexagenário e finalmente a Lei Áurea. E houve quem defendesse que a libertação dos escravos não deveria ser instantânea, mas um processo que levasse ainda outros 12 anos, isso para dar tempo para os fazendeiros se organizarem (mas também preparar os libertos para ingressar na sociedade, dando-lhes educação e condições para isso).

Leo levantou as sobrancelhas, como um aluno que finalmente entendia a matéria.

— Querem um outro exemplo? Como que acabou a nossa última ditadura militar? O povo saiu às ruas com tochas e piquetes na mão, tomou a Bastilha e decapitou os responsáveis? Não! Houve um processo negociado, conduzido, gradativo, primeiro com eleição indireta para presidente, depois com a Constituinte de 88, para em seguida virem as eleições diretas. Até deram um nome para isso: redemocratização. E adivinhem quem estava lá, durante a Constituinte, disputando e decidindo como seria a nova forma de distribuição de poderes? Sim, *eles*.

— Os herdeiros de José Bonifácio e Gonçalves Ledo! — concluiu Leo, cujo celular continuava apitando, irritando os três. Decidiu finalmente desligá-lo.

— Como diriam *As Meninas* naquele clássico da MPB — disse Margarete, aliviando a tensão da narrativa — são as famosas "cadeias hereditárias" para garantir a "situação precária" e que "os de cima" continuassem subindo.

Otávio consultou o relógio: tinha que sair. Margarete entendeu e acelerou o discurso.

— Em suma, todas as mudanças no Brasil são adiadas, postergadas, proteladas, até serem inevitáveis. Daí elas são arranjadas para que os possíveis prejudicados (os privilegiados de sempre) possam se armar, reposicionar-se, reorganizar-se e pôr a salvo seus interesses. É por esse mesmo motivo que, no Brasil, a regra é que o vencedor sempre acabe anistiando os vencidos? Porque somos um povo cândido e cordato? Não! Porque todos sabem que novas mudanças virão, mais cedo ou mais tarde, e todos querem preservar o dever ético de não causar grandes danos uns aos outros.

Após um longo silêncio, a Iluminista deu um longo suspiro e olhou para um livro sobre a mesa.

— Mandem pintar um *Independência ou Morte!* dos dias de hoje e verão os descendentes daqueles mesmos homens, os do cavaleiro com trajes ordinários e os do cavalheiro de cartola e guarda-chuva. Seus herdeiros continuarão lá, escoltando o pessoal que estiver no alto da colina. Talvez eles estejam em lados invertidos, dependendo da conjuntura política do momento. Mas os dois lados estarão lá. Posso lhes garantir. Mas haverá alguém que continuará no mesmo lugar, 200 anos depois...

— ... o homem do carro de boi...

— Sim, no mesmo lugar à margem do quadro.

•

As aulas do período vespertino na **Escola Estadual Romão Puiggari**, no Brás, começam às 13h30. O professor Otávio deveria estar em sala de aula às 14h20, para a segunda aula.

Às 12h40, uma van de cor azul-escuro estacionou na Avenida Rangel Pestana e, dali, os dois homens dentro dela tinham uma visão privilegiada da belíssima fachada em estilo neoclássico, datada de 1898, com suas colunas sustentando a entrada do educandário.

Os homens tinham, impressas, algumas fotos do Professor Otávio Augusto Costa tiradas de suas redes sociais. Não tinham como errar.

•

— Mas eles são em quantos? — quis saber o professor — Eles se reúnem formalmente? Quer dizer, eles fazem... sei lá, participam de rituais, como naquele filme *De olhos bem fechados*, com o Tom Cruise?

Leo se divertiu imaginando o Senador Maurílio no meio de mulheres nuas usando máscaras.

— Ninguém sabe, ao certo, o número de membros dessas duas ordens. Talvez nem eles próprios saibam. Decerto alguns sequer saibam que fazem parte de um grupo organizado, com hierarquia e tal. Alguns talvez apenas obedeçam ordens e só, achando que estão trocando favores. Mas se sabe que cada ordem tem um "núcleo duro", vamos chamar assim, composto por grandes empresários, políticos e autoridades, pessoas com sobrenomes de peso. Coisa que passa de pai para filho... E a partir desses núcleos, partem várias ramificações que se esgueiram por tribunais, ministérios, comissões de licitação, diretorias de estatais... enfim, avançam em camadas e mais camadas concêntricas.

— Como se fossem escalões? — arriscou Leo.

— É difícil explicar, ainda mais para quem está de fora, como nós. Mas, sim, acho que podemos dizer que eles se distribuem, ou se organizam, em escalões, ou graus, sei lá.

Otávio lembrou do material que pesquisara sobre o Apostolado.

— Mas respondendo a sua pergunta, professor Otávio, eles não se reúnem em encontros formais, como vemos o G8 fazer, ou como no Fórum Econômico Mundial, com *workshops* e foto oficial no final. Acho que está mais para os encontros dos banqueiros no *Axiomas de Zurique*. Ou festas de casamento. Melhor até. Acho que os encontros deles são tipo aquelas reuniões para formação de cartéis.

Otávio deixou cair o celular.

— Calma, professor — riu Margarete. — Os cartéis a que eu me refiro são aquelas reuniões às escondidas entre empresários concorrentes, para combinar preços ou para repartir o mercado entre si.

— Ufa! Estava com medo que a matéria do Leo tivesse me colocado na mira de um cartel a la Pablo Escobar.

Margarete achou engraçado. Leo e Otávio, porém, riam de nervosos.

— Vocês querem ver uma disputa que certamente está sendo travada, neste momento, entre essas duas irmandades?

Os amigos se ajeitaram em suas poltronas.

— O agronegócio brasileiro é o carro-chefe da nossa economia, não é mesmo? É, coincidência ou não, como acontecia nos tempos dos grandes barões do café.

Eles acompanhavam a explicação sem piscar.

— Só que hoje em dia, diferentemente da época do Império, existem mais forças envolvidas. Afinal, o mundo está muito mais complexo. Hoje existe um cabo de guerra entre os produtores rurais, governo e ambientalistas do mundo inteiro, em que os produtores buscam sempre uma maior flexibilização da legislação ambiental para poder expandir seus negócios. Tirando os prós e os contras, somos obrigados a reconhecer que a fórmula do agronegócio atual é um sucesso, não é verdade? Só que se colocarem um novo elemento nessa equação, introduzido uma nova cultura para disputar espaço com as de soja, de milho, de fumo ou de cana de açúcar... como a plantação do cânhamo, por exemplo, que está sendo discutida hoje no Congresso... isso pode gerar uma desestabilização no atual sistema, onde tem gente ganhando dinheiro a rodo, ou melhor, a rastelo. Além da disputa por espaço nas áreas cultiváveis, se essa cultura do cânhamo for aprovada e acabar deslanchando, isso certamente influenciará no preço do frete, no mercado de defensivos agrícolas, gerará novos gargalos na infraestrutura etc.

— Mas isso não seria bom para o país?

— Sim, para o país sim. Mas é mexer em time que está ganhando. Vocês devem ter percebido — continuou Margarete — que o assunto cânhamo está aparecendo cada vez nas pautas de discussões na mídia, com gente dos dois lados defendendo fervorosamente seus pontos de vista. E tem gente graúda por trás dessa discussão, dando o tom da conversa, não raro a desvirtuando intencionalmente. E uma multidão de "idiotas uteis", como eles próprios gostam de chamar, replicando as opiniões nos botequins e nas redes sociais. O que vocês acham que é isso? São as duas facções tentando manobrar a opinião pública, para adequá-la aos seus interesses.

— É a velha história de quem está fora quer entrar e quem está dentro não quer sair.

— "... e o motivo todo mundo já conhece..." — Margarete cantarolou — E percebam que isso já aconteceu em outros momentos da nossa história, como quando substituímos nossa malha ferroviária pelas rodovias. Era gente graúda, coronéis com sobrenomes de peso, querendo virar a mesa e derrubar outra gente graúda de sobrenome de peso, e tomar seu lugar.

151

— Caraca, velho! — Leo não se aguentou — Mesmo que isso significasse ir contra os interesses do país!

Otávio roubou o exemplo de Lúcio, o namorado de sua ex-esposa:

— Com certeza o Brasil ter abandonado o projeto de álcool combustível, feito da de cana de açúcar, teve dedo dessa gente.

Margarete concordou com a cabeça.

— Mas não parece romântico demais, com tantos interesses políticos e econômicos envolvidos, essas duas fraternidades se preocuparem com personagens históricos praticamente esquecidos? O que vai mudar na nossa vida com o roubo da estátua do Regente Feijó, ou se a memória do José Bonifácio cair em desgraça?

— Símbolos, Leo. — respondeu Margarete, com seus olhos verdes — Nas guerras, as batalhas só são consideradas vencidas quando os soldados confiscam as flâmulas do inimigo. Quando vocês pensam no fim da Segunda Guerra, uma das imagens que lhes vêm à cabeça não é aquela fotografia da bandeira soviética sendo colocada por soldados no alto do *Reischtag*, com Berlim destruída ao fundo?

Os dois lembravam da foto.

— A onipresença e a onipotência de José Bonifácio na história do Brasil não representam apenas a vitória dos conservadores sobre os liberais. Representa a sobrepujança simbólica daqueles que acreditam num Estado forte, grande, oligarca, paternalista, intervencionista, com instituições seculares robustas, contra aqueles que defendem um Estado menor, descentralizado, com maior autonomia dos estados (leia-se, caciques locais), a livre concorrência no mercado, menos regulamentação (especialmente quando estão fora do poder), esse tipo de coisa.

— Aqueles que dizem que o certo é primeiro fazer o bolo crescer para depois dividi-lo, né?

— No fundo, esse discurso acaba sendo de ambos lados.

•

Da parede da sala, o galo à carimbos de Meyer Filho parecia querer carcarejar, mas foi interrompido pela indagação do jornalista.

— Mas, Margarete, voltando ao "nosso" mistério. De quem, afinal, é o túmulo misterioso de que fomos atrás?

— Vocês não têm, mesmo, nenhum palpite?

— Bem... se fosse para eu dizer um nome, eu chutaria o de Joaquim Gonçalves Ledo... — propôs Otávio, finalmente externalizando uma suspeita.

— Correto! — a Iluminista confirmou — Os correligionários de Ledo nunca se conformaram com o fato de que sua liderança no processo de emancipação, tão ou mais importante do que a de José Bonifácio, tenha sido apagada, riscada da história, a mando dos Andradas. Estes conseguiram, com muito êxito, concentrar na figura de José Bonifácio tudo que é de bom, nobre e erudito na invenção do Brasil.

— Pior é que verdade — acrescentou Otávio — Os livros escolares atribuem quase que exclusivamente a Bonifácio a origem das ideias de abolição da escravatura, de reforma agrária, da criação de escolas técnicas e até mesmo a transferência da capital para a região central do Brasil... enfim, dizem que ele seria um homem muito à frente do seu tempo, que só não fez mais pelo Brasil porque o Brasil não estava preparado para ele.

— Pois é. E os irmãos maçons de Ledo, que nunca mais voltou a ter o mesmo prestígio depois da Bonifácio (apesar de ter sido absolvido) e que logo abandonaria a vida pública, decidiram fazer aquela lápide em homenagem ao *"Invisibilia Faber"*.

— O "Artífice Invisível" da Independência do Brasil — disse Leo, enquanto se espreguiçava.

— E esse túmulo secreto de Ledo foi descoberto nos anos 1880 e vem sendo vigiado, há várias décadas, pelos herdeiros de José Bonifácio, para evitar que uma espécie de profecia aconteça.

Otávio e Leo prenderam a respiração.

Margarete fez um ar de suspense, levantando-se.

— Um pouco antes de morrer, já afastado da vida pública e recluso em sua fazenda, Ledo teria escrito vários registros, além de uma autobiografia, dando sua versão sobre os fatos ocorridos naquele período turbulento, dando os devidos nomes aos bois. Seria um precioso registro, em primeira pessoa. Tinha até um nome: "Memórias políticas da Independência".

— Começou lá isso, é? — deixou escapar Leo, não sabendo Margarete nem Otávio se ele se referia aos colarinhos brancos que escrevem livros na prisão ou à tradição dos políticos brasileiros, em tempos de pós-verdade, em dar sua própria versão, trazendo uma narrativa alternativa às maracutaias que envolvem suas biografias.

A Iluminista continuou:

— Dizem, também, que ele estaria escrevendo um romance chamado "O Órfão", que não chegou a terminar. Acontece que, desiludido com tudo e com todos, Ledo acabou decidindo atear fogo sobre toda sua produção literária e em outros documentos que guardava consigo, reduzindo tudo a cinzas, para que seu nome fosse definitivamente esquecido, apagado. Porém, diz a lenda que alguns desses documentos foram escondidos da ira (e da pira) de Ledo, que morreu logo depois.

— Cacete! Deve ser um material explosivo! — Leo esfregava as mãos.

— Pra dizer o mínimo! — concordou Margarete — Se esse material for encontrado e revelado, isso obrigará os historiadores a reescreverem a história da fundação do Brasil com base nessa "nova prova", obrigando-os a rever a versão criada e consolidada pelos adoradores de José Bonifácio.

— Quer dizer que foi por esse motivo que estávamos sendo acompanhados de perto na viagem a Itaboraí? Porque suspeitavam que estávamos atrás desses documentos perdidos?

— Pelo mesmo motivo que, provavelmente, vocês vêm sendo monitorados desde lá. Minha preocupação é que essa matéria do Leo possa ter despertado os ânimos das duas ordens cedo demais e que, com isso, acabemos perdendo o controle da situação.

— Mas que situação? O que você pretende, na verdade? — perguntou Leo.

— O que acontecerá se José Bonifácio for desmascarado? — emendou Otávio.

— Quem disse que eu quero desmascará-lo? — ela respondeu.

— Você não quer?! — os dois amigos perguntaram juntos.

Ela riu.

— Primeiro eu quero pôr as mãos nesses documentos desaparecidos de Gonçalves Ledo. E, depois, fazer com que os dois grupos se confrontem abertamente, de uma vez por todas, e se aniquilem...

— E que, assim, o sistema seja resetado.

•

Otávio estava no limite de sua hora. Tinha que ir embora. Na saída do museu, enquanto Margarete segurava a porta do carro de aplicativo se despedindo dos dois, Leo quis fazer:

— Uma última pergunta: a Iluminista está sozinha neste plano?

Ela suspirou.

— Não, posso dizer que somos uma legião... uma legião invisível.

— E de que lado vocês estão?

— Estamos do lado do homem do carro de boi.

Ela deu um último sorriso e arrematou:

— Na verdade, *nós* estamos do lado do homem do carro de boi.

•

De dentro da van, na Av. Rangel Pestana, os dois homens viram Otávio deixar o carro de aplicativo que o trouxera do Museu. O plano era simples. Jogo rápido. Chegar, abordá-lo e convidá-lo para "dar uma voltinha".

Desceram, então, do veículo. Àquela hora, a rua já não estava mais tão movimentada, afinal, o pico do fluxo de estudantes havia sido maior antes do começo da aula. Sacaram, cada qual, sua arma e a colocaram junto ao corpo, para não serem notados pelos transeuntes.

Tato digitava alguma coisa no celular. Estava a alguns metros e instantes de ser abordado pelos comparsas. Até que outros dois homens chegaram antes.

— Professor Otávio Costa?

— Pois não? — ele levantou os olhos.

— Somos da Polícia Federal. Gostaríamos de falar com o senhor.

Os homens da van deram meia volta e se distanciaram enquanto o trio entrava na escola, com Otávio indo na frente e os dois policiais, de colete, o escoltando escada acima.

•

O policial, aparentemente o de maior hierarquia entre os dois, pediu licença para a Diretora da Escola para que pudessem conversar com o professor em alguma sala de aula vazia.

— Devo chamar um advogado? — Otávio perguntou por perguntar ao policial, afinal não teria nenhum advogado para chamar. O único que tinha em seus contatos era a advogada de Marília, que o depenara no divórcio.

A Diretora os deixou a sós, afiançando ao professor que estaria em sua sala, acaso ele precisasse de alguma coisa.

Quando então se sentaram, Leo na primeira carteira da sala, um dos policiais na própria mesa do professor, enquanto o segundo puxou a cadeira e se sentou com o encosto virado para frente, o da mesa inquiriu:

— Que palhaçada é essa, professor? Quer colocar fogo no país?

— Desculpe, policial, do que o senhor está falando?

O policial sacou do bolso do colete uma folha com a matéria de Leo impressa e, pela primeira vez, Otávio teve a oportunidade de lê-la.

— Policial — ele começou a explicar — na verdade isso está mais para trolagem do meu amigo, o jornalista que assina a matéria, do que uma tentativa minha de me meter nas investigações da polícia. Na verdade, nós moramos juntos... quer dizer... dividimos o apartamento, e estávamos discutindo e inventando possíveis soluções malucas para esses dois crimes, até que eu me liguei que "PEF" poderia ser "Padre Feijó".

— Mas e esse negócio de que existem dois grupos rivais? Isso também é invenção sua? De onde você tirou isso?

Otávio até pensou em comentar sobre o *Independência ou Morte!* e seus personagens ocultos e teorias malucas, mas sentiu que os policiais não estavam com muita paciência. Tinha, porém, que inventar alguma resposta minimamente convincente.

— Dias desses, policial... — estalou os dedos.

— O senhor pode me chamar de Agente Alexandre.

— Dias desses, Agente Alexandre, eu e meus alunos estávamos discutindo em sala de aula um possível motivo para alguém querer derrubar a estátua do Regente Feijó, para tentar descobrir se o que levou as pessoas a roubarem a sua estátua poderia ser uma tentativa de revisionismo histórico.

— Isso tá bem na moda, Alexandre — o policial com os braços cruzados sobre o encosto, até então calado, comentou com o colega – A turma anda pichando monumentos, metendo fogo, derrubando placas etc. Está dando uma trabalheira danada lá nas gringas. Estamos monitorando o pessoal por aqui.

— E daí? A que conclusão vocês chegaram? — o primeiro voltou para o professor.

— Na verdade, concluímos que não haveria motivo para algum grupo minoritário querer hostilizar a memória do Regente Feijó. Mas ontem à noite, eu estava preparando um material — mentiu — a ser lido aos alunos sobre o Regente, até para aproveitar esse debate todo e entrar no assunto democracia, quando me deparei com a informação, até então escondida entre os compartimentos de História, de que Feijó era inimigo político de José Bonifácio. O que seria estranho cogitar, afinal, enquanto um era figura importante no Primeiro Império, o outro teve seu auge no Período Regencial...

— Beleza, professor — o agente quis acelerar a explicação — Mas de onde surgiu a ideia dos grupos rivais?

Otávio encarou o policial:

— O senhor não é de São Paulo, né?

— Sou do Sul, por quê?

— É porque quem é de fora daqui não costuma entender a forma como os paulistas lidam com a brasilidade. Quando Osvald de Andrade cunhou a expressão "Paulicéia Desvairada", em 1922, acho que ele devia estar querendo traduzir um sentimento de "paranoia da paulistada". Nós nunca nos conformamos com essa dinâmica macabra de sermos a locomotiva do Brasil, enquanto todo o poder fica, ou ficava, concentrado no Rio.

— Puta que o pariu! Só não vem com a porra do "é bolacha, não é biscoito" — o segundo policial também estava perdendo a paciência.

— E os rivais, professor? E os grupos rivais? — insistiu o Agente Alexandre, irritado.

— Vamos lá! O paulista Feijó participou da Revolução Liberal de 1842. Ele, junto com Tobias de Aguiar, era um dos líderes do movimento que lutava contra a decisão do carioca D. Pedro II de anular, a pedido dos conservadores, uma eleição em que foi formada uma maioria liberal. Essas eleições ficaram conhecidas como "Eleição do Cacete".

O segundo policial, aquele ainda sem nome, não conseguiu segurar o riso.

— Parece piada, né? — continuou o professor — Mas essa revolução, que também teve um foco em Minas, acabou sendo aniquilada pelo Duque de Caxias, que na época ainda era Barão, a mando do Governo Imperial.

— Quer dizer que, desde lá, os revoltosos liberais vêm se estranhando com os conservadores vitoriosos? — o segundo policial resumiu.

— Antes mesmo de lá, policial! — Otávio reconheceu que já falara demais.

O Agente Alexandre se levantou e apontou o dedo para o rosto de Otávio:

— Professor, vamos direto ao que interessa: onde estão os manuscritos do Ledo?

Ele engoliu em seco.

— Eu não faço ideia do que o senhor está falando, senh...

O sinal da escola bateu.

O agente sacou a arma, chutou a carteira para longe e puxou Otávio pelo colarinho.

— Cadê a merda dos manuscritos?!

O segundo policial segurou o braço do primeiro, num abafado "deixa disso".

— Eu não sei de nenhum manuscrito — Otávio gritou.

A Diretora então abriu a porta, fazendo o policial largar o professor e esconder a arma.

— Nós voltaremos, professor. Nós voltaremos. — afastou-se, gritando.

Otávio estranhou a própria tranquilidade. Fosse em outros tempos, estaria tremendo dos pés à cabeça. Agora, contudo, sentia-se bem. Por alguma razão, sabia que estava a salvo de qualquer risco, pelo menos por enquanto, afinal, ele (não) tinha algo que o polícia estava atrás. Calma lá! A polícia?

— E até lá, professor, melhor não dar entrevistas. — os dois policiais iam deixando a sala, escoltados pela Diretora.

Otávio deu um beijinho no ombro. Sentia-se valentão.

Naquela hora, porém, tinha que encarar uma turma de adolescentes e fazê-los aprender sobre Grécia Antiga.

•

— [...] Pois é. Daí a polícia chegou na hora, antes da gente. [...] A Federal [...] Não sei quanto tempo. Uma meia hora, 40 minutos talvez [...] Não. Logo que os policiais saíram, nós decidimos ir embora. [...] Sozinhos. Não levaram ele junto. [...] Não, estavam com um carro normal, provavelmente de placa fria. [...] Beleza. Daí vocês me passam o endereço? [...] Ok. Daremos um jeito.

•

É incrível como, durante as aulas, todos os problemas do mundo exterior simplesmente desaparecem: enquanto explicava aos alunos sobre a transição do Período Clássico, com a rivalidade entre Atenas e Esparta, para o Helenístico, quando a Grécia foi domina pelos macedônios, policiais federal, José Bonifácio, Gonçalves Ledo e a Iluminista ficavam do lado de fora.

Era delicioso ter que se desdobrar para responder à pergunta sobre em que momento o filme *300 de Esparta* se encaixa dentro da história da Grécia Antiga, e poder esquecer, ao menos por alguns instantes, que o Agente Alexandre prometera voltar para pegar os manuscritos desaparecidos de Gonçalves Ledo. Manuscritos de que ele ouvira falar pela primeira vez naquela mesma manhã.

— Na verdade, esse filme é baseado em uma *graphic novel* de um cara fodão chamado Frank Miller — demorou vários anos até Otávio entender que, para ser ouvido, ele deveria descer do pedestal e tentar falar com os alunos olhos nos olhos — Ele também fez *Sin City*, *Demolidor* e *The Dark Knight returns*, do Batman. Recomendo fortemente essas obras. Mas, voltando ao *300*, a famosa batalha entre Leônidas e Xerxes I se dá na Batalha de Termópilas, durante a Segunda Guerra Médica... e não, não era uma batalha entre anestesistas e ortopedistas.

Poucos riram da piada de tiozão.

Terminada a aula e esgotada a adrenalina no sangue, era hora de o professor encarar a realidade.

Seria prudente avisar a Iluminista daquela abordagem policial? Na verdade, tudo levava a crer que aquela não era uma diligência, ou investigação oficial da Polícia Federal. Mas se a polícia já estava no seu encalço, seu celular já deveria estar grampeado, sua casa vigiada, drones com sensor de calor voando nos arredores, equipes de atiradores de elite em cima dos prédios... Calma. Também não é para tanto. Será que deveria ir ao Museu Maçônico, buscar abrigo com o Dr. Salomar, amigo do Leo? Mas e se ele também estivesse envolvido? Será que deveria voltar para o Museu Paulista e falar pessoalmente com Margarete? A Iluminista saberia como orientá-lo e protegê-lo.

Sacou o celular do bolso. Desligou-o. Foi até um telefone público, do lado de fora da escola. Merda! Não tinha ficha, nem cartão, nem fazia mais ideia de como usar aquela geringonça. Voltou para dentro da escola e pediu o celular de um colega emprestado. Ligou para o Menega. Putz, Margarete tivera um compromisso externo e já tinha ido embora do Museu.

O estômago doía. O professor notou que não comera nada desde manhã cedo. Sentiu-se tonto no momento em que braço esquerdo começou a formigar. Começou a suar frio. Era só o que faltava: enfartar. Desmaiou.

•

Otávio planejara aproveitar os sete dias de atestado médico para descansar. O maior desafio seria convencer a mãe de que a crise de pânico que sofrera fora um evento isolado, que ele definitivamente não pretendia voltar a morar com os pais, de que ele estava bem e, sim, de que se precisasse de ajudar, ele ligaria para ela, fosse a hora que fosse.

Já a Leo coube garantir à mãe do amigo de que cuidaria dele, e que tentaria trabalhar de casa o máximo possível, para assegurar que o companheiro comeria as refeições pré-prontas feitas por ela e tomaria os remédios no horário certo.

Os dois amigos concordavam que seria conveniente alertar a Iluminista de que a Polícia Federal (ou alguém dentro dela) sabia dos documentos perdidos de Gonçalves Ledo e que estariam atrás deles. Dos documentos e de Otávio e Leo.

Certamente ela saberia e poderia instruí-los a como encontrar os manuscritos, mas, principalmente, poderia tratar de protegê-los do assédio das irmandades concorrentes.

Por motivo de saúde (Otávio ainda se sentia emocionalmente exausto), combinaram que apenas Leo iria naquela tarde ao Museu Paulista encontrá-la pessoalmente. Por precaução e na certeza de que seria seguido tão logo deixasse o apartamento, bolaram um plano para chegar ao destino sem ser percebido.

•

O jornalista vestiu uma jaqueta e um boné do Lakers e foi a pé do prédio até a Heitor Penteado, onde desceu na estação Vila Madalena, pegou a L2, foi até a Chácara Klabin, simulou uma baldeação e deixou a estação na Rua Vergueiro, tomando ali um táxi até o Hospital das Clínicas, embarcou no 4113-10 para descer na Av. Nazaré, dali indo a pé até o Museu do Ipiranga.

Em vão.

Como não tinha alertado Menega daquela expedição, foi barrado no portão pelo segurança, que exigia ou uma credencial ou a tal autorização por escrito do Secretário de Patrimônio. Insistiu. Quem sabe se o vigia desse um walk-talk para a Dr.ª Margarete.

— Impossível, moço. A dona Margarete não está mais no museu.
— Que horas ela volta?
— O senhor não está entendendo. Ela foi embora e não vai mais voltar.

A Iluminista desaparecera.

•

Embora não devesse, por expressa recomendação médica, Otávio estava forçando a memória — negava-se a recorrer ao Google todas as vezes para todas as perguntas cujas respostas não lhe ocorriam de pronto — para se lembrar do nome de um filme com Nicolas Cage que vira havia alguns anos, em que o protagonista que está atrás de um tesouro em determinado momento encontra uns óculos com várias lentes coloridas, um artefato feito por Benjamin Franklin (o professor, sem esforço, se lembrava do *founding father* inventor do para-raios estampado na nota de 100 dólares), através do qual era possível ler mensagens ocultas numa folha de papel (seria a Declaração de Independência?, não tinha certeza).

Ele pensava nisso enquanto — embora também não devesse, por expressa recomendação médica — lia na tela do computador a notícia de um site especializado em investimentos e negócios de que o mercado amanhecera em polvorosa depois que um renomado conselheiro financeiro do YouTube subira um vídeo durante a madrugada, apagado horas depois (oportunamente a tempo de a notícia se espalhar), falando que soubera, de fonte segura, que determinado banco digital estava passando por dificuldades financeiras e que iria entrar com um pedido de intervenção judicial nos próximos dias.

Não se falava noutra coisa no Twitter naquela manhã. *Trending topics*.

A correria dos correntistas da tal fintech, desesperados para transferir a tempo o dinheiro de suas contas por meio do aplicativo, fez o serviço virtual travar durante horas, reforçando os boatos de insolvência. Milhares de pessoas seriam prejudicadas, reforçando o argumento conservador de que os bancos reais, aqueles com agências, são mais seguros que esses de modinha, cartões coloridinhos.

Ironicamente, o professor pensou, os papéis de jornal virtual que lhe trouxeram fama instantânea havia alguns dias, hoje serviriam para embrulhar peixes virtuais.

A lenda do tesouro perdido! Ele finalmente lembrou o nome do filme.

Otávio agora tinha seus próprios óculos com lentes coloridas, e conseguia ler através da notícia: se aquela informação sobre a insolvência do banco fosse infundada, alguém certamente tinha o interesse de desestabilizar o mercado financeiro e/ou de prejudicar aquela instituição diretamente (e, indiretamente, todas as demais *fintechs*). Podia imaginar quem estava por trás disso, bem como quem estaria do outro lado das trincheiras.

Foi usando as mesmas lentes que o convalescente professor leu, dois dias depois, a matéria de um outro site de notícias de que a CVM estava investigando a prática de *spoofing* que teria levado à queda, no dia anterior, de inacreditáveis 72,4% no valor das ações de uma promissora empresa de energia verde, cujo capital vinha sendo negociado na bolsa havia seis meses. Segundo a reportagem, havia indícios da utilização de robôs *traders* que dispararam, ao longo de uma tarde, milhares de falsas ordens de venda das ações da empresa, empurrando artificialmente o valor das ações da empresa para baixo, fazendo seus ativos despencarem.

Tal empresa, um dos unicórnios brasileiros, recentemente tinha ganho destaque na mídia por conta da sua expansão no mercado de geração de energia eólica para a América Latina e África, e era símbolo da revolução da produção de energia renovável no país.

As investigações da CVM, dizia o site, buscavam identificar os responsáveis pela manobra que, inclusive, chegou a contaminar outras empresas do setor.

Noutro dia ainda, durante um pote de sucrilhos com leite, o professor acompanhou a repercussão de uma nota que saíra no *The Wall Street Journal* destacando uma denúncia feita por uma ONG brasileira diretamente na sede da Organização Internacional do Trabalho (OIT), em Genebra, da exploração de trabalho escravo infantil por fazendeiros produtores de laranja na região

Sudeste, gerando protestos no mundo inteiro. Os governos do Canadá, Estados Unidos, da União Europeia e do Reino Unido ameaçaram restringir as importações brasileiras até que providências concretas fossem tomadas pelas autoridades locais para coibir esse tipo de prática. Pressionados por movimentos de direitos humanos, a divisão europeia do Pepsi Co, uma das maiores empresas de bebidas do mundo, bem como as principais redes de supermercados e cadeias de lanchonetes da Europa, também resolveram cancelar a comercialização de laranja brasileira.

A nota do WSJ vinha acompanhada de uma foto chocante, em que pré-adolescentes apareciam sujos e mal vestidos, em condições sub-humanas, dentro de um alojamento mal iluminado. O governo brasileiro e os representantes dos produtores do setor defendiam que essa denúncia, assim como as imagens, era extemporânea, e se reuniam para tomar medidas para minimizar os impactos devastadores da matéria.

O professor conseguiu enxergar através das suas lentes mágicas que, muito possivelmente, aquela denúncia e mesmo a nota do jornal americano não passava de uma retaliação do grupo que sofrera os reveses na B3 dias antes.

O que, porém, Otávio não conseguia enxergar com bons olhos eram as fotos e as declarações de amor a Lúcio que Marília vinha postando nas redes sociais. Na verdade, o ciúme até vinha arrefecendo, mas a exposição da ex-mulher o incomodava porque acabava afetando os filhos e ele próprio, afinal sempre primara pela discrição e preservação da família. Mas, por incrível que pudesse parecer, sentia-se bem em ver Marília feliz e voltando a sorrir depois de tanto tempo.

Talvez aquele sentimento fosse resultado daquilo que Margarete começara a despertar nele (pelo menos até ele descobrir que ela era a Iluminista, quando passou a enxergá-la não mais como uma mulher, mas como uma instituição). Mas foi graças àquele sentimento platônico pela misteriosa cidadã do mundo que ele se percebeu, finalmente, aberto para novos relacionamentos.

E era exatamente isso que estava vivendo Leo, que levara Bianca para sair na noite da famigerada postagem sobre a falência do banco digital. Na verdade, ainda que a iniciativa do jantar tenha partido dele, fora ela quem o levara de carona. Foi uma noite divertidíssima de cinema seguido de sushi, em que ela volta e meia o lembrava do saudoso bigodinho blasé e dera opiniões contundentes sobre todos os assuntos que ele arriscara pôr na mesa. Já na porta do prédio, na volta pra casa, ele não tentou beijá-la (e enquanto ela dirigia para casa, aquele estranho sentimento de frustração foi dando lugar à sensação de que ela, finalmente, conhecera um cara diferente).

Com o devido acatamento e respeito, Criolo, mas existe sim amor em SP.

Os legatários de José Bonifácio e os pósteros de Gonçalves Ledo podiam até manipular ações nas bolsas de valores, destruir empresas ou fazer publicar matérias em jornais do outro lado do mundo, mas em algumas coisas eles eram incapazes de interferir.

•

Já havia passado quase duas semanas desde o episódio do desmaio de Otávio. Aos poucos, tudo ia voltando ao usual silêncio das buzinas, sirenes e escapamentos furados no trânsito defronte ao apartamento, como aqueles zumbidos pós-explosão que se vê nos filmes (o que, metaforicamente, foi o impacto daquela matéria de Leo na vida do pacato professor, alçando-o aos 15 minutos de fama de Andy Warhol). Agora já não era mais possível perceber os carros suspeitos estacionados dia e noite do outro lado da rua, nem mais se notava o eco nas ligações feitas por meio do telefone fixo. Tudo parecia voltar ao normal.

É verdade que os novos seguidores do "TEORIAS..." — aqueles que passaram a seguir ou se inscrever no canal graças à exposição de dias atrás — chegaram a fazer algum barulho sobre os (bons) conteúdos postados anteriormente, o que injetara uma dose de ânimo nos dois sócios da "nova *startup* de entretenimento", como Leo começou a zoar Tavinho.

Mas, agora, nas redes sociais as *hashtags* já eram outras. Era um #prayfor... algum lugar, um #somostodos... alguma coisa, e outras manifestações espontâneas a favor de pessoas ou causas até meio hora atrás irrelevantes. Felizmente, para a paz de Otávio, ninguém mais falava na conexão entre os crimes na Candelária e de Itu.

Uma ou outra nota sobre as investigações até saíam num jornal virtual ou noutro, mas sem o mesmo destaque na mídia, na grande ou na marrom, de dias atrás. A polícia — um exemplo de nota que saiu — mandara para a perícia a correspondência enviada ao tal motorista do caminhão do interior paulista, assinada por um tal de "Maistre".

Poucas pessoas, além da dupla, deviam saber que muito provavelmente a correspondência estava assinada por *uma* "tal de Maistre" e Otávio, numa rápida consulta na internet, logo propôs tratar-se de uma homenagem ao filósofo conservador francês chamado Joseph de Maistre, ardoroso defensor da monarquia hereditária. Conhecedor do método da Iluminista, tudo parecia muito claro para o professor: Margarete se ocultava atrás de um codinome que pudesse dar um indicador ideológico genérico de sua identidade e, a partir dele, de que lado da linha política o remetente estava (ou queria parecer estar); logo, se ela escolhera o codinome Maistre, ela queria que, acaso fosse descoberta, a polícia achasse que alguém com aquele perfil conservador específico contratara os serviços do motorista do caminhão, e dali iniciasse uma linha de investigação estéril.

Leo jurou, de pés juntos, não publicar nada a respeito desse raciocínio do amigo.

A polícia que se virasse dessa vez!

Do outro lado da tela, os *hackers* acompanhavam cada site acessado, cada pesquisa feita, cada expressão de busca digitada, cada e-mail trocado através dos dois computadores do apartamento quarto e sala. E passavam, quase em tempo real, um relatório aos contratantes. "Joseph de Maistre"; "contrarrevolucionário"; "ultramontanista"... Onde esses rapazes estão querendo chegar? O que irão aprontar?

Passados alguns dias, enquanto comiam uma lasanha de frango com azeitonas pretas deixada pronta pela mãe de Otávio, os dois amigos comentavam que já era hora de quebrar a calmaria e fazer uma visita para o Dr. Salomar. Talvez o rabugento Curador pudesse ajudá-los naquela encruzilhada em que se encontravam. Talvez ele soubesse de alguma relação, fora da internet, entre Maistre e a Maçonaria, ou entre Maistre e "Os manuscritos sumidos do Sumidouro". Este, por sinal, daria um ótimo título para a matéria do canal. Decidiram ir ao MRMP naquela mesma tarde.

●

O Delegado Rogério parou à porta da sala da Subdelegada Cíntia e começou a dedilhar no batente de madeira, esperando ser notado. Ela parou de digitar e olhou para ele, reconhecendo a característica cara de irritação, quando ele franzia o cenho e o cavanhaque branco se eriçava como um gato.

— Pois não, Delegado.

— Alguma novidade da perícia?

— Acabei de receber uma prévia por e-mail.

Ele entrou na sala e se sentou à frente dela.

A Dr.ª Cíntia então clicou sobre o arquivo e virou o monitor, permitindo ao colega acompanhar as conclusões parciais do perito, ainda não oficiais, sobre o envelope e a correspondência recebidas pelo motorista do caminhão.

— Este caso está me dando uma baita dor de cabeça. Estamos cheios de outros casos mais relevantes para tratar, mas parece que só este que importa! Já me ligaram desembargador, deputado... Até a Casa Civil está me cobrando uma solução.

O arquivo finalmente abriu.

As primeiras informações, de fato, não adiantavam muita coisa para identificar o remetente. Nenhuma impressão digital, nem qualquer outra característica que pudesse servir para iluminar um novo canto das investigações.

— Mas que merda! Outra pista que nos levou a bater com o nariz numa parede.

— Mas, Delegado, e aquela "dica" que o tal professor teria dado? Não vale a pena dar uma conferida?

O gato se eriçou de novo no queixo da autoridade.

— Eu não sei o que tenho mais medo: que sujeito esteja certo ou se vamos atrás e acabemos perdendo tempo atrás de outra pista falsa, o que nos ridicularizaria publicamente (novamente).

— Mas o senhor acha que pode fazer algum sentido o que ele disse?

— Duvido muito. Isso tem cheiro de historinha para boi dormir.

Enquanto ele falava, ela virou novamente o monitor e digitava como expressões de busca o nome de quem assinara a correspondência, "Maistre", e o de Feijó. E enquanto o delegado desabafava sobre o sensacionalismo que a mídia muitas vezes impregna em determinados casos e as dificuldades dessas intervenções midiáticas nas investigações, na tela do computador da Subdelegada surgiu, como primeiro resultado de busca, uma questão de vestibular do ano de 2012, que, de alguma forma, associava o nome do Regente ao de um certo Joseph de Maistre, citado num livro sobre o partido conservador imperial na primeira metade do século XIX, de Isabel de Oliveira.

— Desculpe interromper, Delegado, mas acho que podemos ter um começo de pista aqui.

Ela iria novamente virar o monitor, enquanto abria duas novas abas, mas desistiu. "Joseph de Maistre", na primeira. "Feijó partido conservador" na segunda.

O Dr. Koerich ficou acompanhando os olhos da Subdelegada indo de um lado para o outro, enquanto os dedos mexiam nervosos no mouse.

— Olha só: Joseph de Maistre é um dos cânones do conservadorismo francês. Pela data de nascimento dele, 1º de abril de 1753, ele pode ter sido um dos doutrinadores que influenciaram o Partido Conservador brasileiro, na primeira metade dos anos 1800... isso considerando o título do livro que caiu no vestibular. Claro que é cedo para concluir qualquer coisa... — pôs a língua de fora — ... deixa eu ver aqui... só que o Regente Feijó... deixa eu ver... deixa eu ver... ele foi um dos fundadores do Partido Progressista, que deu origem ao Partido Liberal...

O Delegado se levantou e foi até atrás da Dr.ª Cíntia, para ler a tela por cima de seus ombros.

— Com todo o respeito, Delegado, talvez a teoria do professor não seja assim tão história para boi dormir. Se traçarmos uma linha ideológica, a pessoa que está por trás do codinome "Maistre" pode ser considerada adversária do Padre Feijó.

Dr. Rogério agora estalava os dedos, pensativo.

— Vamos fazer o seguinte: daqui pra frente, você assumirá essa linha de investigação. Mas com o compromisso de não dar nenhum piu para a imprensa, tá ok? E também de me passar, diariamente, um relatório.

— Deixa comigo, chefe. — ela sorriu, sem tirar os olhos da tela, e mandou uma mensagem para o marido, avisando que chegaria tarde em casa.

Já no corredor do prédio da delegacia, o delegado de cavanhaque branco atendeu a um telefonema do Palácio dos Bandeirantes, onde o Secretário de Segurança Pública estava reunido com outros figurões do alto escalão.

•

Foi a primeira vez que Otávio pisava no Relicário, acompanhando Leo, praticamente já um assíduo frequentador do lugar. Jurou para si que, tão logo aquela correria se acalmasse, voltaria àquele belo local com mais tempo. Como tinha olhos treinados, conseguiu identificar em vários bustos, pinturas (originais ou réplicas) e fotografias de eventos maçônicos os *backstages* de várias passagens importantes da história do Brasil e de São Paulo, como as revoluções de 1923 e a de 1932, a Revolta da Armada, a Revolução Federalista, bem ainda a fundação do Partido Republicano em 1873 e a própria Proclamação da República, em 1889. Demoraram-se por alguns instantes na frente de um quadro com a figura do desaparecido Feijó. A imagem ladeava a do brigadeiro Rafael Tobias de Aguiar, governador da Província de São Paulo por dois períodos, um dos líderes da Revolução Liberal e que fora, segundo a placa explicativa, membro da Sociedade dos Patriarcas Invisíveis.

— "Sociedade dos Patriarcas Invisíveis"... — leu Leo em voz alta — Que baita nome para uma sociedade secreta!

Ainda parado na frente da imagem do Padre Regente, o professor Otávio lembrava das mais famosas antipatias palacianas, como a entre Bonifácio e Domitila de Castro, ou a entre Bonifácio e o próprio Feijó. Desfeito do transe, comentou:

— Eu lembro de já ter lido alguma coisa a respeito desses caras, os "Patriarcas Invisíveis". Acho até que a Margarete chegou a mencioná-los naquele dia, no Ipiranga. Se eu não me engano, os Patriarcas eram praticamente os mesmos sujeitos do Clube da Maioridade, a turma que queria antecipar a maioridade de D. Pedro II para tentar retomar o poder.

Ele deu um passo para trás, tentando achar a imagem de José Martiniano de Alencar (pai do famoso escritor, o apenas José) ou a de Teófilo Ottoni em algum quadro, que lembrava terem feito parte da tal sociedade secreta. Não os achou.

Eis que veio vindo através do corredor iluminado pela luz da tarde a figura do ex-desembargador, recém desperto da sesta e de bengala na mão.

— Boas tardes! — vinha, curiosa e estranhamente, bem humorado.

Leo apresentou o sócio do canal ao avô de Bianca. E como o professor fora previamente advertido de que o Curador não era de frivolidades, tentou ir direto ao assunto:

— Dr. Salomar, por acaso o senhor sabe dizer se aquela disputa entre os grupos de José Bonifácio e de Gonçalves Ledo acabou se estendendo, mesmo após a morte dos dois, pelo resto do século XIX e avançando pelo século XX?

O velho riu gostosamente.

— Especular se existem grupos rivais disputando o leme do Brasil é como querer discutir se existem discos voadores.

Os amigos não entenderam a metáfora. O Curador se explicou:

— Uns afirmam já terem visto, outros só sabem pelos livros... tem gente que jura que foi abduzida, enquanto há quem diga que isso não passa de coisa de maluco...

Os amigos sorriram amarelo. Ele continuou:

— Durante minha carreira como juiz e, depois, como desembargador, presenciei tantas jabuticabas jurídicas e legislativas para acomodar certos interesses que hoje posso afirmar, sem medo de errar, que quem duvida que existem forças terríveis conduzindo o Brasil é louco.

— Por acaso o senhor escolheu a expressão "forças terríveis" por algum motivo especial? — quis saber Otávio.

Ele riu novamente, sem dizer nada.

— O senhor não vai me dizer que...

Eles então chegavam no gabinete do Curador, onde o ex-desembargador foi até a estante e sacou um livro.

— Conheci pessoalmente o Dr. Jânio. Um homem fascinante, de uma inteligência ímpar. — disse enquanto abria o livro — Achei! *"Desejei um Brasil para os brasileiros, afrontando, nesse sonho, a corrupção, a mentira e a covardia que subordinam os interesses gerais aos apetites e às ambições de grupos ou de indivíduos, inclusive do exterior. Sinto-me, porém, esmagado. Forças terríveis levantam-se contra mim e me intrigam ou infamam, até com a desculpa de colaboração."*

— Tá de sacanagem! — Otávio ainda não se acostumara com o formalismo, praticamente uma liturgia, que era preciso para lidar com o Dr. Salomar — "Apetites e ambições de grupos e de indivíduos, inclusive do exterior"?!

— Parece que o Jânio Quadros teve contato com OVNIs! — Leo aproveitou a alegoria.

— E ele era maçom? — quis saber o professor.

Depois de tantos anos à frente do Relicário, Dr. Salomar já não dava mais bola para a necessidade das pessoas de saber se toda pessoa importante, rica ou poderosa, no Brasil ou no mundo, era maçom. Neste caso, porém, a resposta era afirmativa.

— Inclusive cheguei a conviver em loja com ele, já bem depois de ele ter renunciado à presidência.

— E ele contou o verdadeiro motivo pelo qual renunciou? — Otávio fez a pergunta de um milhão de dólares.

— Na verdade, o Dr. Jânio se recusava a falar desse assunto. E o pessoal respeitava a decisão.

— Mas ele contou mais detalhes sobre as tais "forças terríveis"?

— Eu lembro de estar em algumas rodas de conversa com ele e de vê-lo contar algumas passagens da presidência, das pressões que sofrera... mas não me recordo direito dos detalhes. Mesmo porque nós nunca sabíamos se ele estava falando sério ou se estava fazendo pilhéria.

Dr. Salomar continuou a folhear, a esmo, o livro donde sacara o famoso discurso de renúncia.

O impulsivo Leo não se aguentou:

— Doutor, por acaso o senhor conhece a Sr.ª Margarete, — percebeu que não sabia o sobrenome dela — a emissária da Unesco na reforma do Museu Paulista?

— O que tem ela? — o velho ergueu as sobrancelhas.

A abrupta e inesperada reação fez Leo perceber que acabara de se pôr numa enrascada: não sabia se revelava ou não que eles descobriram a verdadeira identidade da Iluminista. E se o Curador pertencesse a uma das duas seitas rivais, ou sei lá o quê? E se ele decidisse entregá-la?

— Nada especial — tentou desconversar — É que nós a entrevistamos há alguns dias e ela pareceu também conhecer bastante sobre a tal rivalidade, coisa e tal.

— Mas o que tem a Dr.ª Margarete? — o ex-desembargador insistiu, desconfiado.

Eles estavam encurralados.

— Por acaso o senhor tem, por aqui, uma imagem do quadro "Independência ou Morte", do Pedro Américo? Queremos lhe mostrar uma coisa que ela nos indicou.

Depois que o homem localizou um livro sobre o tema e o abriu sobre a escrivaninha, os dois amigos foram lhe explicando sobre os ícones secretos do quadro, como o cavaleiro com vestes ordinárias do lado esquerdo e o homem da cartola e guarda-chuvas do lado direito, repassando a teoria de que os dois representavam as duas ordens que disputavam o mérito daquele festejado evento.

O ex-desembargador, na verdade, desconhecia a existência do "Código de Pedro Américo" e não sabia responder, de pronto, se o autor da obra era maçom ou se pertencia a alguma outra sociedade secreta. Teria que consultar alguns arquivos, pesquisar em alguns livros, talvez fazer algumas ligações. Mas como para ele, desde sempre, nenhuma pergunta ficava sem resposta:

— Na verdade, tanto quanto acontecia desde aquela época, não se tratava de dois grupos absolutamente distintos, separados. Tanto que tinham vários maçons que eram do Apostolado de Bonifácio, como tinha uma penca de camaradas dentro do Grande Oriente. Por isso não é correto sugerir que, hoje em dia, tenhamos de um lado os maçons e, do outro, o "resto do mundo". Se há uma rivalidade entre dois grupos, posso lhes afirmar que ela está acima da Maçonaria. Melhor dizendo, passa ao largo da Maçonaria. Assim como ela também está alheia a várias outras circunstâncias e instâncias.

— Como assim? — os amigos não entenderam a última frase.

O Curador, que ainda segurava a lupa que usara para olhar detalhadamente o quadro de Pedro Américo reproduzido no livro, aproveitou o instrumento de lentes para explicar o que estava tentando dizer:

— Enquanto visto de perto, seriam duas corporações se digladiando ideologicamente; mas se olharmos sob uma perspectiva mais afastada — foi afastando a lupa — o que veríamos são dois grupos disputando, palmo a palmo, apenas a ponta da pirâmide econômica do país, ainda que muitas das suas manobras ou decisões façam estremecer até as bases da estrutura.

— Foi mais ou menos isso o que a Margarete nos disse — Leo cutucou Otávio.

— Vocês diziam que ela é emissária da Unesco... — o Curador perguntou, servindo-se com uma xícara de café.

Mas que velho teimoso!, pensou Otávio.

— Sim — respondeu Leo, também frustrado com a tentativa inócua de mudar de assunto — Mas esqueça a Margarete, Dr. Salomar, pelo menos por enquanto. Quer dizer, ela tem muito conhecimento e tem nos ajudado bastante nas investigações, mas ela não soube nos dizer sobre uns manuscritos perdidos de Gonçalves Ledo...

— Vocês sabem dos manuscritos de Ledo? — surpreendeu-se Dr. Salomar.

— Assim como também sabemos que o túmulo misterioso era o dele.

O velho deu um murro na mesa.

— Eu sabia! Só poderia ser dele! — ele gargalhava, nervoso — 9 de setembro de 1822, um evento histórico desenhado por um homem esquecido, desconhecido pelo povo. O obreiro oculto, o artífice invisível!

Os dois olhavam para o senhor de cabelos brancos, como quem olhasse uma criança curtindo um presente recém-aberto. Quando se percebeu na cena, Dr. Salomar voltou a si:

— ... quer dizer, obviamente Ledo não planejou tudo sozinho, nem fez tudo sozinho. Outros notáveis patriotas também contribuíram para a Independência construída dentro do Grande Oriente, como eram José Clemente, Januário Barbosa e Pereira da Nóbrega, dentre outros, também acusados de conspiradores por José Bonifácio, que os perseguiu e os chamou de "terríveis monstros desorganizadores".

Deu um longo suspiro.

— Cada um desses que citei, isoladamente, poderia ser tratado por um "artífice invisível", eclipsados pelo ego de José Bonifácio e por seus idólatras.

— E o que o senhor sabe sobre os manuscritos, Dr. Salomar? — Leo quebrou o clima, mais preocupado com o furo de reportagem (talvez por instinto jornalístico) do que com aquela aula particular dada por uma das maiores autoridades sobre o assunto.

O Curador se endireitou.

— Não sei até onde vocês sabem, rapazes. Dizem que o velho Ledo, desgostoso com a vida, anunciou que atearia fogo em documentos únicos que ele dispunha sobre o processo de independência, preservados mesmo após sua fuga para Buenos Aires. Parece que familiares conseguiram salvar alguns desses documentos e que o que se salvou acabou sendo vendido por um sobrinho-neto de Ledo, um tal de Alexandrino, a um historiador cujo nome não se sabe ao certo, entre 1915 e 16, e de lá pra cá ninguém tem nenhuma pista concreta do paradeiro desses manuscritos. Especula-se o nome de Tobias Barreto, um banqueiro e historiador, como o do tal comprador.

Ele se levantou, procurou alguma coisa na estante, mas logo desistiu.

— Eu tenho, em algum lugar, um livro dele que fala sobre a Independência. Esperava-se que os tais manuscritos viessem à tona, por meio dele, em 1922, na época do centenário. Mas nada disso aconteceu.

— Talvez "forças terríveis" o tenham impedido.

— Bem provável — concordou o Curador.

Durante a volta para casa, a rádio do carro de aplicativo tocava Gilberto Gil, cantarolada pelo motorista enquanto aguardava o semáforo ficar verde. "A novidade veio dar à praia / Na qualidade rara de sereia...".

Sentado no banco da frente, Otávio olhou para trás e comentou com o amigo:

— Você já parou para pensar que o Brasil pode ser a tal sereia da praia — fazendo menção à música — que tem de um lado o rabo de baleia disputado pelo povo esfomeado, enquanto o outro, o busto da deusa maia, tem os lábios disputados pelas tais *irmandades* de Ledo e Bonifácio?

O jornalista fez que concordou esticando as sobrancelhas durante o "Ó, mundo tão desigual / Tudo é tão desigual...". Na verdade, estava pensando em Bianca.

•

O trabalho da Dr.ª Cíntia avançou a madrugada, tendo ela lido quase tudo que apareceu na tela do computador até os olhos começarem a arder, sobre o posicionamento político do Regente Diogo Feijó. À medida que lia, especulava os possíveis e imagináveis motivos pelos quais alguém que se utiliza do codinome de um ícone do conservadorismo pudesse querer vilipendiar a imagem de um padre liberal.

Xícara atrás de xícara de café, ela foi anotando à mão num bloco de rascunho (na verdade, versos de BOs irresolvidos) algumas premissas que poderiam ser úteis para confirmar sua tese:

> - O ato adicional de 1834, que criou as Assembleias Legislativas nas províncias; reduziu o Poder Moderador de intervir nas decisões políticas nos estados e províncias;
>
> - Feijó era inimigo político dos Andradas (*confirmar se estes eram conservadores)

- Feijó participou da Revolução Liberal de 1842, contra um ministério conservador;

- o ataque pode não ter sido contra a figura de Feijó, mas contra o pensamento liberal?

Deixou duas ou três anotações em post-its coladas na tela do computador para o dia seguinte. Espreguiçou-se e suspirou ao apagar a luz da sala.

— Por onde eu começo a investigar sobre alguém que viveu há 200 anos?

•

O plenário da Câmara dos Deputados estava vazio naquela manhã de quinta-feira, praticamente final de semana em Brasília. Na tribuna, um deputado discursava inflamado, não para seus correligionários, mas única e exclusivamente para depois utilizar as imagens geradas pela TV Câmara em suas redes sociais:

— Não se enganem: a maconha é, e sempre foi, a porta de entrada para drogas mais pesadas. Tudo começa com um baseado inocente, para relaxar, e sempre termina com um craqueiro vidrado te queimando por uma pedra. Devemos extirpar esse mal pela raiz! Eu lhes afirmo: esse projeto de lei não passará! Nem por cima do meu cadáver, vocês estão entendendo?

Fazia caras e bocas e pausas ensaiadas.

— Que não venham com esse argumento chinfrim de que a legalização das drogas esvaziará o poder dos traficantes...

— Pela ordem, Deputado. — um colega interrompeu, lá de baixo — O projeto a que Vossa Excelência se refere não é para legalização das drogas, mas para regulamentar o uso industrial da planta...

— Uso industrial o escambau! — o da tribuna rechaçou — Todos nós sabemos onde vocês querem chegar. Primeiro é o uso industrial, depois o medicinal, depois o recreativo e logo a maconha será oferecida na merenda escolar. Esse projeto não passará! Eu repito: não passará! A sociedade precisa se unir para evitar esse atentado contra a família brasileira, esse crime contra os costumes e contra a religião...

•

Três dias havia se passado desde que fora incumbida de investigar, sob sigilo, aquela linha investigativa improvável proposta pela matéria publicada por Leo, enquanto o restante da equipe seguia as linhas ortodoxas.

— Bom dia, *boss*. Pode falar um minutinho?

Dr. Rogério largou o celular e convidou a subdelegada Cíntia a se sentar.

— Acho que tivemos progresso.

Ele se ajeitou na cadeira.

— O tal Maistre foi um pensador considerado contrarrevolucionário, contrário aos ideais da Revolução Francesa. A partir daí, busquei outros nomes de filósofos conservadores clássicos. Meu raciocínio foi o seguinte: se a pessoa usou o nome de Maistre como codinome, eventuais comparsas poderiam usar o de outros pensadores da mesma cepa ideológica. Está aqui a lista.

Depositou sobre a mesa do delegado uma lista com os nomes "Burke", "Bonald", "Donoso Cortés".

O Delegado ainda não estava convencido. Para ele, isso ainda era conversa de acadêmico metido a detetive, ou vice-versa.

Ela continuou:

— Daí eu fiz uma segunda lista, agora com o dos possíveis adversários ideológicos desses contrarrevolucionários.

E depositou sobre a primeira folha uma segunda. "Voltaire", "Locke", "Rousseau", "Diderot", "Spinoza", dentre outros.

Corta a cena.

Apartamento dos donos do "TEORIAS DA CONSTIPAÇÃO".

O odorizador de ambiente automático borrifou um perfume enjoativo de lavanda na sala. Era a estratégia adotada pelos amigos de tentar combater o cheiro de dois homens compartilhando um apartamento de quarto e sala.

No mural feito e refeito várias vezes, estava pregada a velha anotação feita por Otávio havia várias semanas.

ILUMINISMO

- Século XVIII, Europa (especialmente na França)

- LUZ (ciência e razão) x TREVAS do mundo (Igreja, governos absolutistas, superstição)

- Principais ideais: liberdade de pensamento; liberdade de expressão; igualdade entre os homens; fim dos privilégios para os reis, nobres e clero; liberalismo econômico

[...]

- Iluministas mais conhecidos: John Locke, Adam Smith, Montesquieu, Voltaire, Diderot e Rousseau.

Corta a cena.

A Subdelegada Cíntia estava esquentando.

— Para verificar se o incidente na Candelária poderia ter sido uma retaliação, eu liguei para o Rio de Janeiro e perguntei para o pessoal de lá se, em algum momento, esses nomes da segunda lista apareceram durante as investigações. Eles me responderam que não. Ou seja, a princípio não teria conexão entre os dois atentados. Afinal, se alguém tivesse assinado lá, por exemplo, "Voltaire" numa carta mandada a alguém ou deixada em algum lugar, não haveria mais dúvida.

— Deus te ouça! — o Delegado não disfarçava a resistência àquela teoria maluca.

— Calma, Dr. Rogério. Daí então eu pedi para o pessoal da Cibernéticos uma ajuda e olha só o que eles encontraram.

Quando ela ia colocando, folha por folha, algumas conversas impressas sobre a pilha que já se formava sobre a mesa, o Delegado não se conteve:

— Desembucha, doutora!

Ela retomou a pilha nas mãos.

— Então... o pessoal da Cibernéticos fez um rastreamento em alguns fóruns na *dark web* e encontrou duas conversas, numa em que um tal de "Burke" contratava um serviço de escolta armada e, noutra, o mesmo "Burke" questionando onde poderia guardar uma obra de arte roubada de maneira segura. Detalhe: Edmund Burke é um dos nomes que separei naquela lista de filósofos ultraconservadores, assim como Maistre. Ou seja, tudo indica que estamos diante de uma associação criminosa que se esconde atrás de codinomes de filósofos conservadores.

O gato branco do cavanhaque do Dr. Rogério Koerich finalmente se amansou.

— E agora? Quais os próximos passos?

— Estamos cruzando informações para localizar os contratados e descobrir onde a estátua foi guardada.

Ele se recostou na poltrona e alisou o gato, pensativo.

•

— Isso, Secretário. Burke! B-U-R-K-E. Burke. É de Edmund Burke. O cara era um filósofo conservador, assim como o Maistre. Alguém usou esse codinome para contratar um pessoal no submundo, muito provavelmente vinculado ao crime, assim como alguém usou o Maistre para contratar o sujeito do caminhão.

— E agora? O que vocês irão fazer?

O Delegado Koerich se sentia desconfortável em revelar os próximos passos da investigação, ainda mais quando ele mesmo exigia sigilo de seus próprios subalternos. Mesmo que fosse para o Secretário de Segurança Pública.

— A ideia é tentar encontrar esses caras e depois ir atrás de quem os contratou.

— Quer dizer, então, que aquela história de ligação com o crime do Rio pode ter um fundo de verdade?

— Na verdade, ainda não sabemos, Secretário. O que descobrimos até agora não vincula ao crime da Candelária. Se muito, seria um movimento assinado por conservadores, ou ultraconservadores. Quer dizer, não publicamente assinado. Mas, de toda a forma, só conseguimos identificar relação dos conservadores com o sumiço da estátua do Feijó.

— Chegaram a falar com a polícia do Rio?

— Sim, falamos. Mas não acharam nada ligado à lista de nomes que apresentamos a eles.

— Lista de nomes?

— Sim, Secretário. A de filósofos revolucionários e de contrarrevolucionários...

— Que maluquice é essa?

— Nem me fale, Secretário, nem me fale... De toda a forma — suspirou, começando a ficar sem paciência — não reconheceram nenhum dos nomes que passamos para eles.

— Ok. Qualquer novidade, não hesite em me ligar.

— Pode deixar. Mas, Secretário...

— Pois não?

— Peço, humildemente, que não comente com ninguém essas informações que lhe passei. Pelo menos por enquanto.

— Ok.

●

Na boca da noite daquele mesmo dia, alguns homens de Piaget, IWC, A. Lange & Söhne, Jaeger-LeCoultre ou do óbvio Rolex em pulso estavam esparramados ao redor da mesa no espaço gourmet de uma das casas do Lago Paranoá, que nos anos 1990 servira de embaixada para um país do Sudeste Europeu, hoje extinto, e que ora servia de residência de um dos membros do núcleo duro da banda nascida a partir de Ledo, Januário da Cunha e companhia limitada. "Casa" é modo de dizer: 30 mil metros quadrados de área verde e dois mil de área construída. Doze suítes, 18 banheiros, estacionamento para 20 carros, piscina aquecida, jacuzzi, quadra de tênis, campo de futebol e rampa para embarcação com uma vista privilegiada da Ponte das Garças.

Sobre a mesa eram servidas, como entrada, lascas de bottargas trazidas de Itajaí pelo *chef* Deco Ebehard, responsável pelo jantar e vindo diretamente do litoral catarinense para a ocasião. A especiaria, o "caviar brasileiro" feito com ovas de tainha desidratadas, costumava ser dada de presente pelo Governo Barriga-Verde às autoridades estrangeiras em visita ao estado, como quando o Príncipe da Suécia esteve prestigiando a etapa brasileira da Volvo Ocean Race (VOR). Aliás, uma delegação composta por vários daqueles homens que estavam ali fumando Cohibas às margens do Lago Sul de Brasília esteve em Santa Catarina quando o circo da VOR foi armado em 2015, tendo o privilégio de dar uma voltinha exclusiva no barco de competição da Team SCA.

Um dos pratos que seriam servidos na noite era o primeiro dos primeiros esboços que viriam do edital do Leilão 5G, que começava a ser rascunhado por uma equipe técnica no Ministério das Comunicações, e cujos interesses envolvidos eram de dimensões mundiais. Era fundamental ter uma mão oculta psicografando determinados trechos do texto, assim como também seria essencial para o decreto, já em fase mais adiantada de redação, que regulamentaria a Lei de Antenas e que serviria de arcabouço legal para recepcionar a nova tecnologia. Dois ou três telefonemas, feitos da própria mesa de bottargas, asseguraram assentos importantes na subcomissão que estava sendo criada dentro da Comissão de Ciência e Tecnologia, Comunicação e Informática, da Câmara de Deputados, para o acompanhamento da rede 5G no Brasil.

Alguém, de repente, trouxe um assunto que não estava no menu do *chef* Deco Ebehard.

— E aquela merda sobre a estátua do Regente Feijó? Vocês viram aquilo? Maistre e Burke, né? Vem cá: nós tivemos alguma coisa a ver com o incêndio da Candelária?

Dois ou três dos presentes se olharam, em cumplicidade.

— Já estamos atrás disso — um destes quis desviar o foco.

— Edmund Burke!?

Todos na mesa olharam para o Quaresma, homem de erudição conhecida e reconhecida por todos naquela roda e que atualmente exercia uma estratégica subchefia de gabinete no Itamaraty. Constrangido pelo grito, ele se justificou:

— Eu estudei Burke, quer dizer, parte da obra dele durante meu curso de preparação no Rio Branco. Li, se eu não me engano, o livro *Reflexões sobre a Revolução em França* ou ... *sobre a Revolução Francesa*, não lembro ao certo. Só lembro que, na época, achei curioso o fato de Burke ter escrito um livro já em 1790, apenas um ano depois da Revolução Francesa, ainda no calor dos acontecimentos. E também de ele ser considerado, pelo menos até então, um político de orientação liberal, inclusive tendo ficado do lado dos colonos americanos do processo de independência contra a Inglaterra. E, apesar disso, Burke ser considerado um dos pais do conservadorismo político moderno.

Todos ficaram olhando para o diplomata, calados e admirados de alguém se lembrar detalhes de um livro lido havia, no mínimo, 30 e tantos anos.

— Seja lá quem esteja assinando como Burke e, antes, como Maistre, mas ele talvez tenha se apressado um pouco ao querer conectar os dois.

Eu não acho que Burke seja uma unanimidade como ícone conservador. Inclusive, acho até que ele foi uma referência entre os liberais no Brasil durante algum momento — pensava alto o Ministro de Primeira Classe, que chegara a trabalhar, ao longo da carreira, nas embaixadas de Londres, Ottawa, Zurique e, no início dela, em Daca.

O mesmo fulano quatrocentista, aquele que quebrara a aura sensorial do jantar com esses assuntos mundanos, insistiu:

— E a Candelária? Fomos nós que colocamos fogo no confessionário?

Alguém gargalhou no outro lado da mesa. "'Colocar fogo no confessionário' pode ser interpretado de várias formas", explicou-se.

Aquele primeiro que, antes, quis desviar o foco da conversa foi obrigado a confirmar:

— Quando ficou claro que o sumiço da estátua era, na verdade, um atentado ideológico contra nós, decidimos devolver na mesma moeda.

— Mas então os caras, do nada, decidiram romper a trégua pré-eleições? Porra, nosso jogo tem sido limpo há tanto, sempre dentro da legalidade... ou melhor, dentro da lealdade.

— Nós também não entendemos o motivo. Estamos combinando uma reunião para entre o primeiro e o segundo turno das eleições, para tentar chegar num acordo com eles e conseguir um armistício.

— Se não pararmos logo com isso, o país vai quebrar! Tem dedo deles, né? Vocês viram a bolsa hoje? Perdi uma fortuna com a oscilação do preço das *fintechs* nos últimos dias.

— É hora de comprar! É hora de comprar! — alguém esfregou as mãos, fazendo chacoalhar o Rolex.

No Brasil, tem gente que nunca perde.

•

A mil quilômetros dali, após duas angustiantes semanas de sumiço e silêncio, a Iluminista deu o ar de sua graça por meio de um e-mail enviado a Leo:

From: wc33@hotmail.com

To: seemann.leo@gmail.com

Subject: nova pista

Caros Leo e Otávio,

Espero que estejam bem. Sobre o nosso mistério, acho que descobri uma pista, no próprio Independência, conforme alto resolução que mando para vocês. Segundo rascunhos de P. Américo, considerem "C" como pto 0 de São Paulo.

I.

P.S. A 4-queijos da Don Corleone é uma delícia.

Quando o jornalista clicou no arquivo image/jpeg do clipezinho, demorou alguns instantes até abrir um recorte, em 12,288x18,432 pixels, do quadro *Independência ou Morte!*. A imagem que surgiu era a do famoso carro de boi, mais precisamente sobre uma caixa depositada em cima das toras carregadas pelos bovinos, com uma discreta inscrição "W&C 33", com os numerais em vermelho.

•

— Que merda é essa de "W&C 33"? — perguntou-se Estevão ao abrir a imagem no celular, 15 minutos depois, recebida dos *hackers* contratados.

•

Dentre os donos daquela constelação de relógios que custavam o preço de apartamentos estava um homem dos seus 60 e poucos anos, cabelos grisalhos penteados para trás, bermuda de alfaiataria, mocassim e de camisa polo com o clássico suéter rosa sobre os ombros. Ele deu uma baforada do charuto e atendeu o celular:

— Faaaaala, meu caro. Como estão as crianças? Quando você me dará a oportunidade de uma revanche? Só que desta vez deverá ser aqui em Brasília, viu? Ali no Iate Clube. As quadras daqui são ótimas!

— [...]

— Marcado!

— [...]

— Pois fale, meu amigo.

— [...]

— Não faço a menor ideia. Deixa eu ver com o pessoal, aqui. Me dá só um minutinho.

O tenista apreciador de charutos colocou a mão sobre o microfone do celular, como se fosse o bocal de um telefone antigo, fazendo reluzir o belíssimo Hublot Big Bang no pulso, e perguntou aos demais se "W&C 33" teria, para alguém, algum significado. E como estavam todos fora do contexto da ligação, as sugestões variavam desde um rótulo e safra de vinho, um carro novo, e até o fabricante e tamanho de um veleiro.

— Nada por aqui, doutor.

Aquela pergunta partida dos conservadores, circulando em tão pouco tempo naquela roda liberal à brasileira, revelava que tinha gente fazendo jogo duplo entre os dois grupos. Como, aliás, foi desde sempre.

•

Leo desceu para pegar a quatro-queijos encomendada na pizzaria recomendada pela Iluminista. Enquanto a máquina do cartão ainda *processava*, o indiscreto motoboy perguntou ao cliente qual o tamanho da encrenca em que ele andava metido. Sem que o *youtuber* entendesse o porquê daquela pergunta, o entregador foi logo contando que um homem o abordara havia minutos, deu-lhe uma carteirada de policial e, em seguida, uma conferida apressada na pizza, tudo antes que ele chegasse na portaria do prédio.

O jornalista colocou uma nota de 10 reais no bolso da jaqueta do rapaz, em gratidão pela dica.

— E ele encontrou alguma coisa?

— Acho que não, mano. Mas a pizza ficou toda zoada. Vê se não vai meter pau na pizzaria no aplicativo. Senão o dono vai vir pra cima de mim.

Já de volta ao apartamento, Leo comentou com o colega sobre o estranho incidente, causando em Otávio uma pontada no estômago, lembrando da promessa feita pelo policial Alexandre de que um dia eles iriam voltar.

A providência da dupla, naturalmente, foi fazer um segundo pente fino na pizza, daqueles que se costuma imaginar que os agentes prisionais façam em bolos levados por familiares nos presídios, para verificar se têm armas ou celulares escondidos. Nada. Era só muçarela, parmesão, gorgonzola e catupiry mesmo.

Refestelaram-se.

•

Refestelado, Leo tomou a última providência antes de ir dormir:

From: seemann.leo@gmail.com

To: wc33@hotmail.com

Subject: Re: nova pista

I.,

O W nos parece óbvio. West. Oeste.

Já em relação ao C, ainda não chegamos num consenso.

Para mim, é o marco zero da Praça da Sé.

Para o Otávio, é o Pátio do Colégio.

Qual sua opinião?

Nossa ideia é nos dividirmos para cada um ir atrás de uma das pistas.

Att.

Leo

De fato, ambas as sugestões faziam sentido, pelo menos em tese.

Entre as fatias, o professor de História explicou ao amigo jornalista que o ponto zero da cidade de São Paulo — portanto, o "C" da fórmula secreta de Pedro Américo, conforme a teoria da Iluminista — seria o *Pateo do Collegio*, construído pelos padres jesuítas entre os rios Tamanduateí e Anhangabaú no ano de Nosso Senhor Jesus Cristo de 1554, destinado à catequização dos índios. O curioso — e Otávio, que um dia ouvira num *podcast*, sempre comentava isso em sala de aula — é que a São Paulo dos topônimos indígenas é uma das poucas cidades grandes do mundo que não surgiram a partir de uma fortificação, mas de uma escola.

Está certo, admitiu, que o *Pateo* de hoje já não era mais a construção original (as estruturas foram reconstruídas nos anos 1970), mas o local seria o mesmo por onde andaram Manuel da Nóbrega e o canário José de Anchieta, e era onde, de fato, historicamente teria nascido a cidade de São Paulo.

Já para o jornalista, o "C" seria "marco zero", o prisma hexagonal cravado na frente da Catedral da Sé, bem no meio de uma grande rosa dos ventos, com suas seis faces apontando para o Paraná, Mato Grosso, Santos, Rio de Janeiro, Minas e para Goiás. Ele lera, certa vez, na Veja São Paulo, que é do marco zero que partem as numerações das ruas e se medem as distâncias da cidade.

Obviamente todas essas informações foram colhidas ou confirmadas pela dupla na internet, portanto comungadas pelos *hackers* que os monitoravam dia e noite, e imediatamente repassadas aos contratantes anônimos.

O que os *hackers* e seus contratantes (tampouco a turma do Agente Alexandre, que plantou uma escuta telefônica ilegal) não puderam acompanhar foi a discussão travada, verbalmente, entre os dois amigos sobre o que poderia significar o número 33 da fórmula – se eram palmos, varas, braças, léguas, milhas ou outra unidade de medida usada à época, ou, eventualmente, até mesmo graus.

De posse da imagem do mapa desenhado sobre a placa de bronze pregada no prisma de mármore, impressa numa folha de papel, o jornalista traçou os vértices S-N, partindo do Paraná até Minas, e L-O, perpendicular àquele. A partir da intersecção, projetou uma linha mais ou menos a 33 graus ao Oeste ("W"), na verdade a Noroeste, acusando no mapa de bronze "GAGO COUTINHO", "CX ALVARES", GUAICURUS" ou "ANASTÁCIO", por ali.

Bem, era uma hipótese. Frágil, mas era. E, frágil ou não, foi para o mural da sala.

O problema é que o tal minimonumento só foi inaugurado em 1934 e, portanto, não existia quando o "Independência" foi pintado, em 1888.

Uma outra hipótese, cogitou, seria o "C" ser onde fora o primeiro marco zero da cidade (o atual já era o quarto!), que ficava em frente à antiga Igreja da Sé e onde atualmente se ergue o Monumento a Anchieta.

Nova impressão, agora do Google Maps. S-N, L-O, cruzando sobre a estátua de Anchieta. 33 graus à Noroeste e a Sudoeste. Outra hipótese para o mural.

Não tinha jeito. Teriam que investigar cada um desses lugares *in loco*.

•

Apesar de, de fato, ser muito boa a pizza recomendada por Margarete, aquele bacanal de queijos não fez muito bem para a azia crônica de Otávio, que teve que dormir praticamente sentado porque descobriu, no meio da madrugada, que tinha acabado o sal de frutas.

Já Leo dormiu como uma criança, afinal, ainda tinha o metabolismo de uma. Acordou cedo, comeu uma tigela de banana com granola e leite desnatado, meteu um fone nos ouvidos e saiu para malhar, deixando a louça suja do café da manhã sobre os destroços do jantar.

Quando Otávio saiu do banheiro, de barba feita e banho tomado, primeiro se emputeceu com a bagunça deixada pelo amigo, tendo logo sua raiva arrefecido quando se lembrou de que era quarta-feira, seu dia de limpar a cozinha. Sorte que ainda teria um tempinho antes de sair para a aula de ioga. Ligou a TV e foi recolhendo os copos, pratos e garrafas espalhados pela casa.

Enquanto esperava o elevador com o lixo reciclável, notou que tinha algo de estranho na caixa da pizza. Arreou no chão o resto do lixo e também a mochila, descobrindo um fundo duplo na tampa de papelão e, entre os dois fundos, um bilhete da Iluminista.

Voltou para o apartamento e mandou uma mensagem para a professora de ioga: "hoje o cachorro não olharia para cima". Esperou Leo voltar da academia. Aproveitou para lançar as notas das provas no sistema da escola.

Do lado de lá da tela espelhada, o *hacker* de plantão se surpreendeu com o desempenho da turma da sétima série na prova sobre civilizações pré-colombianas, expansão comercial e marítima europeia no século XV e colonização da América.

— Quer dizer então que...
— Sim, perda de tempo dos diabos!
— Pelo menos você vai passear — disse Leo, ainda suado, no que o professor respondeu:
— Você também, Robin.

— Vá à merda, Batman — treplicou rindo.

Otávio abriu no computador de mesa o site de passagens de ônibus enquanto ligava para Marília. Ele precisaria de ótimos argumentos para convencê-la. Sabia, de plano, que aquele pedido lhe sairia caro. Muito caro.

•

Num escritório de advocacia do centro de Belo Horizonte, uma TV da sala de espera estava ligada na TV Câmara dos Deputados, quase sem som. Nela, durante a sessão da Comissão de Seguridade Social e Família, um deputado argumentava:

— Ainda que a bancada conservadora pretenda desvirtuar a discussão, querendo confundir a opinião pública e colocar a regulamentação do uso industrial do cânhamo com a legalização das drogas num mesmo saco (o que não é correto, nem honesto), eu lhes pergunto, nobres deputados: estamos vencendo a guerra contra as drogas? Ora, o crime de tráfico de drogas lidera o ranking dos delitos entre os detentos do país! E o que dizer das esposas e mães condenadas por tráfico por tentar introduzir drogas nos presídios durante as visitas, e isso para salvar a vida de seus companheiros ou filhos ameaçados lá dentro?

Houve silêncio entre os deputados.

— E, do lado de fora, órfãos de pais presos expostos à toda sorte de ineficiências do Estado. Com todo o respeito, Excelências, esta reunião virou uma sessão de hipocrisia! Era para estarmos discutindo os limites e as regras, as contrapartidas, do uso meramente industrial... repito: meramente industrial... do cânhamo, e não entrar no oba-oba de meia dúzia de deputados que querem colocar Deus e a família nesta discussão enquanto são desidiosos noutras ferramentas para combater os nefastos efeitos decorrentes da guerra inócua contra as drogas...

A secretária mudou de canal.

•

— Dr. Rogério!

A Subdelegada Cíntia entrou, eufórica, no gabinete do Delegado de Polícia. Ele vinha saindo do banheiro, distraído, ajeitando o cinto. Tomou um susto.

— Desculpa, *boss*, invadir assim o seu gabinete. É que acho que localizamos a quadrilha que escoltou a estátua do Regente Feijó.

O Delegado iria se sentar, mas desistiu, parando de pé, ao lado do quadro com a camisa do Santos emoldurada, autografada por Pelé e Coutinho.

— O pessoal da Cibernéticos estava atrás dos caras que negociaram com o tal "Burke". Claro que os caras usaram um VPN para criptografar o tráfego e ocultar o IP, mas eles deixaram uma ponta solta e...

— Dr.ª Cíntia, não perca seu tempo tentando me explicar tecnologia...

Ela riu amarelo.

— Enfim, Delegado, nós cruzamos os possíveis IPs envolvidos e chegamos a dois prováveis endereços.

Nem bem ela terminou a frase, sem nem dizer a cidade ou o bairro, e o Dr. Rogério Koerich já tirou a jaqueta de couro do encosto da cadeira e foi logo vestindo. Não queria perder mais nenhum minuto.

•

Marília estava inconformada. E indignada.

Otávio estava usando — ela julgou que para provocá-la — aquele moletom amarelo-ovo da GAP que ela lhe trouxera de presente de um dos congressos de Medicina que ela participara nos EUA. Ele trazia uma mochila, substituíra a lente de contatos pelos velhos óculos de aro preto e boné do Yankees, outro presente dela.

— A sua mãe vai me encher o saco, Tavinho. Eu não quero ser conivente com isso.

Depois de várias tentativas, ele desistiu de tentar explicar o porquê não pediu um táxi ou não chamou um carro por aplicativo para levá-lo até a rodoviária.

— Dá um beijo nos meninos por mim.

Por pouco, talvez por hábito, não tascou um selinho de despedida na ex-mulher, que virou o rosto em tempo.

•

O amanhecer na Baía de Guanabara é, certamente, uma das paisagens mais lindas do mundo. Foi o que pensou o homem sentado no fundo do ônibus da Viação 1001. Durante vários cochilos que tirou no decorrer da madrugada, sempre dava uma espiada no cara de moletom amarelo-infame. Não podia perdê-lo de vista. Em Itaboraí encontraria reforços para vigiá-lo e, fosse o caso, pegá-lo.

As instruções eram claras: deixá-lo agir livremente, a distância, até ele fazer algo suspeito.

Quem lhe passou as instruções percebeu que aquela troca de e-mails sobre o Centro de São Paulo, *Pateo do Collegio* e o Diabo a quatro entre os dois rapazes e o "I." era apenas uma cortina de fumaça para aquela nova viagem clandestina até as ruínas da Fazenda do Sumidouro. Eles certamente tinham novas informações sobre o paradeiro dos manuscritos de Gonçalves Ledo, um dos artefatos históricos mais desconhecidos e, paradoxalmente, mais cobiçados do país.

É claro que cogitavam que fosse a viagem de Itaboraí o próprio ardil do Iluminista para despistá-los, estando, na verdade, em São Paulo o ponto final do enigma. Por isso o rapaz que permanecera, o tal de Leo Seemann, também teria acompanhamento cerrado.

•

A sala de imprensa da delegacia estava abarrotada, para desconforto e irritação do delegado-sensação. Depois de várias semanas, finalmente a estátua do Padre Feijó fora encontrada, intacta. Dr. Rogério fez questão de dividir a mesa das autoridades com a Subdelegada, Dr.ª Cíntia, "a verdadeira merecedora de qualquer elogio", como ele fez questão de destacar ao apresentá-la aos jornalistas.

— Delegada, como vocês chegaram à estátua?

— Alguém foi preso?

— Bem... — ela era bem mais paciente do que o superior hierárquico no trato com os jornalistas — Vamos por partes. Primeiro a polícia conseguiu, com a ajuda da Divisão de Crimes Cibernéticos da Capital, identificar quem seriam os criminosos que fizeram a escolta da estátua até o lugar onde ela foi guardada. Enquanto isso, ainda com a ajuda da Cibernéticos, já tínhamos mapeado alguns possíveis lugares onde a obra pudesse estar escondida. Uma vez chegando no pessoal da escolta, eles nos conduziram até o depósito, um guarda-móveis particular que fica na região do aeroporto de Guarulhos.

— E alguém foi preso? — o mesmo repórter insistiu.

— Além das pessoas envolvidas na escolta, que estão sendo ouvidas, ainda não.

— E de quem é o galpão?

— A pergunta a ser respondida é "quem alugou o espaço dentro do galpão". E a resposta ainda não sabemos. O proprietário afirmou que só apresentará o contrato mediante determinação judicial, o que já estamos providenciando.

— E a polícia tem algum suspeito?

O Delegado tomou a palavra:

— Sim, trabalhamos com algumas possibilidades. Mas ter encontrado a estátua e alguns dos envolvidos no crime enxugou nossas suspeitas. Iremos aguardar a resposta do locatário do galpão e, depois disso, iremos atrás delas.

•

Na São Paulo das oportunidades, os dois sujeitos acompanharam cada movimento de Leo, desde que este saíra pela porta de entrada do edifício, tomou a direita, foi até a esquina e pediu um táxi. Seguiram, a dois veículos de distância, o carro que conduzia o jornalista através da Vila Madalena, Sumaré, Consolação e, quando cruzaram a 23 de Maio, os perseguidores já tinham certeza de que o local de destino era, de fato, a Praça da Sé.

Quando Leo desceu, o carona imitou o gesto a cerca de 30 metros de distância, para não perdê-lo de vista enquanto o motorista iria procurar um local para estacionar o carro.

O *youtuber* vinha vestido como um típico turista, de bermuda, jaqueta, meia de cano alto, tênis, pau de selfie e mapa nas mãos. Daqueles fáceis de enrolar. Tanto o mapa quanto e turista. Ele ligou a câmera e começou a gravar com sua desinibição de jornalista, sendo observado com curiosidade pelos primeiros transeuntes:

— Olá, moçada! Estamos aqui na Praça da Sé, Centro Histórico de São Paulo, Terra da Garoa, para mais um capítulo da nossa investigação explosiva. Ou, se preferirem, implosiva. Aqui pertinho fica o famoso Largo de São Francisco, onde fica a Faculdade de Direito da Universidade de São Paulo, onde nada menos que treze, eu disse treeeeze, Presidentes da República estudaram. Vamos ver se eu lembro o nome de todos?

Sem parar de gravar (afinal, Tato editaria habilmente o vídeo mais tarde), consultou uma folha de papel, tomou fôlego e empinou o pau de selfie novamente:

— Jânio Quadros (já vimos ele aqui no canal!), Affonso Penna, Campos Salles, Rodrigues Alves, José Linhares, Delfim Moreira, Arthur Bernardes, Wenceslau Braz, Prudente de Morais... deixa eu ver quem mais quem... Julio Prestes foi eleito, mas não tomou pose... Washington Luiz e... tá faltando dois — disse quando já estava na terceira mão de dedos — Michel Temer e Nereu Ramos! Claro que não nessa ordem, né?

Foi andando sem desligar a câmera, em direção ao centro da praça.

— Vocês já conseguem ver, logo ali atrás, a sim-ples-men-tes-tu--pen-da Catedral Metropolitana da Sé. Debaixo dela tem uma cripta onde estão enterrados, além do Cacique Tibiriçá, considerado o primeiro cidadão paulistano, ninguém menos que... — deu uma volta 360 graus, fazendo com que o seu perseguidor, já acompanhado do companheiro que estacionara o carro, tentasse se esquivar para não ser filmado — ... o Padre Diogo Feijó. Simmmmm! O Regente cuja estátua foi roubada há algumas semanas!

Leo estava mais confiante e vibrante do que nunca. Tamanha era sua inspiração que primeiro algumas foram parando e, depois, várias pessoas foram se acumulando ao seu redor para vê-lo apresentar o episódio, sem imaginar que aquilo era apenas um protoepisódio de um canal de YouTube, e tampouco do que se tratava. O jornalista estava adorando ser o centro das atenções e ver o desconforto dos seus perseguidores, que identificara com o rabo dos olhos.

●

O itinerário era o mesmo da viagem de semanas atrás. Desceria na rodoviária de Niterói, pegaria o ônibus 121Q em direção a Magé, desembarcando no centro de Itaboraí, cerca de duas horas depois.

Tudo indicava que seria um dia bonito, de céu de brigadeiro. Mas àquela hora da manhã ainda fazia frio. Aproveitou a parada da conexão para ir ao banheiro fazer as higienes. Foi acompanhado, a distância, pelo discreto observador.

O mesmo observador que subiu, três pessoas depois, no 121Q e se sentou cinco poltronas atrás.

Quando finalmente chegaram no centro do Itaboraí, dirigiu-se direto para a agência de ecoturismo do Sant'Ana, para quem Leo teria mandado um e-mail na noite anterior, avisando que precisaria novamente dos préstimos do Seu João Iglenho.

— Bom dia — cumprimentou, enquanto o vigia aguardava na porta — Meu nome é Lúcio. Lúcio Soares.

O biólogo tirou os óculos e o boné, e finalmente despiu-se do moletom amarelo piu-piu que pegara de Otávio durante a madrugada, quando trocaram de lugares no ônibus.

— Que calor dos diabos, né?

•

Otávio ainda ajustava o capacete enquanto cruzava a Ponte Rio-Niterói. Na garupa do motoboy, tentava se equilibrar enquanto o condutor zigue-zagueava por entre os carros. Destino: Igreja da Ordem Terceira de São Francisco da Penitência, no centro do Rio.

•

Dez e meia da manhã, a subdelegada Cíntia bateu na porta e colocou a cabeça para dentro.

— Ei, *boss*, a brincadeira de gato e rato continua.

— Como assim? — quis saber o Dr. Rogério.

— Recebemos a resposta do proprietário do galpão de Guarulhos. Ele finalmente nos mandou o contrato de locação. A locatária é uma *offshore* sediada no exterior.

— Convenhamos que estávamos sendo otimistas demais em imaginar que quem mandou roubar a estátua colocaria o nome, CPF e endereço bonitinhos no contrato, né? E temos como ir atrás dessa *offshore*?

— Sim, já estamos trabalhando nisso. Tem outra coisa, no mínimo curiosa: o contrato venceria daqui a 20 dias. Ou seja, ou o ladrão mandaria para o exterior ou daria um fim na estátua.

— Ou devolveria... vai saber. Depois me mande uma cópia desse contrato, por favor, Dr.ª Cíntia. Quero dar uma olhada nele.

Quando ela fechou a porta, Dr. Rogério pegou o telefone, a contragosto, para passar as novidades para o Secretário de Segurança e também para o Delegado Geral da Polícia Civil, que também começara a exigir informações privilegiadas.

•

Dez e meia da manhã e de câmera em punho, Leo parou diante do prisma de mármore medindo cerca de um metro de altura que representava o "marco zero" da São Paulo dos monumentos oxidados. Ele então pediu para uma das pessoas que pararam para assisti-lo que segurasse sua câmera e o filmasse, de modo que pudesse ter as duas mãos livres. Estava improvisando. E estava adorando. Arregaçou as mangas da jaqueta. Sentia-se um verdadeiro artista de rua, uma espécie de mambembe medieval fazendo um número em praça pública. É que ter atrás de si uma catedral daquela imponência, explodindo no céu cinzento em estilo gótico, fazia-o sentir-se dentro de um romance de Bernard Cornwell ou de Ken Follett.

— E aqui — apontou para o prisma hexagonal, como um mágico aponta para um vaso que faria desaparecer – está o "marco zero" da cidade de São Paulo. Não foi bem aqui que a cidade nasceu, como o nome pode sugerir. Na verdade, este é considerado o centro geográfico da cidade. Mas atenção, senhoras e senhores, este monumento guarda um grande segredo...

O público em volta prendeu a respiração enquanto o jornalista-artista buscava alguma coisa na mochila, sacando uma folha de papel.

— ... um terrível segredo que eu revelarei hoje, aqui, diante de vocês — ele desdobrou a folha, revelando uma espécie de mapa, com os pontos cardeais bem destacados, e a colocou sobre a placa de bronze, ajustando os pontos — Este mapa revela que naquela direção...

Apontou para o Oeste, caindo uns 33 graus para o Norte, quase encaixando um Noroeste.

— ... naquela direção tem uma caixa...

O anônimo responsável pela filmagem deu um zoom em Leo.

— ... e nesta caixa tem um tesouro...

Todos olharam para a direção em que o dedo de Leo apontava.

— ... e este tesouro...

Ele agora gritava, como um pregador:

— ... é o motivo pelo qual esses dois caras estão me seguindo.

Leo agarrou a câmera das mãos do espectador, jogou-a dentro da mochila entreaberta e saiu correndo, em direção ao *Pateo do Collegio*.

Os dois homens não sabiam se seguiam o jornalista ou se iam atrás da folha de papel, que voara com o vento. Desorientados, acabaram cada um optando instintivamente por uma alternativa, tendo o primeiro que disputar a tapas o "mapa do tesouro" com a multidão de curiosos-ambiciosos que havia parado para acompanhar aquele espetáculo improvisado, e o segundo seguindo no encalço do artista mambembe-*youtuber*.

•

Dez e meia da manhã, naquele clima modorrento, um improvável tesourão plainava sobre a Igreja de São Francisco da Penitência, erguida no alto do Morro de Santo Antônio, em frente ao Largo da Carioca, coração do centro do Rio. Concluído em 1772 em estilo barroco, o prédio abrigava a Venerável Ordem Terceira de São Francisco da Penitência, fundada no ano de 1619, ao lado da Igreja de Santo Antônio.

E ainda que se sentisse fortemente atraído pela ideia de aproveitar para se estupefar demoradamente sob a famosa pintura em perspectiva do teto da igreja, obra do artista português Caetano da Costa Coelho, ou mesmo diante dos magníficos arco-cruzeiro da igreja e frontispício da capela-mor, ambos de Francisco Xavier de Brito (ele, mestre de Aleijadinho), Otávio vinha com um objetivo específico: chegar, o mais breve possível, na Capela da Conceição.

Ainda na garupa da moto, ria-se lembrando da indisfarçável impaciência de Marília sempre que entravam em igrejas novas durante as viagens. Na de lua de mel, por exemplo, gastaram mais tempo nos santuários de Ouro Preto do que no quarto da pousada.

De volta à realidade do trânsito caótico do Centro do Rio, por precaução pediu ao motoboy que o deixasse na Praça Tiradentes, tendo-o pago em espécie e agradecido a viagem. Escaldado, viera com dinheiro vivo desta vez. Sob a imponente estátua do Alferes, o (justificadamente) paranoico professor ajeitou o cabelo cujo corte já passara do momento e olhou em volta para confirmar se nenhum olhar suspeito o seguia. Tranquilizou-se após um lento 720 graus. Seguindo uma placa indicativa, subiu a Carioca, enquanto ainda se acostumava com o calor característico da Cidade Maravilhosa.

Subia assobiando Chico, cantarolando mentalmente "... Dormia / A nossa pátria mãe tão distraída / Sem perceber que era subtraída / Em tenebrosas transações...". Só não via quem não queria, pensou.

Chegando finalmente no Largo, pôde contemplar o complexo sacro erguido morro acima. Sentia-se em mais uma das fantásticas expedições reais às páginas dos livros de História vividas desde aquela primógena mensagem enviada "pelo" Iluminista, e que revelara à dupla do "TEORIAS..." um mundo em que o passado e o presente, de fato, se fundem. Abriu os olhos, sentindo-os arder do suor que escorria no rosto. Secou-se com a manga da camiseta. Checou o celular: tudo quieto. Bom sinal. Começou a subir o morro de Santo Antônio, em direção à entrada da Igreja de São Francisco.

Finalmente dentro do templo, perguntou para uma senhorinha que rezava por ali qual a direção da capela, também conhecida como "Primitiva", tomando o caminho apontado. Chegou, então, no local indicado pela Iluminista nas instruções deixadas no fundo falso da tampa da caixa de pizza: a Capela Nossa Senhora da Conceição.

Impressionou-se de pronto com uma sepultura em mármore de cerca de três metros de altura, com duas peças gigantescas, a primeira, uma arca em cujo tampo, tudo em mármore, dois anjos depositavam uma coroa sobre a cabeça de um infante; e a segunda, que servia de base para a primeira, trazia uma inscrição em latim, que o professor tentou decifrar para buscar descobrir a identidade daquele que ali descansava em paz: "HIC IACET D. D. PETRUS. CAROLUS. HISPANIARUM. INFANS. OTÁVIOIS HISPANE ET. MARIE. ANNE. VICTORIE. PORTUGALIAE INFANTIUM..."

— "Aqui jaz [...] Pedro Carlos"... infante de Espanha?

Olhou para a data do túmulo. 1812. Bem, a União Ibérica não existia mais desde 1640... No entanto, D. João era casado com a espanhola D. Carlota. Talvez isso pudesse explicar um infante espanhol enterrado, com pompas, em pleno centro histórico do Rio de Janeiro lusitano.

O professor não sabia, mas estava diante do túmulo de D. Pedro Carlos de Bourbon, sobrinho e genro de D. João VI, casado com a Maria Teresa, filha preferida do ainda Príncipe Regente (ele só se tornaria Rei do Reino de Portugal, Brasil e Algarves em 1816). Segundo anotou, à época, um bibliotecário português fugido para cá junto com a Família Real, de nome Luís dos Santos Marrocos, D. Pedro Carlos morrera de fraqueza por "excesso de exercício conjugal". Ou seja, estava diante de um verdadeiro mártir.

Otávio levou um susto quando ouviu uma voz familiar:

— Oi, sumido.

•

Para quem gosta de fazer trilhas, existem poucas coisas mais instrutivas do que caminhar na mata acompanhado de um biólogo capaz de explicar, tecnicamente, as coisas com que se deparam ao longo do caminho.

Onze horas da manhã e pela estrada a fora, em Itaboraí, iam Lúcio, S. João Iglenho e Juliano, o dono da agência de turismo em pessoa. O perseguidor paulista substabelecera a função de monitorar o viajante ao dono da agência, outro que recebia uma mesada para ficar de olho em bisbilhoteiros da Sumidouro. Faziam o mesmo percurso que Leo e Otávio fizeram semanas antes.

Porque não fazia a menor ideia no que estava envolvido e dos possíveis perigos que podia estar correndo, Lúcio estava adorando aquela caminhada porque se sentia num parque de diversões.

— Vocês sabiam que eu sou ornitólogo amador? — disse, enquanto sacava do bolso o seu celular.

Juliano tentava se lembrar o que significava a palavra, não tendo João Iglenho sequer cogitado querer entender essas manias doidas do pessoal da cidade.

O ornitólogo amador explicou, manuseando um determinado aplicativo:

— Ornitólogo é especialista em aves. Bem, na verdade, eu sou mais um observador de aves do que propriamente um ornitólogo. Vocês sabiam que um grande número dos observadores são ex-caçadores? A sensação de esperar, procurar, localizar, focar e disparar a câmera é muito parecida com a de caçar. E o melhor, sem o peso na consciência. Vocês sabiam que...

E o sabichão foi explicando as coisas enquanto acionava um determinado *app*. Ele ergueu o celular e deixou fluir o som de um passarinho. João Iglenho olhou ao redor, tentando entender.

— Eu acho que vi, ali atrás, um *Piaya cayana* — explicou enquanto olhava as árvores ao redor — Eu tô colocando aqui, no meu celular, o canto de um igual, para atrair outros da espécie. Dependendo da espécie, eles vêm em busca de acasalamento, ou para demarcar território. Vocês trouxeram câmera fotográfica?

Juliano sacou o celular; João Iglenho alisou o cabo do facão.

De repente, foram surgindo movimentos bruscos por entre as folhas das árvores e dois pássaros se aproximavam de onde vinha o som.

— Mas esses daí são almas-de-gato — resmungou João Iglenho.

— Sim — concordou Lúcio — *Piaya cayana* é o nome científico do alma de gato.

— Psiuuuu... — Juliano tentava focar em um dos pássaros.

Clic.

Errou.

Clic.

Desfocou.

Clic.

Ele voou.

Ainda que não tivesse conseguido a foto do alma-de-gato, Juliano se deliciou pela primeira vez da sensação de "caçar imagens" de aves. Novos planos para sua agência de turismo surgiriam a partir dali.

E pela estrada a fora, Lúcio, S. João Iglenho e Juliano iam observando aves até chegarem nas ruínas da Fazenda do Sumidouro.

•

As paredes revestidas de ouro da Capela da Conceição refletiram o rubor do rosto de Otávio ao reconhecer Margarete. Ela vinha vestida totalmente diferente de como ele costumava vê-la no Museu do Ipiranga: calça cargo caqui, com uma regata preta, com uma bolsa trespassada marrom e botinas da mesma cor, seu característico óculos de grau de aros vermelhos e, diferentemente da primeira vez que a vira (e se encantara), ela estava usando um rabo de cavalo.

Não sabia a razão, mas a primeira coisa que veio à mente do professor foi o comentário que a ex-mulher sempre fazia quando maratonavam séries durante finais de semana inteiros (isso quando ela não tinha plantão):

"nenhuma mulher sai para uma aventura de cabelos soltos (exceto, é claro, Carrie Mathison)".

— Bom dia, doutora.

— Para quê a formalidade, professor? — ela respondeu, sorrindo — Hoje é dia de brincarmos de arqueólogos.

Ele olhou ao redor.

— Aqui?

— Não bem aqui — respondeu ela, para alívio dele — Na verdade, só marquei aqui como ponto de encontro. Mas o lugar de nossa escavação não é muito longe.

Enquanto deixaram a capela e seguiam em direção ao altar principal da igreja para sair pelos fundos, Margarete explicava ao professor aos sussurros que durante a permanência da Família Real era tradição dos Bourbons e Braganças enterrar as mulheres da realeza no Convento da Ajuda (demolido em 1911 para dar lugar a um parque de diversões!), enquanto os homens eram enterrados ali mesmo na Igreja de Santo Antônio ou na de São Francisco.

•

Seu João Iglenho estudou até a quarta série do primário, mas de bobo ele não tinha absolutamente nada. Chegando nas ruínas da Fazenda do Sumidouro, ele levou Lúcio diretamente para a "Pedra do Diabo", não sem antes se benzer meia dúzia de vezes.

O atual namorado de Marília, que não sabia da lenda, das tantas perseguições e nem do peso histórico daquela lápide, acocorou-se ao lado dela, alisando-a como quem arruma o lençol da cama:

— Não conheço muito bem as características da flora local, mas acho que, pela época do ano e pela forma tímida como a vegetação ao redor avançou, essa lápide deve ter sido removida há cerca de duas, três semanas.

De fato, era perceptível que teria havido ação humana recente ali. O próprio João Iglenho reconheceu que a "Pedra do Diabo" estava diferente do que da última vez que estivera ali, junto da dupla Leo e Otávio. Benzeu-se de novo.

O biólogo limpava as mãos sujas na camisa enquanto criava coragem para o convite macabro. Sua missão original era apenas a de chegar até a sepultura da fotografia. Não envolvia mexer na lápide, e menos ainda descobrir o que tinha debaixo dela. Convidou, finalmente, os dois acompanhantes a ajudá-lo a remover a pedra. O nativo titubeou enquanto o dono de agência já saiu na cata de um pedaço de pau que pudesse servir de alavanca.

•

No Rio de Janeiro, deixando a Igreja de São Francisco da Penitência e atingindo o pátio localizado atrás dela, a dupla parou sob a porta do cemitério e Margarete sacou da mochila uma folha de um jornal velho, Correio da Manhã, edição do dia 17 de maio de 1947, desdobrando-a e exibindo-a a Otávio, que tentou começar a ler, circulada a caneta, uma matéria sobre o centenário da morte de Gonçalves Ledo.

Ela começou a explicar:

— Gonçalves Ledo, por decisão própria, já estava afastado da vida pública quando faleceu, praticamente esquecido (também por vontade própria). Para você ter ideia do quão invisível — ela escolheu bem a palavra — ele permaneceu depois que morreu, foi apenas na década de 1920 que um diretor do Museu do Ipiranga chamado Afonso Taunay decidiu ir atrás de uma imagem sua para colocá-la no panteão, homenageando-o finalmente. Só que ninguém achava uma brochura que fosse dele, nem mesmo no próprio Grande Oriente do Brasil. Foram encontrar uma imagem apenas numa galeria de sul-americanos ilustres, lá nos Estados Unidos, que depois foi reproduzida por Oscar Pereira da Silva.

O professor desistiu de tentar ler a matéria sorrateiramente e resolveu acompanhar a explicação da Iluminista:

— Ele morreu no ostracismo, em sua Fazenda Sumidouro, 25 anos depois da Independência. A matéria deste jornal traz detalhes de como e onde ele foi enterrado. Aqui fala que no dia 21 de maio de 1847, um sobrinho mandou publicar o anúncio da morte do tio, convidando para o cortejo, com direito a carruagem, que sairia da Rua da Imperatriz até aqui na Igreja de São Francisco. Traz também a informação de que o corpo foi enterrado na sepultura número 2 da Capela da Conceição.

— Mas não era lá onde estávamos!?

Ela explicou, sorrindo:

— Ledo engano! — ela guardou esse trocadilho como quem guarda um doce para um momento especial — Não podemos esquecer que, desde o enterro dele, em 1847, houve várias mudanças na estrutura física aqui do complexo do Morro de Santo Antônio, que pode ter impactado na denominação dos lugares.

— Mas... espera um pouco, Margarete — Otávio finalmente caiu em si — Quando você disse que iríamos brincar de arqueólogos, você quis dizer que iremos exumar o corpo de Gonçalves Ledo?

•

A lápide era muito mais pesada do que supunham. Devia pesar por volta de meia tonelada. Demoraram alguns litros de suor até (literalmente) descobrirem o que tinha debaixo dela: um cubo subterrâneo, uma espécie de baú construído de pedra, com dimensões de 70x70x70cm. Apenas a tampa, a "Pedra do Diabo", era maior e desproporcional em relação ao cofre, definitivamente pequeno demais para servir de túmulo (salvo se o morto tivesse sido enterrado de cócoras ou em partes). Foi a vez de Lúcio se benzer. Dentro do repositório, o trio encontrou um saco de pano. Sem pensar duas vezes, Lúcio o abriu e sacou de dentro dele um pedaço de fêmur.

— Alguém colocou essa ossada aqui recentemente.

— Isso deve ser coisa do *demonho*, cruz-credo — benzeu-se Seu João Iglenho pela enésima vez.

O dilema do trio de vilipendiadores de túmulo, agora, era se devolviam os ossos no buraco, tampá-lo novamente e ir embora dali, ou se deviam chamar a polícia, um padre ou o pessoal do Discovery Channel.

•

Otávio e Margarete entraram pelo portão do Cemitério das Catatumbas, deparando-se com dois corredores paralelos sustentados por 10 colunas dóricas e separados por um vão, que levavam à Capela da Ressurreição ao fundo, cuja curiosidade (para não dizer abominabilidade) era uma portinhola no chão de madeira que dava acesso à senzala no andar de baixo (hoje, Capela dos Escravos). Ao longo dos corredores iam paredes caiadas que guardavam ossos em sepulcros parietais, enquanto sepulturas de chão enfileiradas davam o tom de macabrez ao cenário. No corredor da direita ainda eram exibidas algumas peças de madeira talhadas, andores processionais e estrados de madeira onde eram colocados os caixões durante os velórios no século XIX.

— Segundo o jornal, ele teria sido enterrado no túmulo número 2 — Margarete indicou o caminho da esquerda.

O túmulo número 2 ficava logo ao lado da entrada, abaixo do 38 e do 74, todos sem nome ou identificação, erguendo-se defronte deles um estranho móvel feito de madeira de demolição, uma espécie de armário improvisado, encobrindo o primeiro e o segundo, e parte do terceiro. A Iluminista sacou da mochila um pé de cabra e uma marreta.

O acompanhante ficou observando, atônito, a mulher usar a primeira ferramenta para arrebentar as madeiras do móvel, revelando finalmente a parede onde estava o túmulo procurado, que ostentava um branco visivelmente mais branco do que o das demais sepulturas de parede.

— Parece que esta parte foi trabalhada recentemente — observou o professor, dizendo o óbvio enquanto alisava a superfície. A tinta estava seca.

Ela ofereceu-lhe a marreta.

— Faça as honras, professor Otávio.

Ele, meio embaraçado, pegou a ferramenta das mãos de Margarete e pôs-se a agredir a superfície, que já começava a tremer, enquanto ela, por precaução, fechou o portão do cemitério.

Enquanto começava a castigar a parede, vinha-lhe à mente a história do Barão de Mauá oferecendo honra semelhante a D. Pedro II quando do assentamento da pedra fundamental da primeira ferrovia do Brasil. A diferença, pensava no terceiro murro, era que ele definitivamente não se sentiu ofendido em manejar o utensílio, diferentemente do desgostoso imperador, que passou a odiar o maior empresário do Império.

Bastaram quatro ou cinco golpes para que se abrisse um buraco, revelando que na tumba não estavam os despojos do Artífice Invisível. O que não significava dizer que estivesse vazia.

•

— Seria esse o relatório final, Sr. Presidente — o relator do projeto de lei que previa a regulamentação do uso estritamente industrial da *Cannabis sativa* terminou sua leitura, devolvendo a palavra ao presidente da Comissão de Seguridade Social e Família, da Câmara dos Deputados.

— Pela ordem, Presidente — um dos deputados interrompeu.

— Pois não, Deputado. Peço que Vossa Excelência seja breve, por favor.

— Eu e meus pares entendemos precipitado levar o projeto a votação nesta sessão sem antes apresentar aos demais parlamentares que compõem esta comissão, que devem estar atentos aos gritos da rua, o resultado de uma pesquisa promovida nas redes sociais sobre a forma como o povo está encarando este projeto.

— Pela ordem, Presidente — o relator quis interromper.

— Por favor, relator. Deixe o deputado concluir sua fala.

— Obrigado, Excelência — o parlamentar pegou um calhamaço de folhas impressas que trazia sobre a mesa – Segundo esta pesquisa, 63,5% são absolutamente contra a utilização da maconha para qualquer finalidade, seja ela medicinal, industrial, recreativa, enfim... A maioria está conosco.

— Deputado, essa sua pesquisa possui algum método científico? — o relator não se conteve — Qual a amostragem, as variáveis, setor censitário, os pontos de fluxo? Com a devida vênia, mas o que Vossa Excelência está nos mostrando não passa de mi-mi-mi, apenas de oba-oba das redes sociais, altamente tendenciosas, diga-se de passagem. E o que é pior: todos sabemos do trabalho sujo feito por seus correligionários, seus patrocinadores e seus lobistas para brecar esse projeto de lei, pautados em muitos outros interesses que vão muito além daqueles elencados por Vossa Excelência nos últimos meses aqui nessa Comissão.

— Vossa Excelência está me acusando de mentir para meus eleitores? Vossa Excelência é um mau-caráter. Eu convoco Vossa Excelência a ir lá para fora, para resolver isso como homem.

A sessão teve que ser interrompida.

•

Margarete enfiou os braços compridos através do buraco e trouxe à luz uma pasta de couro de carneiro, com vários papéis soltos dentro. Dezenas, centenas de páginas escritas a mão, frente e verso.

Depois de mais de uma década de procura, a emissária da Unesco finalmente punha as mãos nos manuscritos perdidos de Joaquim Gonçalves Ledo. Os documentos que fariam com que a história do Brasil fosse reescrita.

Era hora de ir embora dali.

•

Do lado de fora do auditório onde funcionava a Comissão, um assessor trouxe o celular para o deputado que causara o tumulto na sessão.

— Bom dia, Deputado Ermírio. Estou acompanhando a sessão pela internet. Bom trabalho. Aliás, ótimo trabalho! Vamos usar e abusar do Regimento.

— Deixa comigo, doutor.

— Quando a sessão foi reiniciada, peça a palavra novamente e sugira a realização de audiência pública. Peça com base no artigo 255, do Regimento Interno da Câmara dos Deputados.

— Mas esta fase já não estaria superada?

— Peça mesmo assim. Se o presidente negar, conseguimos travar esse projeto no STF por vício de forma.

Quando desligou o telefone e devolveu o aparelho do celular, surgiu a figura do Deputado Relator, vindo em sua direção.

— Quer dizer, então, que Vossa Excelência me chamou pra porrada!?

Riram e se abraçaram.

•

Cerca de 30 minutos depois, Margarete e Otávio desceram do táxi, em frente ao Copacabana Palace, onde ela estava hospedada havia dois dias. Ele riu. Ela quis entender o motivo. Com uma simples expressão dele, ela entendeu que já que era para mudar a história do Brasil, que fosse em grande estilo. Ela riu de volta. Tudo isso, sem dizerem uma palavra.

Já no quarto do hotel, no último andar do prédio anexo, qualquer segunda intenção de Otávio de comemorar a descoberta dos documentos também em grande estilo foi sumariamente frustrada quando a Iluminista espalhou as folhas sobre a cama.

Ela estava eufórica (e especialmente linda).

•

Reiniciada a sessão e negado, porque precluso, o pedido de convocação de reunião pública, com o devido registro de protesto em ata, os deputados contrários ao projeto de lei deixaram o auditório, impedindo a votação do parecer final por insuficiência de quórum.

•

Na sacada no quarto do hotel que dava para a famosa piscina do Copacabana Palace, Otávio e Margarete conversavam enquanto curtiam a brisa que vinha da praia mais famosa do Brasil. Eles dividiam uma garrafinha de uísque sacada do frigobar, tentando ambos relaxar enquanto aguardavam notícias de São Paulo e de Itaboraí.

— Me conte de você, Margarete — num justificável erro de colocação pronominal — Ou você prefere que eu te chame de "Iluminista".

— Margarete está de bom tamanho — ela sorriu — Bem... eu nasci aqui no Rio. Meu pai era diplomata e, embora não concordasse com alguns valores da ditadura militar, serviu e representou o país em várias missões pelo mundo depois de 64. Eu e meus irmãos íamos a tiracolo. Graças a isso, tivemos uma educação bastante eclética.

Ele se sentiu mais intimidado do que já estava.

— E como você se envolveu com... essa "causa"?

— "Causa"? — ela gostou — Durante a carreira do meu pai, ele se deparou inúmeras vezes com decisões tomadas contra os interesses do Brasil e em benefício de determinados grupos. Ele nunca se conformou com isso. E não foram poucas as vezes em que ele foi ameaçado ou forçado a tomar decisões contrárias à sua vontade ou convicção. Acho que isso acabou o matando.

— Foi ele que contou para você sobre a existência dos dois grupos rivais?

— Sim. Um pouco antes de morrer, quando eu já morava na Europa e vim para o Brasil passar um tempo com ele, ele me contou algumas das suas experiências e me explicou como as coisas funcionavam nos corredores e gabinetes, primeiro aqui no Rio e, depois, em Brasília. Como diplomata, ele circulava entre os dois grupos, mas sem nunca ter pertencido a nenhum deles. Era constantemente assediado por ambos os lados, mas sempre preferiu permanecer neutro. Isso acabou lhe custando algumas promoções ao longo da carreira. Mas o que acabou derrubando ele foi um episódio durante a Segunda Crise do Petróleo, em 1979, quando ele teve que abandonar um acordo costurado durante vários meses de muito trabalho, apenas para favorecer meia dúzia de pessoas. Quando meu pai morreu, eu decidi que queria dar minha contribuição, servir ao país do meu jeito (e, de alguma forma, vingá-los).

— Vingá-los?

Ela pegou a garrafa da mão dele e bebeu um gole:

— Sim. O Brasil e o meu pai. Na época que ele adoeceu, eu namorava um cara que tinha uma *vibe* meio Raul Seixas, sabe? (meu pai, por sinal, odiava ele!). Engraçado eu falar isso, hoje, tomando *scotch* no Copa! Enfim... um dia esse meu namorado me mostrou o trecho de uma música que falava sobre uma criança que pararia o motor usando um palito...

— Sim! — Tato ainda vivia essa "*vibe* meio Raul" — é de *As aventuras de Raul Seixas na cidade de Thor!*

Cantarolou um trecho.

— É essa música mesmo! Meu pai tinha me contado de uma turma que ele chegou a frequentar, que se reunia nos porões do Hotel Glória, aqui no Rio, formada por vários homens e mulheres, dos meios acadêmico, artístico, empresarial e do terceiro setor (embora essa denominação ainda não existisse). Eles se recusavam a usar denominações, palavras de ordem ou bandeiras que os identificasse, entende? Eles preferiam ser uma comunidade descentralizada, sem líderes, flexível e relativamente organizada. Era uma coisa meio *Anonymous*, sabe?

— Era?

— São. Quer dizer, somos.

— É a tal "legião", que você nos falou lá naquele dia no Ipiranga, em São Paulo?

— Isso! Mas eles não se autodenominam assim. Quer dizer, nós não nos autodenominamos de nada. Eu acabei me envolvendo e mergulhando de cabeça em algumas lutas desse grupo. Você pode até não acreditar, mas eu fui uma "cara pintada"! Até que um dia alguém trouxe a notícia dos "documentos perdidos de Ledo" — disse apontando para dentro do quarto — No início, eu não conseguia entender como uma pilha de documentos velhos poderia impactar na forma como as coisas funcionam no nosso país. Até que um professor da UFRJ, e que fazia parte do nosso grupo, usou a analogia do castelo de cartas: o Brasil funciona desta maneira graças a uma narrativa, que, por sua vez, ditou determinadas premissas que replicamos geração após geração, sem nunca entender nem explicar o porquê.

— Você está falando da narrativa dos Andradas?

— Sim, e das premissas que nascem a partir dessa narrativa. Premissas falsas, como, por exemplo, de que as nossas vidas dependem do Estado...

— Mas qual é a ideia de vocês? Tomar o poder? O que os torna diferentes dessas duas ordens rivais que vocês querem combater?

— Nós não queremos tomar nada de ninguém. Queremos apenas libertar o Brasil desses sanguessugas que nos exploram há séculos. Fazer uma segunda independência.

— Mas o que vocês pretendem colocar no lugar? Vocês têm um projeto? Desculpe-me o ceticismo, Margarete, mas o discurso de apear os poderosos para colocar o povo no lugar já está meio batido.

Enquanto isso, na TV ligada na sala de estar do quarto do hotel, um comentarista na Bloomberg festejava o sucesso do IPO de uma empresa de sonares e equipamentos de indústria naval na Bolsa de Valores, destacando que com a ação atingindo R$ 11,75, a companhia estreava na B3 valendo R$ 5,1 bi, ou seja, 10 vezes o lucro estimado para o ano seguinte.

Margarete parou e ficou olhando para Otávio com seus olhos brilhantes.

— Quando pararmos o motor, estaremos diante de uma condição muito parecida com aquela quando D. Pedro I proclamou a Independência, mas que foi desperdiçada. Teremos uma oportunidade, daquelas que aparecem de duzentos em duzentos anos, para romper com o passado e construir algo absolutamente novo.

Ela terminou a garrafinha com um último gole.

— Tudo começa em cortar todos os privilégios. De todos, sem exceção. Vamos zerar tudo! Esqueça os direitos adquiridos... Para que serve um Estado forte senão para preservar os privilégios de poucos? Para fazer omelete, é preciso quebrar alguns ovos.

Enquanto o sol se dirigia para o Arpoador, Margarete foi explicando para Otávio como ela e sua tropa de anônimos construiriam um país diferente.

•

— Deu tudo certo com o Lúcio em Itaboraí! — sentado na cama e tentando decifrar os manuscritos, Otávio informou Margarete quando ela saiu do banho — Parabéns, doutora, seu plano funcionou perfeitamente!

Ela sorriu, aliviada.

— Já o Leo... parece que teve algumas intercorrências em São Paulo...

•

    Leo percorria as ruelas da Praça da Sé em direção ao *Pateo do Collegio*, sendo perseguido, a cada passo a menor distância, por um daqueles policiais à paisana que o seguia desde quando saíra de casa.

    No *Pateo*, o jornalista correu por entre os pombos, andarilhos e vendedores de rua e seguiu em direção ao magnífico prédio da antiga Bolsa de Mercadorias, ora ocupado pelo Tribunal de Justiça do Estado de São Paulo, onde o mini-carro de Bianca aguardava com o pisca-alerta ligado. Ele se enfiou carro adentro e pediu para ela arrancar, tendo o veículo partido poucos segundos antes do seu perseguidor conseguir alcançá-los.

    O caçador frustrado sacou imediatamente o celular e passou as informações sobre o tipo de carro, placas e direção para o resto da equipe.

    — Quem era aquele cara que estava atrás de você? — ela perguntou assustada.

    — Na verdade, eu não faço a menor ideia. Eu percebi que ele estava me seguindo lá na Sé e resolvi não pagar pra ver. Quando comecei a correr, confirmou minha suspeita.

    — E agora? Para onde vamos?

    — Temos que ir para o Cemitério da Consolação.

    — Você está falando sério? O que você tem que fazer lá?

    — Eu ainda não tenho certeza. De qualquer forma, desculpa te envolver nisso.

    — Cê tá me tirando? — Bianca escorregou no sotaque — Primeiro uma mensagem misteriosa sua no meio da madrugada, depois um louco correndo atrás de você... o dia promete ser bem mais divertido do que qualquer sessão de julgamento no TJ! Sem contar que estarei com você...

    Ele pôs a mão sobre a mão dela, apertando-a nervoso.

    Enquanto os dois seguiam em direção ao bairro da Consolação, um veículo de chapa fria já os seguia à média distância.

•

A dupla deixou o carro em miniatura no estacionamento na frente do cemitério. Tiveram sorte de encontrar uma vaga disponível, afinal, alguém que devia ser muito importante estava sendo velado no local. A instrução que o jornalista recebera indicava que deveria entrar no campo-santo através do pórtico principal e seguir reto pela rua 1, até terreno 3, num lugar próximo à capela amarela em formato circular e sustentada por colunas brancas, onde deveria encontrar um túmulo específico.

O dois seguiam apressados, lado a lado, sem perceber que estavam sendo acompanhados por dois sujeitos, um homem e uma mulher, que vinham com ares inofensivos, porém atentos aos passos dos jovens. O homem passou pelo celular a movimentação do casal. Quem os coordenava alertou-os a não interferir, mas apenas a acompanhar os movimentos de Leo.

Àquela hora da manhã, quase 11h00, o Cemitério da Consolação era um oásis de silêncio no coração da cidade. As árvores esplendorosas e as sombras que projetavam sobre os monumentos megalomaníacos denunciavam os tempos áureos da São Paulo dos aristocratas. E sob elas, o *youtuber* e a estudante de Direito foram andando, por precaução, não em linha reta, mas num trajeto aleatório através de ruelas ladeadas por sepulturas que levavam segredos e tristezas, túmulos de defuntos do quilate de Monteiro Lobato, de Mário e de Oswald de Andrade, ou Tarsila do Amaral, além de políticos como Ademar de Barros e Campos Salles.

Até que finalmente deram com um jazigo que se destacava dos demais pelo ótimo estado de conservação e pela quantidade improvável de flores depositadas no local.

Tinham chegado no túmulo da rua 1, terreno 3.

Nele, a primeira coisa que chamou a atenção de Bianca foi uma foto em preto e branco numa moldura de bronze fixada na pedra de mármore, logo abaixo da escultura de um querubim (putino) que se apoiava em um bastão, revelando a imponência de quem que jazia ali.

— Eu sei que ela dispensa apresentações... mas se morreu em 1867, ter uma fotografia dela já mostra o quão importante (e rica) ela foi — a jovem comentou enquanto subia ousadamente dois degraus de mármore branco para olhar de perto a figura da senhora fotografada.

JAZIGO PERPETUO DOS RESTOS MORTAES DA MARQUEZA DE SANTOS E VISCONDESSA DE CASTRO.

Logo abaixo, meia dúzia de placas, algumas agradecendo graças (!?) e outras trazendo mais informações sobre a pranteada. "Marquesa de Santos". Domitila de Castro Canto e Mello. * 27-12-1797 + 03-11-1867. MARQUESA DE SANTOS DOADORA DAS TERRAS DESTE CEMITÉRIO.

Enquanto a moça explorava as quatro faces do monumento, Leo se afastou em silêncio e foi em direção à capela localizada quase em frente ao túmulo da Marquesa, onde o tal defunto, fresco e importante, estava sendo velado, a fim de encontrar a encomenda a qual as instruções que recebera da Iluminista faziam menção.

Foi fácil encontrá-la (por sorte nenhuma das carpideiras do velado a encontrara antes), atrás de um arbusto ao lado da capela, dentro de uma caixa de papelão.

O próximo passo, segundo a recomendação que recebera, era levar tais documentos até o Parque do Ibirapuera, mais precisamente ao Museu Afro Brasil, onde alguém os aguardava.

Quando, porém, Leo retornava apressado ao jazigo da Marquesa trazendo consigo os documentos, encontrou Bianca já sob a mira do revólver empunhado por uma mulher.

— Alto lá, rapaz. É melhor se mover bem devagarinho — o comparsa também estava armado e apontava sua arma para Leo.

O jornalista instintivamente levantou os braços, não querendo fazer movimentos bruscos.

— Calma! Muita calma nessa hora — disse o rapaz — Largue ela e eu entrego os documentos.

Ele ia em movimento lento em direção à Bianca. A mulher gritou, dando um susto na já angustiada Bianca, que esboçava um choro.

O evidente nervosismo da dupla comprovava que aquela decisão de abordá-los ali, num local público e sob os primeiros olhares curiosos dos presentes ao velório tinha sido um improviso, uma imprudência. Leo pretendia usar esse fator a seu favor.

— Se afaste! — foi a vez do homem gritar, enquanto a mulher puxava a moça para perto de si, escondendo a arma nas costas dela.

Os gritos começaram a chamar a atenção de outras pessoas.

O homem, então, puxou o celular e fez uma ligação, talvez para pedir instruções sobre o que fazer, sempre com Leo sob sua mira. Ninguém atendeu. O homem decidiu que seria melhor levar a garota consigo e, num segundo momento e em outro lugar, tentar trocá-la pelos documentos. Avisou a parceira que iriam embora, levando Bianca, para garantir que o jornalista metido a esperto não fosse tomar nenhuma medida impensada.

— Fique tranquilo, garoto. Não vamos fazer mal à menina... — disse enquanto se afastava — ... desde que você não faça nada estúpido.

— Não levem ela, por favor. Eu imploro. Me levem no lugar dela. Ela não tem nada a ver com isso. Por favor — ele suplicava, inutilmente.

O homem apontou com a arma para o celular de Leo, que entendeu o gesto e tirou-o do bolso, entregando-o.

Ele sentiu vontade de vomitar quando perdeu Bianca de vista por entre os jazigos do Cemitério da Consolação. Era a segunda vez na vida que se via naquela situação de estar sozinho em um cemitério, chorando desesperado pela perda de alguém. Não sabia o que fazer.

•

Leo entrou aos prantos no Museu e Relicário Maçônico Paulista, o único lugar que lhe ocorreu. Ele tinha a responsabilidade de ter envolvido Bianca naquela loucura e era sua obrigação alertar o avô de que a neta poderia estar correndo risco. Encontrou-o em seu gabinete.

— Dr. Salomar. Por favor, me desculpe. Eles sequestraram a Bianca.

O velho, cuja aflição era indisfarçável, tentava acalmar o rapaz à medida que este o contava o que tinha acontecido.

— Não adianta ficarmos nervosos agora. Irei fazer algumas ligações, acionar alguns contatos de contatos deles. Vamos resolver isso.

•

Elegante em seu Armani preto de duas peças e camisa branca de colarinho italiano aberto, Murilo Tavares Jr. estava nervoso na sede da B3, a Bolsa de Valores brasileira, no centro financeiro da São Paulo dos arranha-céus. Na verdade, estava mais ansioso do que nervoso. Daquele tipo de ansiedade de fazer reluzir sua careca precoce. Advogado especialista em M&A, charmosa sigla em inglês para Fusões e Aquisições, Tavares estivera verdadeiramente nervoso dois dias antes, no dia do *princing*, quando os *bookrunners* definiram o valor final das ações da empresa Sonar Ranging do Brasil.

A estreia da Sonnar na B3 naquela manhã era a cereja do bolo, o ato final do burocrático processo de IPO conduzido pelo escritório Tavares, Tavares & Tavares, com suas três gerações de brilhantes advogados comercialistas.

Em questão de minutos, o CEO da empresa daria um breve discurso e, em seguida, seus principais acionistas fariam o clássico gesto de apertar o botão do sino, que marcaria o início da negociação das ações ordinárias da companhia, no segmento da indústria naval. Com a nova estrutura de capital, a Sonnar estaria apta a expandir para o mercado internacional de sondas marítimas.

O celular vibrou no bolso do advogado, obrigando-o a deixar o seleto grupo prestes a subir ao palanque.

— Alô — atendeu mal humorado — Seja breve. Eu não posso falar neste momento.

— Aconteceu um imprevisto.

— Odeio imprevistos.

— Tivemos que trazer a moça.

— Que moça?

— A que estava com o tal Leo. Eles foram até um cemitério... e ele está com os documentos.

— Não entendi. Você está com os documentos também?

— Não. Ainda não. Só com a moça. Ela será nossa moeda de troca.

— Ok, ok. Escuta... escuta — tinha que pensar rápido, já que já o chamariam — Eu estou envolvido num evento agora e não posso falar. Faz o seguinte: leva ela para o meu escritório. E sejam discretos.

— Ok.

— Saindo daqui, eu encontro vocês e resolvemos isso.

Desligou.

Murilo Tavares Jr. odiava imprevistos.

•

O telefone sobre a escrivaninha tocou.

— Salomar Castelo Forte, bom dia.

— Bom dia, Forte. Senador Maurílio falando.

— Senador, obrigado por retornar a ligação. Eu preciso urgentemente de sua ajuda. Minha neta foi sequestrada por um pessoal que está atrás dos manuscritos do Ledo.

— Porra, Forte. Você foi desonesto comigo ao trazer aquele jornalista aqui em casa. O rapaz está trabalhando para aquela corja.

— Eu te garanto que o rapaz não faz parte de nenhum dos lados, Senador. Ele é só um instrumento, escolhido para contar a história. Ele não tem nada a ver com essa briga. E muito menos minha neta.

— Eu entendo, Forte.

— Além disso, tu sabes muito bem que essa batalha vem sendo travada só no campo das ideias, e que tem um acordo secular de cavalheiros de que não pode mais haver violência entre as partes. E se acontecer alguma coisa com a Bianca, vai acabar desencadeando uma guerra sem precedentes. Isso eu te juro.

— Você pode ficar tranquilo, meu caro. Não vai acontecer nada com a sua neta. Eu lhe afianço. Ela logo será liberada.

O Curador, já mais aliviado, já ia desligando o telefone quando o Senador se lembrou:

— Ei, Forte. Diz para o jornalistazinho que a turma para quem ele trabalha pode até se achar esperta, mas as coisas não ficarão assim.

— Como assim?

O Senador da República desligou.

•

Bianca foi discretamente conduzida pelo casal de capangas a mando de Murilo Tavares Jr. para o escritório deste, localizado no Farol Santander, a alguns minutos a pé da sede da B3, centro financeiro da São Paulo das misérias. Os três entraram no prédio pelo subsolo, não tendo a estudante de Direito a oportunidade nem de conhecer o famoso lustre de cristal que ornamenta o hall do edifício, tampouco de pedir socorro para alguém.

Enquanto o elevador subia, sob a mira da arma a moça acompanhava no monitor as principais notícias do dia: "...isão de chuva forte no final do dia na capital paulista — ESPORTE: classificação inédita da APAN para a final da Superliga Masculina de Vôlei..."

O 13 brilhou no painel.

Previamente alertada pelo chefe, uma das três secretárias já estava à porta do escritório que cobria metade do 13.º andar do prédio. Um sorriso de boas-vindas recebeu a comitiva, direcionando-a para uma das salas de reunião, uma que dava para uma privilegiada vista do Mosteiro São Bento, onde a jovem costumava acompanhar o avô em missas à coro gregoriano.

A secretária os deixou na sala, onde logo em seguida entrou uma copeira por uma outra porta, secreta, usando seu crachá como chave e cantarolando uma modinha, oferecendo-lhes um café ou um copo d'água.

Bianca já desistira de tentar estabelecer uma comunicação com o casal que a sequestrou e acompanhava, atenta, às conversas trocadas entre eles e entre eles e seus aparelhos de celular. A jovem já compreendera que, um, em tese, não corria risco algum (o que poderia mudar, acaso desse algum passo em falso), e, dois, que estava ali aguardando a chegada do chefão, como no final de uma fase de videogame. Só que, pensou, se tratava de um jogo em que não era jogado por ela, mas aparentemente por Leo e aquela turma que ele e o avô comentaram na conversa no dia em que deu carona para os dois.

Depois de alguns minutos, a senhorazinha voltou equilibrando na bandeja três copos de água.

Nesse momento, o telefone celular da sequestradora-carcereira tocou, tendo ela atendido antes do segundo toque e, já na terceira frase do interlocutor, sabia que deveria deixar a sala e buscar privacidade para conversa.

Na sala, permaneceram Bianca, o homem e três copos d'água.

•

O CEO da Sonnar não conseguia esconder a euforia no seu discurso quando o telefone do Dr. Murilo Tavares vibrou novamente. O advogado, a contragosto, consultou a tela. Não se deve ignorar a chamada de um Senador da República.

— Bom dia, Senador — o advogado falava tampando o ouvido livre com o indicador, tentando ouvir o interlocutor – Espero que tenha feito uma fezinha na SRDB3.

— Bom dia, Júnior. Imagino que você esteja ocupado. Mas por acaso você está sabendo do sequestro de uma moça?

— Digamos que sim, Senador. Mas a causa é justa. E não foi bem um sequestro. Ela é apenas uma garantia para pormos as mãos nos manuscritos.

Do outro lado da linha perduraram alguns instantes.

— Você está falando dos manuscritos do Ledo? Vocês estão com eles?

— Sim. Quer dizer. Quase.

— De toda a forma, não toquem em um fio de cabelo dela, está entendendo? Eu dei minha palavra de que ela será preservada.

•

A ligação fez com que a sequestradora de Bianca se demorasse do lado de fora da sala. Talvez sequer voltasse. Talvez a raptada e o outro sequestrador tivessem que permanecer na sala, calados, até que quem coordenasse tudo aquilo se desse ao luxo de aparecer.

A estudante de Direito já estava cansada e dava sinais de impaciência. Tentou novamente puxar conversa com o sujeito, que respondia monossilabicamente. Desistiu. Depois de tomar o copo d'água que seria da mulher que estava do lado de fora, pediu ao carcereiro mais água.

Meio a contragosto, o homem a atendeu, indo até a porta e pedindo que alguém do corredor chamasse a copeira, com uma jarra d'água.

— E vê se pega leve, mocinha, não quero ter que acompanhar você até o banheiro.

Passados alguns minutos, ouviram barulho de sistema sendo acionado e a porta secreta se abrindo, com a copeira novamente a empurrando com os ombros enquanto equilibrava a bandeja com uma jarra de cristal e alguns copos de vidro vazios. Enquanto a senhora ia recolhendo os usados e enchendo os limpos que trouxera consigo, Bianca lhe arrancou o crachá numa puxada e correu em direção à porta, passando o crachá no leitor, abrindo e fechando a porta atrás de si, tendo alcançado um corredor interno. Do lado de dentro da sala de reunião, a copeira acompanhava aflita o homem tentando inutilmente abrir a porta sem trinco, esmurrando-a de raiva.

Bianca corria pelo corredor, alcançando a copa e, ainda usando o crachá, abriu a porta que dava acesso à área dos elevadores de serviço do prédio. Apertou o botão e aguardou. Tinha apenas alguns segundos para pensar no que fazer.

Com a algazarra do lado de dentro da sala de reuniões, a sequestradora voltou para saber o que estava acontecendo e quase agrediu o comparsa por ter deixado Bianca escapar.

— Como faço para ir até o outro lado da parede? — perguntou à copeira.

— Só com crachá, moça.

— E onde eu consigo a merda de um crachá?

— Talvez as meninas lá da frente tenham.

Eles saíram correndo.

— Enquanto eu vou atrás dela, desça até o hall de entrada e não deixe que ela saia do prédio. Vamos torcer que consigamos alcançá-la.

As portas do elevador de serviço finalmente se abriram. O elevador, vazio, estava forrado para receber as mobílias de uma mudança. Bianca entrou e apertou todos os botões até o térreo.

As portas se fecharam uns 10 segundos antes de a perseguidora aparecer no corredor, com a arma em punho. 11... 10... 9... Ela sentia preciosos segundos se esvaírem a cada andar em que o elevador parava. Não tinha alternativa senão descer pelas escadas.

E porque o elevador parou em todos os andares, a mulher chegou no térreo quando a caixa ainda estava entre o 5.ª e o 4.º andar, dando de cara com o comparsa.

— Ela chegou? — quis saber, esbaforida.

— Se tivesse chegado eu não estaria aqui.

— Mas você já checou na portaria se ela passou por aqui.

— Sim. Eles não perceberam ninguém com a descrição dela.

Bianca esperou a porta corta-fogo bater para voltar a respirar. Se a mulher resolvesse subir as escadas, ela estaria perdida.

Foi um grande alívio quando percebeu que ela optou por descer. Sabia que não teria como deixar o prédio. Precisava arrumar um jeito de pedir ajuda. Subiu.

Quando Bianca alcançou o último degrau do último lance de escadas, com as pernas e pulmões queimando, a porta se abriu para um saguão que dava para uma charmosa cafeteria repleta de turistas e de locais. Instintivamente, a estudante buscou uma saída que dava para a rua, na verdade, para uma das sacadas do Edifício Altino Arantes, um dos mais altos arranha-céus do país, não tendo cabeça nem ânimo para apreciar a vista do famoso mirante localizado no 26º andar, protegido por um vidro que indicava outros prédios icônicos e pontos turísticos da São Paulo das eternas buzinas.

Ela sabia que não poderia ficar ali e, por isso, tomou o caminho de volta para dentro da cafeteria. Sabia e sentia-se encurralada. Sabia que a qualquer momento seus perseguidores sairiam pelo elevador ou pela porta das escadas. Escondeu-se atrás de um dos pilares da cafeteria, sentando-se no chão gelado enquanto pensava num plano de fuga. Tamanho era seu olhar de desespero que uma senhora, que estava sentada com um *poodle* no colo, lhe perguntou se estava tudo bem.

— Você gostaria de um copo d'água? Precisa de ajuda?

— A senhora poderia me emprestar seu celular? — ousou.

A mulher, mui gentilmente, atendeu ao pedido e destravou seu aparelho com o indicador, entregando-o à jovem, que teve que fazer força para lembrar o número do telefone para quem pediria ajuda.

Enquanto a ligação não completava, espiava a porta do elevador.

•

— Vô! Sou eu, Bibi.

— Bibi?!? Você está bem, meu amor?

— Sim, Vô. Mas estou cercada.

— O Leo está aqui comigo.

— Ótimo! — ela se sentiu mais aliviada — Passa o telefone pra ele, por favor.

— Oi, Bianca. Onde você está?

Ela se esticou e pegou o cardápio que estava em cima da mesa da senhora do *poodle*.

— Aqui diz "Café do Farol por Suplicy".

Leo repetiu em voz alta.

— No Edifício do Banespa? — sugeriu o Dr. Salomar.

— Deve ser no Farol Santander. Estou indo. Não saia daí.

"Nem se eu quisesse", ela pensou.

•

— Mocinha, por acaso você está sendo seguida por alguém? Um namorado valentão? Quer que eu chame a polícia? — quis saber a mulher do *poodle*, verdadeiramente preocupada.

— Não, senhora, não precisa. Por enquanto eu estou bem.

— Nós sempre achamos que estamos bem, minha querida. Esses crápulas no início são uns amores, juram amor eterno, mandam bombons etc., mas logo começam a reclamar da roupa que usamos, das nossas amizades, começam a falar mais alto... Não podemos nos acovardar, menina!

— Eu estou bem, senhora. Obrigada por perguntar.

— Bem? Eu posso ver o desespero no seu olhar. Quer saber, eu vou ligar para a polícia.

— Não preci...

Enquanto o cachorro latia, a senhora já discava o 190.

"Não seria de todo mal ter a polícia aqui", pensou Bianca. Que viesse!

A dúvida, agora, era quem chegaria primeiro, a polícia, os seus perseguidores ou Leo. Na verdade, não tinha muito o que fazer, senão aceitar o amparo e os conselhos amorosos da senhorinha do cachorro de madame. Já havia se passado quase 20 minutos da ligação e a estudante roía as unhas enquanto não tirava os olhos do elevador, sentindo esfriar o capuccino gentilmente oferecido pela nova amiga, que não parava de falar nenhum instante.

— ... já o meu segundo marido era um doce. Era Capitão do Exército Brasileiro. Me deixou uma ótima pensão. Depois que ele morreu, eu me juntei com meu atual companheiro. Sabe como é, né? Se caso de papel passado, eu perco meus direitos...

De repente, o sujeito que havia sequestrado Bibi no Cemitério da Consolação saiu pela porta do elevador, percorrendo o olhar por cada canto do ambiente. Quando veio vindo em direção à mesa onde estava, a jovem se levantou e correu para a mesma porta da sacada por onde passara antes.

O sujeito percebeu o movimento e saiu atrás da moça, no que a senhora do *poddle* jogou o cachorro em cima dele e começou a gritar:

— Socorro! Socorro! Um crime de violência doméstica está prestes a acontecer! Salvem a moça! Salvem a moça!

O homem primeiro tentava se desvencilhar do cachorro e, depois de atirá-lo no colo da dona, teve que enfrentar a horda de frequentadores do café que tomou as dores da vítima.

— Você vai ver o que acontece com quem agride mulher, seu verme — um homem partiu pra cima do sujeito, que simplesmente não fazia ideia do que estava acontecendo.

Salva (ao menos por ora) por conta da confusão armada pela senhora do *poodle*, Bianca estava tentando não chorar na sacada do prédio. Não tinha para onde fugir. Era questão de tempo até voltar para as mãos dos sequestradores.

O sujeito, num murro, conseguiu se desvencilhar da multidão, aos gritos de que a moça seria uma criminosa e não ele, no que todos recuaram assustados. Ele foi então em direção à porta da sacada que dava para o mirante, sentindo uma forte rajada de vento gelado.

Foi quando Leo entrou no saguão, sentindo-se um príncipe montado num cavalo branco que trazia consigo não uma espada, mas uma pasta suspensa surrada com vários documentos dentro.

— Cadê a Bianca? — gritou para ninguém — Onde está a moça que estava aqui?

A multidão apontou em direção à sacada, para onde Leo foi correndo, encontrando o sequestrador segurando Bianca pelo pescoço, apontando-lhe uma arma para a cabeça.

— Alto lá, rapaz! Ou eu mato a moça aqui.

Àquela altura ninguém mais sabia se ele estava blefando ou não.

— Calma! Eu estou com os manuscritos de Ledo — disse erguendo a pasta e se aproximando lentamente dos dois.

No mesmo instante em que o príncipe encantando escorregou no chão úmido da sacada, uma nova rajada de vento ainda mais forte arrancou-lhe das mãos os papéis, que começaram a voar através do mirante, alguns caindo no chão e outros voando vidro afora, perdendo-se nas alturas da São Paulo dos catadores de papel. A primeira reação do agressor foi afrouxar o pescoço de Bianca e abaixar a arma para partir em busca dos papéis esvoaçantes, no que a estudante de Direito desferiu-lhe uma cotovelada na boca do estômago, fazendo-o se contorcer e se abaixar, tendo sido derrubado com uma joelhada definitiva na cabeça.

O povo, que acompanhava na porta, aplaudiu os golpes. O *poodle* latia.

A princesa não precisou ser salva. Ela se salvou sozinha. O que não a impediu de se atirar nos braços do jornalista:

— Como é bom te ver, Leonardo!

Ele sorriu amarelo.

— O Leo, na verdade, vem de Leonel, e não de Leonardo. Leonel Seemann, seu criado — voltou a abraçá-la.

•

Enquanto a porta do elevador em que desciam Leo e Bianca se fechava, abriu-se a do outro, onde entravam no recinto a outra sequestradora acompanhada do Dr. Tavares, alguns milhões de reais mais rico dado o instantâneo sucesso das ações da Sonnar. Acompanhando o tumulto, viram o sequestrador ajoelhado na sacada, recolhendo os papéis velhos que Leo trouxera e restavam espalhados pelo chão. Tratava-se de velhas atas e balaústres que o Dr. Salomar encontrara em uma gaveta do MRMP e entregara ao jovem jornalista, na tentativa de ludibriar os sequestradores da neta.

Obviamente Dr. Tavares pôs-se a si e seus colaboradores sob os panos quentes dos seguranças do prédio e da polícia militar, que logo chegou no local. De volta ao seu escritório, teve que dar três ou quatro ligações contando as más novas, enquanto acompanhava o touro agir sob as ações da nova companhia de capital aberto na tela do computador.

•

— Mas o rapto daquela menina, Bianca, não estava nos seus planos, né? — Enquanto tomavam um *drink* no bar da piscina do Copacabana Palace, Otávio quis saber de Margarete.

— É claro que não. Na verdade, quem a colocou em perigo foi o próprio Leo, que não seguiu o plano à risca. Nós colocamos gente nossa acompanhando os movimentos dele desde a saída de casa, depois na Praça da Sé e também no Cemitério. A pessoa que plantou aquela caixa com papéis aleatórios na Capela Mortuária ainda estava lá na hora que os sequestradores chegaram, mas optou por não se envolver justamente para preservar a integridade da moça.

— Colocar os papéis falsos próximo ao túmulo da Marquesa de Santos teve requintes de crueldade!

Ele a fez rir de novo. Aproveitou a brecha:

— E qual é de "a Iluminista"?

— Boa pergunta. Eu queimei a pestana pensando num codinome que fosse ao mesmo tempo discreto e ambíguo. A vantagem é que o Iluminismo funciona como uma espécie de coringa, se considerar que uma pessoa que se esconde atrás desse apelido pode praticamente jogar tanto de um lado como do outro, em qualquer espectro político. Quer dizer, se meu *alter ego* fosse descoberto por qualquer um dos lados, ele seria apontado como um agente inimigo imediatamente.

— Quer dizer que se o pessoal do Ledo ficasse sabendo que estávamos agindo em nome do, ou da, Iluminista, eles concluiriam que você estava do lado dos Andrada?

— Exatamente! — ela deu um longo suspiro — Você já ouviu falar na Revolta Camponesa, na Inglaterra?

Ele fez esforço para tentar achar alguma conexão na memória, mas acabou com um sonoro e constrangido 'não' com a cabeça. Ela explicou:

— Em 1381 houve um levante popular contra o Rei Ricardo II e principalmente contra a nobreza. Milhares de pessoas tomaram as ruas, em várias cidades da Inglaterra, e decapitaram várias autoridades. O que os historiadores até hoje acham estranho é que nunca se soube quem verdadeiramente estava por trás dessa rebelião. No fim, acabaram elegendo um homem, um tal Wat Tyler, como o cabeça da revolta, que inclusive acabou sendo morto traiçoeiramente. Mas nunca souberam explicar como foi possível uma revolução, ou tentativa de revolução, com vários focos simultâneos, em vários pontos da ilha, num tempo em que a comunicação era toda feita a cavalo. Nunca souberam responder como os revoltosos se articularam.

Otávio deu mais um gole na bebida, sem tirar os olhos da interlocutora. Margarete imitou o gesto e continuou:

— Alguns historiadores dizem que existia uma sociedade ultrassecreta na Inglaterra, naquele ano de 1381, que teria organizado esses levantes e conclamado os camponeses a assassinar autoridades constituídas em Essex, Kent e em outras importantes cidades inglesas. Eles, inclusive, chegaram a tomar a Torre de Londres! Foi um evento magnífico (ou terrível, conforme o ponto de vista)! Uma Revolução Francesa que quase acontecera, só que 400 anos antes e do outro lado do canal.

Ela deu um novo suspiro, quase uma bufada.

— É mais ou menos isso que nós pretendemos aqui no Brasil. E essa Revolução Camponesa nos serve de inspiração.

— Como aquela onda de protestos que aconteceu em 2013?

Ela deu um gole no copo e piscou.

— O qu... — Otávio se engasgou — Quer dizer que...

Margarete desconversou.

— Eu cheguei a pensar em assinar Wat Tyler, W.T., Telhador (que é como os historiadores ingleses chamam Tyler), ou algo assim. Mas achei que "Iluminista" seria mais simples. Além do que, sou um pouquinho supersticiosa: a revolta do povo, na Inglaterra, acabou não dando certo; já a francesa...

Agora ela mordia o gelo que guardara na boca depois do último gole. E percebeu que estava começando a gostar da companhia de Otávio.

— Posso contar outra coisa?

Era claro que podia.

— Pode parecer que "a Iluminista" — disse, referindo-se a si — escolheu o jornalista Leo por conta do canal que ele apresenta. Mas, na verdade, desde o início o escolhido era você.

Ele engoliu em seco.

— É que você leciona, ou lecionava, para os filhos de uma das principais lideranças do nosso grupo. E a forma como você os inspirava, o jeito como os jovens chegavam animados em casa depois que tinham aula com você fez com que despertasse a nossa atenção para arregimentá-lo — Margarete ia se aproximado de Otávio enquanto falava — Você tem o perfil (confirmado, obviamente, depois de uma devassa em sua vida) que precisamos para lutar do nosso lado. E por meio de você, por uma feliz e conveniente coincidência, acabamos chegando no Leo e no canal de vocês no YouTube. Muito divertido, por sinal.

Ela terminou a fala repousando a mão sobre o braço dele. Houve um silêncio entre os dois: aquele que antecede o beijo (ou a decisão de arriscá-lo ou não). Quando finalmente ele decidiu, um garçom interrompeu-os. Lúcio estava na recepção do hotel. Chegara de Itaboraí e precisava de um banho.

•

O biólogo sempre gostou de sushi (leia-se, uma nesga de salmão com muito *cream cheese* mergulhado no *shoyo*). Mas depois que experimentou a vieira na manteiga trufada do restaurante Mee, ali mesmo do Copacabana, a vida de Lúcio ganhou um novo significado. E ele lamentou desperdiçar aquela sensação gastando as papilas contando o desdobramento dos fatos em Itaboraí: Juliano, o agente de turismo, usou seu celular de satélite para chamar a polícia civil, que demorou quase duas horas para chegar ao local onde foram encontradas as ossadas. Com a polícia, chegou o pessoal da perícia, que logo isolou a área. Também vieram, a tiracolo, uma equipe de televisão e, curiosamente, dois sujeitos inindentificados que acompanhavam tudo, por sobre os ombros das autoridades e especialistas, com a velada anuência dos policiais. Também o sempre curioso namorado de Marília queria acompanhar o trabalho da perícia, mas teve que aproveitar uma carona para o centro de Itaboraí para, de lá, conseguir uma van que o trouxesse para o Rio de Janeiro.

À mesa do restaurante asiático, o ex-marido de Marília se viu na obrigação de explicar para o improvável parceiro, agora com mais calma e riqueza de detalhes, as razões e os motivos daquela aventura toda, desde o primeiro contato "do" Iluminista até aquela manhã de descobertas, tanto no Rio como em Itaboraí.

— Mas isso significa que alguém trocou os documentos pelos despojos — concluiu Lúcio, arrancando um movimento de boca involuntário de Otávio, pela boa escolha da palavra.

Margarete concordou:

— Pois é. Da mesma forma que eu, de alguma forma, conduzi o Otávio e o Leo ao longo dos últimos meses, alguém também vem me conduzindo há mais tempo. E vocês devem estar se perguntando se eu, tão esperta, não estaria servindo de instrumento para os interesses desse alguém...

Batata!

— ...mas a verdade, rapazes, é que aceitei conscientemente essa condição somente até colocar as mãos nos documentos. Agora poderei usá-los conforme meus próprios interesses.

— Que são... — Lúcio e Otávio quiseram saber.

— Primeiro conferir a autenticidade deles. Depois pretendo estudá-los a fundo (quando falo "pretendo", obviamente estou falando do meu grupo) e, se confirmar que terão o impacto que imaginamos, torná-los públicos, causando uma reviravolta na narrativa oficial dos nossos primeiros dias e fazendo com que os dois grupos que dividem o país desde a Independência deixem as sombras.

— Mas como isso aconteceria? — quis saber Lúcio.

Margarete respondeu:

— Nós não temos absolutamente nada a ver com o crime na Candelária, que certamente é obra dos herdeiros de Ledo, querendo vingar o roubo da estátua do Regente Feijó (esse sim, coisa nossa). Vocês não perceberam o nervosismo da Bolsa de Valores nos últimos dias? Esse incidente em Itu deu uma verdadeira desestabilizada na relação entre essas duas forças.

Otávio se felicitou, em silêncio, por ter identificado o movimento. Ela prosseguiu.

— Se a publicação surtir o efeito que planejamos, talvez a canoa vire de vez.

O telefone celular de Lúcio vibrou. Era Marília. Ele pediu licença e saiu para atendê-la.

— Quer dizer, então, que alguém... quer dizer, "alguéns" estiveram no mosteiro e no Sumidouro para fazer a troca dos manuscritos pelos restos mortais de Ledo. Quando você soube disso? — o professor perguntou à Iluminista.

— Apenas há alguns dias. Por isso eu tive que planejar e organizar as coisas para garantir que nós dois teríamos acesso, com segurança, aos documentos desaparecidos e que pudéssemos os pôr a salvo sem que fossem interceptados.

— Mas quem você acha que está por trás dessa descoberta? Quem colocou os documentos ali?

— Uma coisa que eu aprendi ao longo da minha carreira, seja trabalhando no Brasil, seja no exterior, é que sempre tem alguém maior, ou acima, que nós, decidindo as coisas. Não importa o quão grande nós somos, sempre tem um predador à espreita. Do meu lugar, dentro da cadeia alimentar, eu sei que tenho alguma liberdade e coragem para tentar mudar as coisas, impor o meu ritmo, enfim... Isso quer dizer que, na verdade, pouco importa quem colocou os documentos dentro do túmulo, mas apenas se os documentos são verdadeiros. E, se sim, se eu poderei usá-los para mudar o rumo das coisas. Se isso vai de encontro ou ao encontro dos interesses desse "meu predador" imediato, o problema de me apoiar ou de me fazer parar é dele.

— Mas você não tem medo? Se você não fizer o que ele quer, quem entregou a você os manuscritos não pode querer se vingar?

— É claro que tenho medo! Mas o fato de eu ser sozinha, não ter família, de viver como uma nômade, me garante uma certa segurança. O que me dá forças para seguir, apesar do medo, é lembrar que a doença que matou meu pai surgiu do receio dele de fazer o que achava que tinha que ser feito e de enfrentar os poderosos dos andares acima. É lógico que não estou sozinha nessa luta (à propósito, bem-vindo a bordo) — piscou — mas se um movimento meu, por mais insignificante que possa parecer, representar um minúsculo desvio de trajeto a longo prazo, já terá valido a pena.

— E qual seu plano?

— Vou armar a bomba e depois sumir por uns tempos.

"Me leva junto com você", ele quase disse. Seu telefone tocou e ele teve que atender. Era seu caçula. Ele saiu enquanto a Iluminista fazia sinal para o garçom e pedia mais uma dose do seu drink.

•

Rafael era engenheiro, trabalhava na Petrobrás e desembarcou na Estação São Bento junto com a esposa, Heloísa, ela médica do MSF. Vinham pela Linha 1–Azul da São Paulo dos metrôs. Ela queria aproveitar e comprar alguns quitutes na padaria do Mosteiro, mas o marido a dissuadiu da ideia. Estavam atrasados. "Por que, então, não vimos de táxi?", ela pensou, sem paciência para discutir.

Abaixaram a cabeça e seguiram apressados por entre as barracas dos sem-teto que se acumulavam pela praça defronte à belíssima construção concluída em 1922, a partir da prancheta de Richard Bernd, numa inspiração germânica do século XVII. Não seria seguro para o casal parar, como turistas, para contemplar o prédio. De rabo de olho, o engenheiro consultou o relógio instalado entre as torres, tido como o mais preciso de São Paulo, 11h38. Daria tempo.

Apertaram o passo e subiram, de braços dados, a Rua Boa Vista, desviando dos ambulantes, garis, pedintes, desocupados, voluntários, fiscais da prefeitura, policiais e agentes sociais que preenchiam o percurso até o *Pateo do Collegio*, onde seguiram reto até a esquina seguinte, com a Rua Floriano Peixoto, avistando ao fundo seu local de destino, o Solar da Marquesa de Santos, onde um *brunch* seria oferecido.

Assim como também era a polêmica fidalga que morara naquela mansão entre os anos de 1834 e 1867, Margarete já era empoderada desde muito antes da expressão frequentar as redes sociais. Com uma camisa preta com nuances de transparência, calça em alfaiataria da mesma cor, perfeitamente ajustada ao corpo, e um discreto ponto de luz em seu pescoço, que lhe conferia feminilidade e sensatez, a emissária da Unesco não escolheu aquele casarão de paredes de cor salmão, hoje sede do Museu da Cidade de São Paulo, por conta da personalidade da sua mais famosa moradora, mas pelo impacto que as primeiras páginas do livro causariam tão logo se abrissem ao grande público.

Financiado por meio de um *crowdfunding* que contou com centenas de colaboradores anônimos, nenhum órgão de imprensa fora convidado para cobrir aquela festa privada, salvo um certo canal de YouTube versado em teorias da conspiração tupiniquins. Para o dia seguinte, porém, a programação era para arrasar quarteirões, para conferir à História ensinada no Brasil o impacto de um maremoto, como o que devastou a cidade de Lisboa, em 1755.

Ao longo de sua carreira, Margarete já tinha participado da organização de vários eventos nos mais variados e inusitados lugares ao redor do mundo, desde embaixadas, resorts, campos de refugiados, desertos e até mesmo presídios. Trabalhando em organismos internacionais, ela também tratara diretamente com presidentes, reis, rainhas, ditadores, artistas, milionários, sheiks, esportistas etc. Porém, aquele evento que ela organizava no Solar da Marquesa era diferente, especial. Era para rostos desconhecidos do grande público (alguns talvez famosos em seus próprios redutos acadêmicos, científicos ou de culturas de nicho). Eram pessoas de várias idades, de todos os tipos, sexos e tons. E estavam todos ali, como que casualmente, para um encontro aleatório, numa discrição planejada que os permitia lutar e continuar lutando anonimamente pelo seu país. A festa de Margarete era, enfim, para a *sua* turma.

Uma turma ilustre que começou sendo servida com uma salada de mamão verde, camarões flambados na cachaça de amburana e *crispy* de gengibre. Depois, viria um carpaccio de melancia com uma *tapenade* de azeitonas pretas, acompanhada por um quarteto de cordas. Mais tarde, ceviche de caju, coentro e uma emulsão de limão siciliano e azeite enfeitariam as conversas e novos planos mirabolantes. E, para quem gostasse, queijos Pomerode com geleia de damasco, pimenta e nozes.

Pouco antes das 13h00, um taxi estacionou em frente ao Solar e dele desceram Leo, Bianca e o Dr. Salomar, convidados especiais de Margarete.

O jornalista, muito à vontade com uma calça chino dobrada na barra, camisa rosa e suspensórios, vinha de mãos dadas com a jovem, de saia midi em seda, clara e esvoaçante, um top preto de alças, Repetto vintage nos pés, e um belo par de brincos de brilhante, ambos pajeando o Curador do MRMP, com sua tradicional gravata borboleta.

Bianca trazia na bolsa um chaveiro de placa de nome de rua em miniatura, a da *Ipiranga*, que ganhara de presente naquela mesma manhã de Leonel que, por sua vez, comprara para si a da *Avenida São João*. O galante jornalista lhe explicara que toda vez que aproximassem os dois chaveiros, alguma coisa aconteceria em seus corações...

Também convidado especial, Otávio chegou 15 minutos mais tarde, desajeitado com seu blazer e tênis, não sabendo o que fazer com as mãos quando a Margarete lhe deu um beijo no rosto e, sem querer, roçaram brevemente os lábios um do outro quando ela foi dar o segundo, seguindo a liturgia carioca, dissonando do solitário beijo de cumprimento paulistano. O embaraço, porém, não durou três segundos, porque alguém puxou a dona da festa para tratar da chegada — finalmente! — das caixas vindas da editora.

O ex-marido de Marília foi salvo do vácuo deixado pelo rapto da anfitriã graças à chegada do casal Heloísa e Rafael, que veio lhe estendendo as mãos:

— O senhor deve ser o famoso professor Otávio. Nossos filhos tiveram a honra de ter tido aula com o senhor...

— Por favor, "senhor" não... — ele nunca aprenderia que não se deve interromper um elogio.

A mulher sorriu, completando:

— Na verdade, agora apenas um estuda com o sen... você. A mais velha, Christiane, foi sua aluna há dois, três anos. Suas discussões de sala de aula sempre eram trazidas para dentro de casa e tivemos vários almoços de domingo lapidando valores como liberdade, responsabilidade e consciência social graças às suas aulas, professor!

O engenheiro emendou:

— Gostaríamos de lhe agradecer pelo que você fez e tem feito pelos nossos filhos...

O professor ficou vermelho, logo associando o casal àqueles pais mencionados por Margarete, no Rio, meses antes.

Era a hora do brinde, anunciado com três sutis talheradas numa taça de cristal vazia. Todos fizeram silêncio. A anfitriã começou:

— Dizem que o gesto de brindar simboliza o encontro de dois copos cujo movimento de inércia dos líquidos dentro de cada um faz com que subam e se unam no ar, para depois voltarem, misturados, para dentro de cada recipiente, de modo que se um dos copos contiver um líquido envenenado, parte do veneno será transportado para o outro copo. Daí por que somente amigos de verdade brindam: se seu copo estiver envenenado, o meu também ficará!

Aqueles que conseguiram descansar a própria taça em algum lugar puseram-se a bater palmas. Ela aguardou pacientemente para finalizar.

— E quando se brinda a algo, brinda-se àquilo pelo qual vale a pena morrerem, juntos, os amigos.

Margarete, enfim, ergueu a taça:

— Eu gostaria brindar a três coisas: à amizade, à liberdade e ao Brasil.

Enquanto os gritos eufóricos iam cessando, os garçons serviam os convidados com arroz de polvo ou, para quem preferisse, salmão trançado chamuscado levemente servido com uma pipeta de *shoyo* cítrico e picante.

Depois que os potes de sobremesa foram recolhidos, Margarete finalmente entendeu a utilidade do insólito presente que ganhara do convidado ex-desembargador — um abridor de cartas de prata com o brasão dos Bragança — quando um encarregado trouxe e colocou sobre a mesa uma das caixas de papelão selada enviadas pela editora com o primeiro lote do livro. Ela pegou o objeto pontiagudo e abriu cuidadosamente o invólucro, retirando de baixo do papel de seda que protegia o conteúdo o primeiro livro da primeira edição do "INVISIBILIA FABER: *O Enigma d'O Grito*", sob uma intensa salva de palmas e novos gritos de vivas.

Era a primeira vez que a emissária da Unesco punha os olhos naquele objeto que representava mais que um projeto finalizado, mas uma gélida vingança (saboreada como deve ser), segurando-o como quem segura uma medalha olímpica recém-dependurada no peito. Recuperada da emoção, ela seguiu o protocolo e convidou o Dr. Salomar para ler o prefácio do livro, por ele próprio escrito.

Bianca se levantou para ajudar o avô a se erguer, pegar a bengala e ir em direção à Margarete, que o aguardava com um sorriso de ternura.

Leo já se posicionava com sua câmera profissional para captar as imagens que seriam editadas naquela noite para serem lançadas junto com o episódio do TEORIAS DA CONSTIPAÇÃO, tão anunciado nas redes sociais e aguardado como um evento do *Fortnite* ou um filme de super-herói (o que não deixava DC).

Do improvisado púlpito, o ex-desembargador lentamente sacou do bolso os óculos, o pôs sobre o nariz com suas mãos inseguras de princípio de Parkinson, pigarreou surdamente e começou a leitura com uma voz que surpreendeu pela imponência:

— "Existem homens que nascem antes de seu tempo. Homens que vivem à frente dele. Homens que anteveem o amanhã e são responsáveis por traçar os caminhos pelos quais seus descendentes trilharão por décadas, quiçá séculos. Homens cuja sabedoria lhes permite ditar regras e valores que vigerão por eras. Homens cujas ideias são capazes de iluminar uma raça. Felizes as nações que contam com pais cuja austeridade, desprendimento e renúncia aos próprios interesses as projetam para um futuro de glórias. Bem-fadado foi o Brasil por ter podido contar, no momento em que Portugal quis devolver-nos aos grilhões, com um homem do calibre de José Bonifácio de Andrada e Silva ao lado do nosso puro Pedro de Alcantara, a soprar-lhe nos ouvidos as ordens a serem gritadas e as direções a serem apontadas. O homem que moldou a nação brasileira, que forjou o nosso Império, que desenhou a Monarquia e reuniu o nosso povo sob uma só bandeira, um só idioma e uma só coroa. O Patriarca da Independência. José Bonifácio de Andrada e Silva é o verdadeiro Pai da Pátria. O nosso fundador."

Os ouvintes prenderam a respiração com a estratégica pausa do orador para um gole no copo de água.

— "Essa é a história que lhes contaram. A história que vem sendo narrada há duzentos anos, martelada no imaginário coletivo na bigorna da verdade irrefragável. Existe, porém, uma outra história. Uma história que foi roubada de nós e que agora será revelada.".

Houve uivos entre os convidados, uma alcateia de ufanistas esclarecidos que foi surpreendida quando policiais federais armados invadiram o Solar.

Enquanto todas as saídas do prédio eram bloqueadas, ouviu-se o som de uma taça de cristal se espatifando no chão.

Tratava-se de um inquérito sob sigilo, em que na calada da madrugada anterior foi proferida uma decisão monocrática em caráter liminar pelo Ministro do Supremo Tribunal Federal de plantão, num calhamaço trazido em riste pelo delegado responsável pela operação, em cuja última folha constava o dispositivo, que foi lido pela autoridade como quem desse um jocoso discurso de dia da pendura:

> [...] Diante de todo o exposto:
>
> Defiro o pedido liminar formulado pelo(a/s) AUTOR(A/S) para determinar a imediata busca e apreensão de todos os exemplares da obra "INVISIBILIA FABER: *O Enigma d'O Grito*", cuja agenda de lançamento consta no EVENTO2 INF450, proibindo o(a/s) INVEST(A/S) de vender, na forma física ou digital, expor à venda, ter em depósito, transportar e/ou distribuir, ainda que gratuitamente, unidades não encontradas no local, sob pena de crime de desobediência e outras medidas mais drásticas,
>
> Determino, ainda, a expedição de ofício, com máxima urgência, às empresas responsáveis por redes sociais (notadamente Twitter e YouTube) para que procedam ao bloqueio imediato dos perfis de titularidade do(a/s) INVEST(A/S), impedindo-lhes, também sob pena de crime de desobediência, a divulgação de qualquer material relativo aos manuscritos atribuídos a Joaquim Gonçalves Ledo.
>
> Atribua-se ao presente *decisum* força de mandado.
>
> Encaminhe-se à autoridade policial para cumprimento imediato.
>
> Dê-se ciência à Procuradoria-Geral da República.

De posse da sua via e entre os murmúrios e lamentações de seus pares, Margarete tentava ler (e compreender) com os olhos trêmulos e mãos incrédulas os fundamentos lançados na suprema decisão, como o *"desincentivo ao revisionismo tendencioso e irresponsável...", "modelação dos efeitos da personalidade civil...", "recomendação de uma avaliação prévia mais criteriosa sobre a autenticidade documental antes de expor personalidades históricas seculares"* e por aí ia, linha a linha, lauda a lauda, pérola a pérola, jabuticaba após jabuticaba, enquanto os policiais carregavam as caixas de livros para fora.

Leo e Otávio, também sigilosamente investigados, receberam suas respectivas contrafés das mãos do Oficial de Justiça. O professor, inclusive, achou ter reconhecido o agente Alexandre entre os policiais. Estremeceu.

O Brasil, de fato, é um grande cassino com os dados viciados, pensou Leo, lembrando-se das palavras ditas pela Iluminista meses antes, no seu escritório do Museu do Ipiranga. São e serão sempre os mesmos que ganham, independentemente da aposta. E a casa sempre perde. Com algum esforço, dedicação ou sorte, alguns de fora do círculo podem até conseguir enriquecer e prosperar, mas apenas se sentarão nas mesas periféricas. Na mesa principal, independentemente de quem seja o mão, os vencedores são previamente conhecidos.

Satisfeitíssimo com a notícia, repassada por Estevão por meio do aparelho celular, o ocupante do G-1159A Gulfstream III, prefixo PN-00507, finalmente autorizou o piloto a decolar a aeronave enquanto distribuía obscenas espalmadas da mão esquerda sobre o "ok" da direita, às gargalhadas.

A liminar foi confirmada por unanimidade, na primeira sessão seguinte, pela Turma do Supremo Tribunal Federal competente para apreciar aquele caderno investigativo de sigilo questionável, composta por dois membros indicados por uma e um outro, o Relator, ele próprio pertencente às fileiras da outra *sororité*.

Nessa mesma tarde, o alto escalão do Grande Oriente do Brasil realizou uma cerimônia maçônica para devolver os despojos de Gonçalves Ledo ao seu descanso no complexo da Igreja de São Francisco da Penitência, agora sob a inscrição *"REVELATUR FABER"*, o artífice revelado.

EPÍLOGO

Passados alguns meses, um embrulho foi jogado sobre a mesa da Subdelegada Cíntia com documentos referentes à NSEH Trustee, uma administradora fiduciária com sede no Panamá, em cuja propriedade estavam registradas algumas dezenas de bens avaliados, cada qual em milhões de reais, que iam de imóveis de Miami a Punta del Este, passando por Ubatuba e Balneário Camboriú, até lanchas e aviões, dentre os quais um moderno, certo e determinado G-1159A Gulfstream III.

Verificado o conteúdo do embrulho pela diligente destinatária, minutos depois o Dr. Rogério Koerich se acomodava na cadeira, esforçando-se para lembrar do caso adormecido sobre sua mesa (estavam a poucos passos de descobrir, finalmente, quem estava por trás do roubo da estátua de Feijó, quando uma ordem vinda de cima determinou, sem dizer o porquê, que era para deixar aquele assunto de lado).

— Recebi a confirmação de que a empresa que alugou o galpão é, de fato, essa NSEH Trustee — disse a subdelegada, segurando os papéis. — E o senhor não vai acreditar quem pode estar envolvido nisso!

Quem mandou a correspondência (num manjado *modus operandi*) teve o cuidado de associar, documento por documento, a NSEH Trustee a uma lista de políticos e empresários com sobrenomes de grife, *shareholders* de uma constelação de empresas com copiosos contratos firmados com os governos federal, vários estaduais e com um ou outro país da América Latina e da África.

Toda a documentação era autêntica, salvo justamente o contrato de locação de um espaço em um armazém próximo ao Aeroporto de Guarulhos, arguciosamente plantado para associar a NSEH Trustee ao roubo da estátua de Feijó, talvez o único crime ao qual ela não estava, de fato, envolvida.

Quem montasse o PowerPoint que ilustraria o funcionamento daquela intricada rede societária teria de incluir a logomarca de algumas *startups* que aguardavam, ansiosas, a aprovação do projeto de lei (que, por sinal, tramitava a passos largos, apesar da resistência de setores conservadores da sociedade e do bombardeio de *haters* de aluguel pulverizando *fake news* nas redes sociais) que permitiria a exploração industrial do cânhamo no país, provando existir quem aposte, ao mesmo tempo, nas fichas pretas e vermelhas.